異色作家短篇集
19

棄ててきた女

The Girl I Left Behind Me and Other Stories／Edited by Tadashi Wakashima

アンソロジー／イギリス篇

若島　正／編

早川書房

棄ててきた女

アンソロジー／イギリス篇

THE GIRL I LEFT BEHIND ME
AND OTHER STORIES

Edited by

Tadashi Wakashima

目　次

装幀／石川絢士（the GARDEN）

時間の縫い目

Stitch in Time

ジョン・ウインダム
浅倉久志訳

異色作家短篇集の第十八巻『狼の一族　アンソロジー／アメリカ篇』をすでにお読みになった方は、その巻でジャンルとしてＳＦが比較的大きな割合を占めていたことをご記憶だろう。その続きというわけではないが、イギリス篇を編むにあたって、まず最もアメリカＳＦに近い位置にいたイギリス作家から始めてみようと考えた。それがこのジョン・ウインダムである。ただし、典型的な時間テーマのＳＦではあるものの、やはり味わいは英国小説風だ。

その家の風下側は、日ざしが暑かった。ひらいたフランス窓のすぐ内側で、ドルダースン夫人は、頭だけを日かげにおいて、温もりで全身が安らぐよう、十センチばかり椅子をずらした。それからもう一度クッションの上に頭をのせ、外をながめた。

　そこから見える景色は、彼女にとって時間を超越したものだった。

　なめらかな芝生の先には、一本のヒマラヤ杉のいつに変わらぬ姿。平らにひろがったその大枝は、思いだしてみると、自分の幼かったころよりもいくらか外へ張りだしているようだが、たしかとはいえない。あのころ、その木はとても大きく思えたが、いまもやはり大きい。その先では、境界の生け垣がいままでどおりにきちんと刈りそろえられている。雑木林に通じる門の両側の灌木は、いまも鳥の形に刈りこまれ、コッキーとオリーと呼ばれているが、どういう種類の鳥かは不明――しかし、まだそこにあるというだけでもすばらしい。年を経たせいか、オリーの尾羽にすこし小枝がふえたにしても。

　茂みの手前の左手にある花壇も、むかし同様に華やか――いや、もしかすると、前よりちょっぴり派手になったかもしれない。近ごろの花は以前にくらべて色がどぎつくなった気がするが、それでもやはり見てたのしい。しかし、生け垣の先の雑木林はすこし変わった。若木の数がふえ、何本かの大木が姿を消した。大枝のあいだの、以前は近所の家がまったくなかった場所に、ピンクの屋根がちらっと見える。それをべつにすれば、一生という長い時間をつかのまでも忘れられるほどだった。

昼下がりの眠たげなひととき。小鳥たちが翼を休め、蜜蜂の群れがブーンとうなり、木の葉がさやさやと鳴り、角を曲がった先のテニスコートからボールを打ちあう音と、ときおりスコアを告げる声が聞こえる。ここ五、六十年間の夏は、いつの午後もこんな感じ。

そう考えて、ドルダースン夫人はほほえみ、そのすべてをいとおしく想った。少女のころからここが大好きだったが、いまはそれ以上に大好きだった。

ここは自分の生家だ。ここで育ち、ここから嫁に行き、父親が亡くなったあとはまたここへもどり、ふたりの子供をここで育て、ここで年老い……。第二次大戦が終わってから何年もあとに、もうすこしでこの家を手放す羽目になり――しかし、手放さずにすんだ。そして、いまもここに住んでいる……。

そんなことができたのも、ハロルドのおかげだ。頭のいい息子、すばらしい息子。もはやこの家を守っていくのに資力がつづかず、売却するしかなくなったとき、ハロルドが自分の勤め先の会社に掛け合ってここを買い上げさせてくれたのだ。ハロルドの話だと、会社の関心はこの家よりも、この地所にあるという――どんな買い手にとっても、それはおなじらしい。この家そのものには、もうほとんど価値がないが、場所的に恵まれているからだ。売却条件として、南側の四部屋はフラットに改造され、自分は一生そこで暮らせることになった。残りの部分はホステルとなり、北側の厩舎やパドックの一部にできた研究室やオフィスで働く約二十人の若者がそこで寝起きしている。いつかそのうち、この古い家が取りこわされるだろうことは、計画書を見たから知っているが、いま現在、自分の存命中は、この家も、南側の庭も、手つかずのまま残される。ハロルドが保証してくれたところによると、まだ十五年ないし二十年は、取りこわしの必要が起きないだろう――それは自分に必要な期間よりもずっと長い……。

それに、とドルダースン夫人は穏やかに考えた。あの世へ行くのがそんなにつらいことだろうか。年をとると役に立たないうえに、いまでは車椅子が必要で、ほかのみんなのお荷物になっている。それと、自分はもうここに属しておらず――ほかの人びとの世界にいるよそものだ、という気分がする。世の中は大きく変わった。まず理解するのがむずかしくなり、つぎにはもっともっと複雑になってきて、それを理解する努力さえあきらめるようになる。年寄りがいろんな品物にしがみつきたがるのも無理はないわ、と思った。理解できなくなった世界と自分を結びつけている品物にこだわるのは……。

ハロルドはかわいい息子だし、彼のためにもあまりぼけたようすは見せられない――しかし、いつものことながら、それには骨が折れる……。たとえばきょうの昼食の席でもそう。ハロルドは、午後からはじめる実験のことでひどく興奮していた。ぜひともそのことを話さずにいられなかったらしい。その話がほとんどなにひとつ、こちらには理解できないのを知っているはずなのに。こんどもそれは次元の話だった――ようやくわかったことはそれだけ。こちらはうなずくだけで、よぶんなことはなにもいわなかった。先日、おなじ話題が持ちあがったときには、ついこういってしまったのだ。わたしの若いころには次元は三つしかなかったのに、いくらこの世界が進歩したからといって、それ以上次元がふえるとは思えないわ。すると、それがきっかけで、ハロルドは数学者の観点から見たこの世界の説明をはじめた。彼にいわせると、一連の次元の存在を感知することが可能らしい。時間と関連した存在の一瞬さえもが、どうやら一種の次元であるらしい。哲学的には――と、ハロルドが説明をはじめた――だがそこで、とつぜん話がちんぷんかんぷんになった。混乱のなかへまっしぐらという感じ。若いころには、哲学と、数学と、形而上学が、どれもまるきりべつべつの学問のような気がしたものだ――いまは、それらが理解できないほどごっちゃに混じりあっているらしい。そこで、きょうは静かにむこうの話に聞きいり、ときどき小さくあいづちを打つだけにしておいた。

とうとう最後にハロルドが悲しげにほほえみ、しんぼう強く聞いてくれてほんとにありがとう、と礼をいった。それからテーブルをぐるっとまわって、手と手を重ね、優しく頬にキスをしてくれた。こちらも、午後からはじまる謎の実験が成功しますようにと祈った。それからジェニーがやってきて食卓の上を片づけ、この車椅子を窓ぎわまで押していって……。

眠気をもよおす午後の暖かさに誘われて、彼女はなかば夢心地になり、その夢に連れもどされた先は、五十年前のちょうどこれとよく似た午後だった。あのときも、やはりこのフランス窓のそばにいて――もっとも、当時は車椅子など影も形もなかったが――アーサーがやってくるのを待っていた……胸が痛くなるほどアーサーへの想いをこめて待っていた……だが、とうとうアーサーはやってこなかった……。

物事の落ちつく先はふしぎなものだ。もし、あの日アーサーが訪れていたら、おそらく自分は彼と結婚したことだろう。すると、ハロルドとシンシアはこの世に存在しなくなる。もちろん、子供を産むことにはならなかっただろうが、それはハロルドでもシンシアでもない……。人間の存在とは、なんと奇妙で、行き当たりばったりのものだろうか……ある男に「ノー」と答え、べつの男に「イエス」と答えるだけで、女はこの世に潜在的殺人者を送りだしているのかも……。いまのみんなはなんと愚かなのだろう――一方で、あらゆるものをきちんと整理し、人生を安定させようとしているのに、その背後で、あらゆる人間の過去には、たくさんの機会をちりばめた女たちの行列がつづき、そのときどきの気分で、「イエス」とか、「ノー」とか返事している……。

それにしても、いまとつぜんアーサーのことを思いだすとは、なんと奇妙な。この前アーサーのことを思いだしたのは、もう何年も昔のことなのに。

あの日の午後にアーサーが求婚するだろうことには、かなりの確信があった。あのころの自分は、コリン・ドルダースンの存在さえ知らなかった。もしアーサーに求婚されていたら、おそらく承諾したことだろう。いや、きっと承諾したことだろう。

　それについては、あとでなんの説明もなかった。なぜあのとき——そしてその後も——アーサーがこなかったのか、その理由はいまだに謎のまま。本人からは手紙さえもこない。十日、いや、二週間ほどあとで、アーサーの母親から届いたなんとなくよそよそしい手紙には、息子が病気になって、医者から国外への転地療養をすすめられたとか。だが、その後は音信不通——それから二年あまりあとに、彼の名前を新聞で見るまでは……。

　もちろんこちらは腹を立てた——女にもプライドはある——そして、傷つきもした。しばらくは……。しかし、結果的に見てあれが最善の道ではなかったことが、どうして当時の自分にわかるだろう？——アーサーとのあいだに生まれる子供が、ハロルドやシンシアとおなじようにかわいく、おなじように優しくて、頭のいい子だったかどうか……。

　なんという数かぎりない機会……いま、みんながよく口にする遺伝子だかなんだかの組み合わせ……。

　テニスのボールを打ちあうひびきがおさまり、プレーヤーたちは去っていった。たぶん研究室へもどったのだろう。蜜蜂の群れはまだ花のまわりで熱心に唸りを上げている。五、六羽の蝶もやはりそこを訪れているが、遊び半分というか、飛ぶのがあまりうまくない感じ。しだいに強まる日ざしに、遠くの木々がちらちら光る。昼下がりの眠気にもはや抵抗できなくなった。ドルダースン夫人は逆らわなかった。頭をうしろに寝かせたとき、どこかでべつの唸り、蜜蜂の群れよりも高いひびきがはじまったのをぼんやり意識したが、眠りを妨げるほどの音ではなかった。知らず知らず、まぶたが垂れ……。

　とつぜん、ほんの数メートル先、だが、いまいる場所からは見えないところで、小道に足音がひびいた。だしぬけにはじまったその足音は、だれかが草地から小道へはいってきたように聞こえた——だが、もしそうなら、そのだれかが草地を横切る姿が見えたはずだ。同時に、バリトンの声が聞こえた。ほがらかに、だが小さく、ひとりで歌っている。その歌も、いまとつぜんはじまったようだ。しかも、歌詞の途中から——

——れもかれもが踊ってる、踊ってる、踊っ——

歌声が急にとぎれた。足音もぱったりやんだ。

ドルダースン夫人は、すでに目をひらいていた——大きくぱっちりと。痩せた手が椅子のひじ掛けを握りしめた。いまの歌には聞きおぼえがある。いや、それだけでなく、声のぬしがだれであるかにも確信がある——あれだけの歳月を経たあとでも……。ばかばかしい夢、と彼女は自分にいい聞かせた……。目を閉じる前のほんのいっとき、彼のことを思いだしただけなのに……。なんとばかばかしい……！

けれども、ふしぎなことにそれは夢らしくなかった……。あらゆるものがくっきりとあざやかで、なじみ深く、すじが通っている……。椅子のひじ掛けも、さわってみると、指にたしかな感触が……。

べつの考えが頭にうかんだ。わたしは死んだらしい。だから、いつもの夢とちがうんだわ。日なたにすわったまま、静かに死んだのにちがいない。お医者さまの話でも、急にそんなことが起きるかもしれない、と……。いま、それが起きた！　つかのま、安堵を感じた——べつに死をひどく恐れていたわけではないが、この先にまだ苦しみが控えている、という意識はあった。いま、それは終わった——しかも、なんの苦しみもなく。まるで眠るように。だしぬけに幸福感が訪れた。ひどく陽気な気分になった……。といっても、まだ椅子に縛りつけられている気がするのが奇妙ではあるけれど……。

砂利がザクッと音を立てた。当惑ぎみの声がいった。

「変だぞ！　どうもおかしい！　いったい、こりゃどういうことなんだ？」

ドルダースン夫人は車椅子の上で身動きをやめた。

あの声にはもう疑いがない。

　間。不安そうに足を踏みかえる音。それからまた足音が近づいたが、こんどはのろく、ためらいがち。その足音がひとりの青年を視野に運んできた。――あら、なんと若いこと。彼女はきゅっと心臓が縮まるのを感じた……。

　その青年の服装は、クラブのマークがついた縞のブレザーと、白いフラノのズボン。首にシルクのスカーフを巻き、色バンドを巻いた麦わら帽をあみだにかぶっている。両手をズボンのポケットにつっこみ、左の小脇にはテニスのラケット。

　最初に見えたのは横顔だったが、いつもの彼ほど颯爽としてはいなかった。当惑した表情で、ちょっぴり口をあけ、行く手の木立の方角にあるピンクの屋根を見つめていた。

「アーサー」と、ドルダースン夫人は静かに呼びかけた。

　むこうがびくっとした。ラケットが滑り落ち、小道の上でカタンと音を立てた。それを拾いあげながら、帽子をぬぎ、同時にふだんの落ちつきをとりもどそうとした。うまくいかないようだ。上体を起こしたときには、顔が紅潮し、混乱のおさまらない表情だった。

　青年は、車椅子にすわった老婦人を見やった。両膝が上掛けで隠され、痩せてかぼそい両手はひじ掛けをつかんでいる。青年の視線は老婦人を越えて、部屋のなかに届いた。混乱がいっそう深まり、そこに驚きが加わった。青年は老婦人に視線をもどした。むこうもこちらをじっと見つめかえしている。これまでに見たおぼえのない人物だし、いったいだれなのかも知らない――しかし、その老婦人の目つきには、なにかちょっぴり、かすかな見おぼえがあるような気がする。

　ドルダースン夫人は自分の右手に視線を落とした。つかのま、ちょっと首をかしげてそれを見つめてから、ふたたび相手のほうに目を上げた。

「あなたはわたしを知らないわね、アーサー？」と静かにたずねた。

その声にこもる悲しげな口調を、青年は非難まじりの失望と受けとった。できるだけ落ちつきをとりもどそうとした。

「ええ――残念ながら」と告白した。「つまり、ぼくは――その――あなたは――えーと――」そこで言葉に詰まり、破れかぶれでこういった。「もしかしてセルマの――ミス・キルダーの――伯母さんですか？」

ドルダースン夫人はしばらくじっと青年を見つめた。相手はこちらの表情が理解できないようすだ。しかし、彼女はこう答えた――

「いいえ。わたしは〝セルマの伯母さん〟じゃないわ」

ふたたび青年の視線は、彼女のうしろにある部屋を見まわした。こんどは、当惑したように首を横にふった。

「なにもかもちがう――いや、半分ちがう」と悲しげにいった。「待てよ、ひょっとしてべつの家かな――？」言葉を切り、もう一度庭をながめた。「いや、そんなはずはない」自分に向かってそう断言した。

「しかし、なにが――なにが起きたんだろう？」

青年の驚きは、もはや単純なものではなくなっていた。ひどく動揺したようすだ。とまどった視線がふたたび夫人のほうにもどってきた。

「お願いです――どうもよくわからない――ど、い、どうしてあなたはぼくを知ってるんですか？」

青年の悩みがしだいに深まるのを見て、ドルダースン夫人は悩み、用心深くなった。

「その顔に見おぼえがあるのよ、アーサー。前に会ったことがあるから」

「前に？　思いだせません……申しわけないが……」

「なんだか顔色がよくないわね、アーサー。あそこの椅子をここへ持ってらっしゃいよ。すこし休んだほうがいいわ」

「ありがとうございます、ミセス、えーと、ミセス――？」

「ドルダースン」と彼女は答えた。

「ありがとう、ミセス・ドルダースン」そういうと、青年はちょっと眉を寄せ、その名前を思いだそうとした。

　ドルダースン夫人は相手が椅子をひきよせるのをながめた。あらゆる動き、あらゆる言葉がなじみ深い。腰をかがめるたびに前に垂れる明るい色の髪の毛までが。相手は腰をおろすと、しばらくは無言で、眉を寄せて庭のむこうを見つめた。

　ドルダースン夫人も無言のまますわっていた。こちらの当惑ぶりも、相手と大差ないが、そのことはだまっていた。さっきの、自分が死んだという考えは、明らかにまったくばかげた想像であったらしい。ふだんのようにじっと椅子にすわったままで、いまも背中の痛みは感じられるし、椅子のひじ掛けを握ると、その手ざわりが感じられる。しかし、夢ではない――とうてい夢ではありえないほど、あらゆるものが細密で、堅牢で、実体を備えている……。あまりにも実体がありすぎて――つまり、もしこの青年がアーサー以外の人物だったら、ちゃんとすじが通るのでは……？

　これは単純な幻覚なのだろうか？――自分の気のせいで、まったくべつの青年に、アーサーの顔をすげかえたのだろうか？

　ドルダースン夫人はちらと相手を見た。いや、そんなはずはない――むこうはアーサーという呼びかけにちゃんと反応した。明らかにこの青年はアーサーだ――おまけに、着ているのはアーサーのブレザー……近ごろではこんなブレザーの仕立て方はしないし、もう何年も何年も前から、麦わら帽子をかぶった若い男など見たことがない……。

　一種の幽霊……？　いや、ちがう――むこうはちゃんと実体がある。腰をおろしたときには椅子がきしんだし、さっきは砂利を踏みしめる靴音も聞こえた……。それに、だれがこんな怪談を聞いたことがあるだろう？　完全にとまどった青年、しかも、顔にひげ剃りの小さい切り傷をこしらえた青年の幽霊……？

　相手が頭をめぐらしたので、その考えは中断された。

「セルマがここにいると思ったんです」と青年はいった。「セルマがそういいました、ここで待ってる、と。教えてくださいさい、彼女はどこにいるんですか？」

まるでおびえた子供みたい、と彼女は思った。相手をなぐさめて、これ以上怖がらせないようにしなくては。しかし、こんな言葉しか思いつけなかった――

「セルマはそんなに遠くじゃないわ」

「ぜひとも彼女を見つけないと。そしたら、なにがあったかを話してくれるでしょう」彼は立ちあがろうとした。

彼女は相手の腕に片手をのせて、そっと押さえた。

「ちょっと待って。いったい、なにがあったという気がするわけ？　あなたがそんなに心配してることというのは？」

「これです」青年はそういうと、周囲のものすべてを含めるように片手をふった。「なにもかも変わった――それなのに、おなじというか――それなのに、やっぱり……。まるで――まるで自分の頭がおかしくなった気がするんです」

彼女は相手をじっと見つめてから、首を横にふった。

「いいえ、あなたの頭がおかしいとは思えないわ。教えてちょうだい。どこが変なのかを」

「ぼくはここへテニスをしにきました――いや、ほんとはセルマに会うためにに」青年はいいなおした。「最初はなにもかも正常でした――いつもどおりに。ここの私道を登ってきて、小道のはじまりにある大きな樅《もみ》の木に自転車を立てかけたんです。それから小道づたいにここまでくると、ちょうどこの家の角まできたとき、急になにもかもが妙な感じになって……」

「妙な感じ？」ドルダースン夫人はたずねた。「なにが――妙な感じに？」

「つまり、ほとんど万事がですよ。太陽が空でさっと動いたように見えたり。まわりの木々が急に大きくなって、前とおなじでなくなったり。あそこの花壇に植わった花もすっかり色が変わったり。塀の上いちめんに這っていた蔦《つた》も、とつぜん高さが半分ぐらいになって。しかも、あそこに家が現われたんです。前にはなんにもなかったところに。雑木林の先は野原でした。この小道の砂利も前に思っていたより黄色っぽい気がします。それにこの部屋……たしかにおなじ部屋です。あのデスクにも、暖炉にも見おぼえがあるし――それと、あの二枚の絵にも。だけど、壁紙がぜんぜんちがう。前はああいう壁紙じゃなかった――しかし、だからといって新しいわけでもないし……セルマがどこにいるのか、どうか教えてください……彼女の説明を聞きたいんです……ぼくは頭がおかしくなったのにちがいない……」

　ドルダースン夫人は自分の手をしっかり青年の手の上に重ねた。

「いいえ」と彼女は断言した。「なんにしても、そんなことじゃないのはたしか」

「では、いったいなにが――？」青年はそこで急に言葉を切り、ちょっと首をかしげて耳をすました。音が大きくなった。「あれはなんです？」と心配そうにたずねた。

　ドルダースン夫人は重ねた手に力をこめた。

「だいじょうぶ」子供をあやすような口調でいった。「だいじょうぶよ、アーサー」

　その音が大きくなるにつれて、青年の緊張が高まるのが感じとれた。その爆音が高度三百メートルほどの上空を通過すると、打ちすえられた大気が、その背後で低く重々しい音を立て、ふるえながらしだいに静まった。

　アーサーはそれを見たのだ。それが姿を消すまでを見たのだ。やがてこちらをふりむいたアーサーの顔は、おびえて血の気がなかった。彼は奇妙な声でたずねた――

「あれは――あれはなんですか？」

　静かに、まるで相手に冷静さを押しつけるように、彼女は答えた。

「ただの飛行機よ、アーサー。なんとうるさくて、やかましいしろものかしら」

それが消えたあたりの空を見つめて、アーサーはかぶりを振った。

「いや、飛行機なら見たこともあるし、音を聞いたこともあります。飛行機というのはああいうものじゃない。オートバイみたいな音で、ただ、もっとやかましいだけです。いまの音は恐ろしい！　ぼくにはさっぱりわかりません――いったいなにが起きたのか……」

悲痛な声だった。

　それに答えようとしたとき、ドルダースン夫人にはある考えがうかんだ。息子のハロルドのいった言葉の記憶が、急にはっきりとよみがえったのだ。いろいろな次元のこと、それらをべつの平面に移すこと。時間さえもがたんなるひとつの次元にすぎないような話しっぷり……。ある衝撃的な直感で、彼女はいま理解した――いや、理解という言葉では強すぎる――彼女は感じとった。しかし、感じとりながらも、途方に暮れていた。もう一度青年に目をやる。むこうはまだ緊張したまま、かすかにふるえている。自分の頭がどうかしたのではないか、と考えているのだろう。それをとめなくては。しかし、優しい方法はない――いちばん残酷でない方法は？

「アーサー」とドルダースン夫人はだしぬけに呼びかけた。

　青年は茫然とした表情でふりむいた。

　彼女はわざとてきぱきした口調になった。

「あそこの食器棚にブランデーがひと瓶あるわ。ここへ持ってきてちょうだい――それと、グラスをふたつ」そう彼女は命じた。

　どことなく夢遊病者じみた動きで、青年はその命令にしたがった。彼女はタンブラーに三分の一ほどブランデーをつぎ、そして、自分のタンブラーにもすこしついだ。

「それを飲んで」と彼女はいった。相手はためらった。

「早く」と彼女は命じた。「あなたはショックを受けてる。それを飲めば気が落ちつくわ。わたしはあなたと話しあいたい。でも、あなたがショックでぼんやりしていては、そうできないから」

　青年はブランデーを飲み、ちょっと咳こんでから、もう一度腰をおろした。

「ぜんぶ飲んで」と彼女は強い口調でいった。青年はそれを飲みほした。まもなく彼女はたずねた。

「いくらか気分がよくなった？」

　青年はうなずいたが、無言のままだった。彼女はある決心をすると、注意深く息を吸いこんだ。いままでのてきぱきした口調を捨てて、こうたずねた。

「ねえ、アーサー、答えてちょうだい。きょうは何日かしら？」

「何日？」青年は意外そうに答えた。「きょうは金曜日です。えーと——六月の二十七日」

「でも、何年なの、アーサー。今年は何年？」

　青年は彼女と正面から向きあった。

「ぼくはほんとに頭が変なわけじゃありませんよ。自分がだれであるかも、自分がどこにいるかも知っています——つまり……調子が狂ったのは物事のほうで、ぼくじゃない。つまり——」

「アーサー、あなたに答えてほしいのは、今年が何年かということ」彼女の声にまた命令口調がもどってきた。

　アーサーは、彼女をじっと見つめたままで答えた。

「一九一三年ですよ、もちろん」

　ドルダースン夫人の視線は、芝生と花壇のほうにもどった。彼女は静かにうなずいた。たしかにあの年だ——あの日は金曜だった。ふしぎなことに、そこまでおぼえている。六月二十七日だった可能性はじゅうぶんにある……。とにかく、アーサーがやってこなかったのは、たしかに一九一三年の夏の金曜日……。なにもかも遠い、遠い昔のこと……。

　青年の声で彼女はわれに返った。落ちつきのない、不安な声だった。

「なぜ——なぜそんなことをたずねたんですか——つまり、今年が何年か、と？」

　ひたいにしわを寄せ、不安そうな目つきだった。彼はとても若い。そう思うと、心がうずいた。自分の老いた、かぼそい手を、もう一度若くたくましい手の上に重ねた。

「ぼくには——なんだかわかるような気がします」青年はふるえる声でいった。「それは——これがどういうことなのかはともかく、あなたがそんな質問をしたのは、きっと……さっきの奇妙な出来事のせいだ、そうでしょう？　どういうわけか、いまはもう一九一三年じゃない——そういう意味ですね？　あそこの木が大きく伸びて……それに、あの飛行機……」青年はそこで言葉を切り、かっと目を見ひらいて彼女を見つめた。「教えてください……どうかお願いです……。いったいなにがぼくの身に起きたんですか——いま、ぼくはどこにいるんですか？……ここはどこ……？」

「かわいそうに……」と彼女はつぶやいた。

「どうか、お願いです……」

クロスワードをやりかけたままの《タイムズ》が、かたわらの椅子の上につっこんであった。彼女は不承不承にその新聞をひっぱりだした。それをきちんと畳みなおし、相手にさしだす。受けとる青年の手はふるえていた。

「ロンドン、月曜、七月一日」と青年は読みあげた。それから、信じられないといいたげに声をひそめて——「一九六三年！」

青年は新聞を下におろし、哀願するように彼女を見た。

彼女は二度、ゆっくりとうなずいてみせた。

ふたりはおたがいを見つめあい、無言ですわりつづけた。しだいに青年の表情が変化した。苦痛を感じたかのように眉を寄せる。ぎくしゃくと周囲を見まわし、逃げ道を探すように、視線をさまよわせる。やがて、その視線が彼女のほうにもどってきた。一瞬、青年は固く目を閉じた。それからまたひらいた。悩みと——そして不安のこもった目を。

「ああ、いや——そんな……！　まさか……！　まさかあなたは……。そんなはずはない……。さっき——

さっきあなたのおっしゃった名前は……ミセス・ドルダースン、そうでしたね……？　さっきあなたは……。まさか――まさかあなたは――セルマ……？」

ドルダースン夫人は無言だった。ふたりはおたがいをじっと見つめあった。青年の顔はくしゃくしゃになった。いまにも泣きだしそうな幼い子供のように。

「ああ、神さま！　ああ――ああ――ああ……！」そうさけぶと、両手に顔を埋めた。

つかのま、ドルダースン夫人の目は閉ざされた。ふたたび目をひらいたときには、自制をとりもどしていた。彼女は悲しげに青年のふるえる両肩をながめた。青い静脈の浮きだしたかぼそい左手が、うなだれた青年の頭へと伸び、明るい色の髪をそっとなでた。

ドルダースン夫人の右手は、そばのテーブルにのせたベルの押しボタンをさぐった。それを押したあとも、指をボタンの上に置きつづけた……。

動きまわる物音を聞いて、彼女は目をひらいた。ベネチアン・ブラインドは下りているが、そこからもれる日ざしで、ベッドわきに立つハロルドの姿が見えた。

「起こすつもりはなかったんだよ、母さん」と息子がいった。

「おまえのせいで目が覚めたわけじゃないわ、ハロルド。いま、夢を見てたけど、眠ってはいなかったもの。そこへすわってちょうだい。話したいことがあるから」

「無理しちゃだめだよ、母さん。ちょっと病気がぶりかえしたようだから」

「そうでしょうとも。だけど、あれこれ考えるほうが、はっきりそうだといってもらうよりもずっと疲れるのよ。そんなに長話はしないから」

「わかったよ、母さん」ハロルドは椅子をベッドわきに近づけて腰をおろし、母の片手を握った。母親は薄暗がりのなかで息子の顔を見つめた。

「おまえがあれをやったのね、そうでしょう、ハロルド？　おまえのあの実験が、かわいそうなアーサーをここへ呼びよせたわけ？」

「あれは偶発事故なんだよ、母さん」

「話して」

「われわれはテスト中だった。準備段階のテスト。理論的にそれが可能なことは、すでにわかっていた。つまり、すでに証明されたところでは、もしわれわれが――まいったな、これを言葉で説明するのはすごくむずかしい――もしわれわれが、つまり、ある次元をゆがめて、いわばそれを二つ折りにした場合、通常は離れているふたつの点が重なりあうわけだ……どうもうまく説明できないけど……」

「いいのよ、ハロルド。つづけて」

「つまり、場の歪みを発生させる装置を調節するとき、通常は五十年離れたふたつの時点がひとつに重なるようにセットしたんだよ。たとえていえば、細長い紙きれの上にふたつのマークがあって、その紙きれを二つ折りにすると、そのマークが重なりあう」

「それで？」

「あれはまったく任意の選択でね。十年でも、百年でもよかったが、たまたま五十年を選んだわけ。それが驚くほど近い線までいったんだよ、母さん。かなり正確だった。五十年間でたった四日の誤差。びっくり仰天したね。いまからの仕事は、その誤差の原因をつきとめることだが、だれもが予想さえしなかったよ。まさかあそこまで――」

「わかったわ、ハロルド。つまり、大成功だったわけね。でも、いったいなにが起きたの？」

「ああ、ごめん。つまり、いまもいったように、あれは偶発事故だった。装置のスイッチを入れたのは、ほんの三、四秒間――ところが、ちょうどその瞬間に、あの男が同時発生の場へ足を踏みいれたらしい。めったにないというか――百万にひとつの偶然だね。あんな事故が起こらなきゃよかったとは思うが、あらかじめ知りようがないし……」

　彼女は枕の上で頭をめぐらせた。

「そうね。あらかじめ知りようはなかった」そういってから、「で、そのあとは？」

「べつになにも。こっちはなにも知らなかったんだが、呼び出しベルを聞いてジェニーがここへ駆けつけたら、母さんが気を失っていて、あのアーサーという男がおろおろしてる。そこでジェニーはぼくを呼んだわけだよ。

女子社員のひとりが、母さんをベッドに寝かせるのを手伝ってくれた。ソール先生が到着して、母さんを診察した。それからあのアーサーにも鎮静剤を注射した。たしかに、あの哀れな男にはそれが必要だった――恋人とテニスをしにやってきたのに、とんでもない事故にまきこまれたんだからね。

すこし落ちついてから、あの男は、自分が何者でどこからやってきたかを、われわれに話してくれた。いや、聞きものだったよ！　最初の実験で、生き証人が偶然に得られたんだから！

しかし、かわいそうに、あの男の希望は、できるだけ早くもとの時代へもどることだった。ひどい傷心ぶりでね――ほんとに気の毒だった。ソール先生は、彼が正気を失わないように麻酔をかけたいという。たしかにそんな感じだったよ――だが、麻酔のあとで意識を回復しても、あまり気分はよくなったように見えなかった。

あの男をもとの時代へ送りかえすことが可能かどうかさえ不明だった。大ざっぱなたとえでいうと、〝未来〟への移動は、自然な進行過程の無限の加速とみなせる。しかし、〝過去〟への移動は、いったん考えはじめると、いろいろな不安材料が出てくる。そんなわけでなかなか議論がまとまらなかったが、結局ソール先生が結論をくだした。もし、ある程度まで成功の見込みがあるなら、この男にはそれをためす権利があるし、こちらは彼を巻きぞえにした行為を償う義務がある。それだけじゃなく、手をつかねていれば、すっかり動転して頭のおかしくなった男、しかも、いわば五十年も時代のずれた男の身柄を、なぜわれわれが預かっているのか、それをだれかに説明する必要が起きる。

そこでわれわれは、アーサーというあの男にこう説明した。時間逆行の場合、装置がちゃんと動くかどうかには確信が持てない——それにとにかく、ここへくるときも暦の上で四日のずれが起きたんだし、たとえ首尾よくいっても、きっかりおなじ日にもどれるとはかぎらない、と。むこうがそこをはっきり理解したかどうか。あの気の毒な男は、みじめな状態でね。彼が望んだのは、この時代から脱出するチャンスだけだった——どんなチャンスでもよかったんだ。そのことしか考えてないようすだった。

そこでわれわれは、危険を承知で決断したんだよ——結局、もしそれが不可能と判明した場合、彼は——そう、彼はそのことをなにも知らずに終わるだろう——それとも、なにも起こらないかもしれない……。

発生装置のセッティングは、まだもとのままになっている。そこで、技術者のひとりを装置の担当につけ、あのアーサーを母さんの部屋のわきにある小道まで連れていって、そこで待機させたんだよ。

『さあ、歩きはじめてくれ』と、われわれはあの男にいった。『あれが起きたとき、きみが歩いていたように』それから、スイッチ・オンの信号を出した。あの男は、医師の処方薬や、いろんなショックでずいぶんふらふらだったが、自分を落ちつかせようと努力した。いくらかふらつきながらも歩きだしたよ。実直な性格らしくて、半分泣きながらも、おぼつかない調子で歌をうたっていた——『だれもかれもが踊ってる、踊ってる——』

そこであの男の姿は消えた——完全に消えた」ハロルドはそこで間をおき、残念そうにいった。「いま、われわれに残された証拠は、あまり説得力がない——テニス・ラケットがひとつ。ほとんど新品だが、年代物だ。それと麦わら帽がひとつ。これもおなじく」

ドルダースン夫人は無言で横たわっていた。息子がいった。

「母さん、われわれはベストをつくしたんだよ。方法はあれしかなかった」

「もちろんそうよ、ハロルド。そして、成功したわけ。あの事故を帳消しにできなかったのは、おまえの責任じゃないわ……。いいえ、わたしの考えていたのは、べつのことなの。もしその機械にスイッチを入れるのが、それより二、三分前だったら――それとも二、三分あとだったら、なにが起きていたかしら？　でも、そんなことが起こるはずはない……。もしもそうなら、おまえがいまここにいるはずはないし……」

　息子はやや不安そうに母親を見つめた。

「母さん、それはどういう意味？」

「いいえ、なんでもないのよ、ハロルド。あれは、おまえのいったとおり、偶発事故。――すくなくとも、わたしはそう思ってる――でも、とてもたくさんの重要な事件が偶発事故に思えるものだから、ときどきふしぎな気分になるのよね。ほんとは最初からそうなることがどこかに書かれていたんじゃないかしら、と……」

　ハロルドは母親を見つめ、いまの言葉の意味を探ろうとしたすえ、こうたずねた。

「でも、母さん、どうしてそう思うの？　つまり、われわれが彼を過去へもどすのに成功した、と？」

「あら、成功したのは知ってるわよ。ひとつには、新聞を読んだあの日のことを、いまもはっきりおぼえてるから。つまり、アーサー・ウェアリング・バトリー中尉が殊勲章を授与された――たしか一九一五年の十一月のことだったわ。

　それと、もうひとつは、いまさっきおまえの妹から手紙をもらったから」

「シンシアから？　いったいシンシアとこれとなんの関係が？」

「あの子は、わたしたちに会いにきたいんだって。いま再婚を考えていて、その相手の若い男を――いいえ、そんなに若くもないと思うけどね――いっしょに連れてきて、わたしたちにひきあわせたいから」

「それはいいけど、どうしてそれが――」

「シンシアは、おまえなら彼と話が合うかもしれない、と思ってるのよ。むこうは物理学者だから」

「しかし──」

　ドルダースン夫人は、息子が口をはさんだのが聞こえないようにつづけた──

「シンシアの手紙だと、その男の名はバトリー──つまり、ケニアのナイロビ在住の殊勲章受勲者、アーサー・ウェアリング・バトリー大佐の息子なんだって」

「つまり、あの男の息子だってこと──？」

「そうらしいわ。ふしぎなこともあればあるものね、ちがう？」老婦人はしばらく考えてから、こうつけたした。「もしこうしたことが文章に書かれたとしたら、とても奇妙なこじつけみたいに見えるんじゃないかしら、そう思わない……？」

水よりも濃し

Thicker than Water

ジェラルド・カーシュ
吉野美恵子訳

アントニイ・バージェスによれば、カーシュの代表作*Fowler's End*（一九五七）は「二十世紀におけるコミック・ノヴェルで最高傑作の一つ」であるという。ＳＦ作家のマイクル・ムアコックによれば、その長篇を初めて読んだときは大笑いがとまらなかったという。もっとも、カーシュの長篇は長篇ではなく、長い短篇というような感じがする。やはりカーシュ独特の香りを味わうには、「長篇よりも濃し」で短篇にかぎる。

1

「昔からおまえは、まったくもって意気地なしもいいとこだった」と伯父は言った。「おまえが、ユリのごとく清らかな身で、ケンブリッジを出たときのことなんぞ忘れようにも忘れられんわい。わしは十ポンド札を渡してこう言ったんだ。『そら、十ポンドだ、ロドニー――ウエスト・エンドへ行ってこい、陽気な仲間を見つけろ。楽しんでこい、一人前の男になってこい！』で、おまえは出かけた、天に召される人のように服のボタンをきっちりかけて。そして深夜に意気揚々と帰ってきた……。うん？　また顔を赤くしておるな、おまえ。用心したほうがいいぞ、ロドニー。おまえを見てると、昔ウィティングリーとアンバーサムのあいだを走っていたちっぽけな汽車を思い出すぞ――運転手が汽笛を鳴らすと、機関車は蒸気を使い果たす、そして止まってしまうのさ。赤くなるのはやめておけ。おまえの血液にそんな余裕はなかろう。固まった牛乳みたいなやつには！」

　私は言った。「だって、伯父さん――たのむから！」

　だが容赦なしだった。例によって伯父は残酷なふざけたがりの気分になっていた。彼はクリスタルガラスのシャンデリアに向かって、いわば擬人法で語りかけながらなおも続けた。「……深夜に帰ってきたわけだ、このロドニーのやつが熱くほてってて。わしは胸のなかで言う、『うん、よしよし、本の虫のこいつもやっと少し馬鹿をやらかすようになったか。もうそろそろだと思っていたんだ！　こっちにも少し、人を介して味わう楽しみを分けてもらうとしよう……』で、今夜はどんなふうに過ごしたのか話してくれと頼む――と言ってもね、まさか若気の放蕩の数々にふけったわけではあるまいよ、なにしろ午後のお茶の時間から魔物の跳梁する深夜までのあいだのことだから。『散財したのかね、ロドニーや？』と訊いてみる。すると、『そのとおりなんです、アーノルドおじさん！』と、この抜け作が言う。そして、いいかね、ほんとの話だぞ、こいつときたら九ポンドと三シリング六ペンスを取り出し――いやはや！――うしろめたそうな顔をして言うわけだ。『お釣りはこれだけ！』とな」

彼は野卑な哄笑をとどろかせ、おかげで憎むべきシャンデリアのクリスタルガラスが振動し共鳴して忍び笑いを洩らすかに思われた。いまここで慈悲を乞うても益はない、それをこころえて私は沈黙を守った。

彼が続けた。「釣り銭だとおいでなすった、釣り銭か！」――シャンデリアが、釣り銭！　と歌った。「十ポンド札のうちから九ポンド三シリング六ペンス。で、散財したのかね？　『そのとおりなんです、アーノルド伯父さん』だと……。十六シリング六ペンス、それだけでこいつは、人生初の大いなる街の一夜を過ごしたのだよ、まったく信じがたいことに！……『生活費がいらなくなってきたのにちがいない』と、わしは言ってやる。『なぜならば、わしが二十二だったころ、と言えば四十年以上も昔の話になるが、そのころわしの伯父貴が街で景気よく使えと十ポンドくれたとしよう、そしたらわしはきっとカラッケツで帰ってきただろうよ、そのうえストランド街のジャヴォージには勘定が未払いで――そうだな、タクシー代を払うにも執事に十シリング借りなきゃならなかっただろう……『いったいぜんたい』と、この情けないネズ公に訊いてみる、『いったいぜんたい、紳士が、十六シリング六ペンスで街の夜を過ごして何ができるというんだ？』するとこう言うわけだ、このロドニーのやつは。『友達にばったり会いましてね、ジーザス・カレッジのウィリケンス、で、一緒に映画を観にいったんですよ。〈情熱の慰みもの〉のリタ・アニタを観て、それから映画のあとはソーホーのカフェに行ってハムとスクランブル・エッグを食べました』」

私は叫んだ。「だって、伯父さん――」

「――だってか、甥っ子！」私に目をもどしてにらみつけながら彼はガミガミ言った。「いまいましい道徳家ぶった小物め、あのときからおまえをそう考えるようになったんだ。わしのかわいい妹に――おまえの不幸な母親に――約束したから、おまえの面倒は見てきたが。気の毒な妹よ！　われわれの忠告には耳も貸さずに結婚してしまったが――厳重な監禁さえも、彼女を引き止めるだけの力はなかったろう――相手の男は、つまりおまえの親父は、悪党、ごろつき、食わせものにして流れものだった。けど、すくなくとも、あいつは、紳士らしくではないにしても男らしく身を滅ぼすだけのたしなみはあったわけだよ。それにひきかえおまえは――青白い顔のキンセンカ野郎は――」

「――伯父さん、この髪の毛の色はぼくにはどうにもできないよ！」

「何だってどうにもできんだろう、おまえには！　わしの話を邪魔する勇気があっただけでも驚きだよ。いやはや、スパニエル犬め、おまえの半分も言われずにすんだとしても、わしなら自分の父親の面をぶん殴ってるところだぞ！　わしの兄貴は、さらにもっとつまらんことで父親にほぼそれと等しい行為をやってのけ、あげくに家を追い出されたが、アフリカに渡ってその地で身代をつくった……わしも一緒に行ければよかったんだが……ああ、この骨なしめ――わしをいま殴り倒していてみろ、おまえを見直す気になったろうよ、ところがおまえはべそかき声を出すだけじゃないか、『伯父さん、伯父さん、伯父さん！』と」

そして私が言えるのはこれだけだ。「だけど、伯父さん！」

「――しかしながら」と伯父は続けた。「おまえもどこかに根性のひとかけらぐらいは持ちあわせておるにちがいない、さもなければそのメイヴィスとやらに恋をする度胸もなかったはずだからな。とはいえ、その手のナンセンスは断ち切っておくべきだったのだよ、わしが十ポンドくれてやったあのときに。〝二十歳で愚行をおかさない者は四十歳でおかす〟。けだし名言だ、だれが言ったか知らんが。だからおまえはそのざまだ、のぼせあがったわけだ、いい年をして――」

「――伯父さん、ぼくはまだ三十九だよ！」私は言った――どうしても泣きそうな声になるのをこらえきれない――「それに、のぼせあがったなんてことじゃない。本物の恋なんだ！」

「そりゃますますもって始末の悪いことになるぞ、本物だとしたらな。ところがそうじゃない。そうであるはずがない。本物の恋だと――よりによっておまえが！」

「どうしてぼくではだめなんですか、だれでもいいわけでしょう？」

「どうしておまえではだめなのか？」伯父は問い返した。「なぜなら……おまえはおまえだからだ。本物の恋は男のものだぞ。しかるにおまえは何だ？ キンセンカだ、ニンジンだ――あっは、そら見ろ、トマトみたいにまた顔を赤くしとるわ！――草だ、野菜だ、とにかく何でもいいが男とは呼べない。恋にはな、若いロドニーよ、血と炎が必要なのだ。おまえの身内の炎はすべてその滑稽な髪の毛にのぼり、体内の血はすべて顔を赤らめるのに必要とされる……。のぼせあがったのだよ、うん――話の邪魔をしてくれるな――そののぼせあがった相手というのがまた、しがないダンサーだときた。六ペンス払って見にくるそこらのトムやディックやハリーどもに大根脚を拝ませて、週に二ポンド稼いでる！」

　たとえ苦痛と怒りで息が詰まっていなかったとしても、私はたぶん黙っていたにちがいない。伯父は例によってご機嫌ななめだ。メイヴィスがすんなりしたすてきな脚の持ち主であることを言って聞かせても、どうせ伯父は自分の発言を訂正してますます腹の立つ言い方をしたことだろう。そりゃ失敬、骨ばった脚だ、と。かりに私が異議を唱えて、たとえばこう言ったとしよう、かのパヴロヴァも伯父の定義では〝ダンサー〃だ、メイヴィスはまじめなバレリーナなのだと、そう言えば、伯父はいやらしい横目をつかいながら言ったことだろう――そうとも、そういうもんさ！　シニョーラ・スキャンピがそうだったんだ、一八八三年に、わしの親父が彼女のためにブルック街に妾宅を構えたころはな……。獣のように無教養な男ではあったが、どんな言葉でも自分の目的に合わせてねじまげてしまう才を持ち合わせていた。そういうわけで私は沈黙を守り、なおも彼が話を続けた。

「いや、多少なりともおまえに男らしいところがあれば、これっぽっちも反対するつもりはないんだ、ダンサーと結婚するのもいいだろうよ。わしも昔もうちょいでそうするところだったのさ――そうすればよかったと思うよ――彼女の脚、すくなくともあれは魅力だった、あれにくらべると、うちの奥方なんぞ味気なくてどうにもいただけん……では品行はどうなのか、たとえ名ばかりのものだとしても。その点でもましだったわい。すくなくともラ・パレストリーナはあけっぴろげだったし、それは筋張った脚に鮫肌のイギリス女よりも称えられていいことだ……イギリス女は呪われてあれ、垂れたまぶたから、ひょろ長い冷たい脚までどこもかしこも！

いや、無駄話はやめておこう。そのダンサーなんぞと結婚してみろ、おまえをわしの遺言状から削除するだけでなく、おまえの手当ても打ち切りとするぞ。さあさあ！　決めろ」

「だけど、伯父さん！　ぼくはメイヴィスを愛しているし、彼女だってそうなんだよ」

伯父は冷笑して言った。「おまえはメイヴィスにのぼせあがり、彼女はわしがおまえにあたえる年額八百ポンドの金に恋をしているのさ。ひとつ訊くがね、赤カブ小僧よ、だれであれぴちぴちした女が、ほかにおまえのどこに惚れるというんだ？」

メイヴィスは伯父の怒濤の青春時代の踊り子とはタイプが異なると言ってやってもよかったのだ。伯父や同類の男どもが〃ぴちぴちした〃と表現するようなタイプとはちがって、彼女は黒い髪にほっそりした体つき、花びらのように青白い、まじめな娘なのだと。だが、私がそう言えば彼は荒々しく笑い、悪態をついて、最初から思っていたとおりだと言ったことだろう――その女は貧血症だ、石女《うまずめ》だ、そんなミルクと水の混ぜ物を認めるくらいなら死んだほうがましだと。

「ロドニーよ」彼は言った。「約束してくれ、いまここで。その女との結婚を考えているのなら、そんな考えはいっさい捨てることだ。いやだと言うなら明日クートに手紙を書き送るからな、それをもっておまえは、わしの存命中は年に八百ポンドを、そしてわしが死んだときには全財産をふいにすることになる。わしという人間を知っておるだろう、ロドニー。相手の首根っ子を押えこんだとき、いったんこうと決めたときのわしはブルテリアと同じだ、めったなことではあとにひかんぞ……さあ、どうする？」

私は言った。「おっしゃるとおりにします、アーノルド伯父さん。彼女のことはあきらめます」

すると彼は紫色の握りこぶしでドンッとテーブルをたたいて叫んだ。「そんなことだろうと思ったわい！　意気地なし野郎が！　堂々とわしに逆らっておれば手当てを千二百ポンドに上げてやったものを。祝福をあたえ、おまえに代わって花嫁にキスしてやったものを。こうである以上は、ルーバーブ小僧よ、いまこのときよりおまえの手当てを年六百に減額する。これを教訓とするがいい……。本物の恋か、え？　おまえはそれを年八百で売ったのさ！」

「だけど、でも、伯父さん――」

「――だけど、でも、伯父さん！　どうだ、いいことを教えてやろうか？　わしがおまえだったら伯父さんに既成事実《フェタコンプリ》をつきつけてやったところだよ。わしならこう言ってやった、『伯父さん、ぼくはこれこれしかじかの娘と結婚した。彼女を受け入れるか拒むかどっちかにしてくれ！』と。それなら――いいかね――わしだって百パーセント賛成してやったんだぞ。いやはや、おまえときたら……！」

　ここで私が勇を奮ってこう言ったのは、なるほどたしかにタイミングが悪かった。「伯父さん、メイヴィスとぼくは三ヵ月前に結婚しました」

　伯父はほっぺたをふくらませにかかった、が、癇癪を起こすなと医者に言われたことを思い出してまた息を吸いこんだ。平静にかえるとともにその顔に浮かんだ悪意と喜悦の混じりあった表情たるや、かつてそれ以上に恐ろしいものは見たことがないというほどのものだった。彼は言った。「おや、そうだったのか？　で、厚顔にもそれを言いだすわけかね、いまになって？」

　私は抗議した。「だって、伯父さん！　いま言ったでしょう——」

「——わしが言ったのはこうだ、虫けらめ、最初からそれを話すだけの勇気があれば、おまえを見直していたはずなんだぞ。しかしそうじゃなかろう、おまえは！　嗅ぎまわり手探りしてすり寄り、とうとうわしが一言洩らすと、今度はやたら威勢がよくなるわけだ、このマムシもどきが！……。ほう、そうか！　女と結婚したって？　彼女はおまえ自身に惚れたのだと（世の女たちがわし自身に惚れて当然なのと同じようにだ）、わしがあたえる金に目がくらんだのではないと、多少ともそう推測することができれば、いまいましいことだがおまえに年二千四百払ってやったものを！　だがこうである以上は、おまえがとんだ空泣き屋にすぎんからには、手当てを減額して……年六百とわしは言ったかな？　失敬、四百だ。おまえの手当ては真っ二つに切られるわけだよ、若いロドニー。そして、いまこのときより、だって伯父さんと泣き声を出したらそのつどさらに五十減らす。さてさて！」

　私の昔ながらの奴隷的習慣を彼は知っていた。拷問にかけるも同然の確実さで、私からわざと抗議を引き出したのだ。「だって、伯父さん！」私は叫んだ。

「年三百五十ポンドだ」満足そうに彼は言った。

「あなたはぼくを正当に扱ってない。昔からいつもぼくをばかにしてきたんですよ、たんにぼくが赤毛だから、それと狩猟とか射撃をどうしても好きになれないからというそれだけのことで！」

ふたたびシャンデリアに向かって語ることにしながら、伯父は私の口調を滑稽にまねてぶつぶつ呟いた。

「哀れなキツネを馬で追いかけるなんて、狩猟は不公平だとこいつは思ったわけだよ……わしがヤマウズラを撃ち落とし、その頭をブーツにたたきつけたときなんぞ、こいつはワッと泣きだしたもんだ……かわいそうな小僧よ！」

「あんたが嫌でたまらなかったんだ、人でなし！」私は叫び、大きな古い家のなかで自分の声が反響するのを聞いてぎょっとした。「人でなし、人でなし！　あんたの汚い金などいるもんか！　ちくしょう、だれがいるもんか！」

そこへ伯父の老いた召使が大きな銀盆をかかげてはいってきたのだが、仰天して立ちどまった。しかし伯父は笑って言った。「度胸を見せびらかしたか、ロドニー、え？　年四百にもどしてやる……。牡蠣《かき》をくれ、ランバート！」

ランバートが盆を下に置いた。長円形の銀の大皿が三つ、いずれも縁にそって十二の深めの窪みをつけてある。それぞれの窪みに太ったコルチェスター産の牡蠣が深い殻ごとならべられていた。手つきもおごそかにランバートがシャブリのコルクを抜き、アーノルド伯父のグラスに少し注いだ。伯父がワインの香りを嗅ぎ、口にふくんでころがして、唸る。「上等！……ランバート、ミスター・ロドニーにワインを」それから冷笑に口をゆがめて、私に。「ひょっとして牡蠣を食う気はないか、ロドニー？」

私は言った。「どんなことがあっても食べません、せっかくですがアーノルド伯父さん。牡蠣がぼくに合わないのは知ってるでしょう。気分が悪くなるんですよ。ええ、せっかくだけど、ほんとに！」

彼はブルテリアのようにまた攻撃してきた。「牡蠣はこいつに合わない」彼はシャンデリアに話しかけた。「合わないだと！　まるで、自尊心のある牡蠣が、こんな砂粒野郎に合ったり合わなかったりしてくださるみたいに！　牡蠣にくらべたら、こいつは小さい女の子のブレスレットになるだけの小粒真珠だよ……。ふん、ばかな！　シーズン最後の品か——そうなのかね、ランバート？」

「シーズン最後の牡蠣でございますよ、アーノルドさま。今日は四月の三十日。このあとはRのはいる月になるまで牡蠣は食べられません——ご存じのとおり次は九月からでございます、アーノルドさま」

　ランバートが部屋を出ていったあと、伯父は不平をこぼした。「五月——六月——七月——八月……四カ月だぞ、秋になって牡蠣のシーズンがはじまるまで。そのあいだ何を食って生きろというんだ？……チキンかね……」それから私を見て顔をしかめながら言った。「牡蠣はおまえに合わない、そうだな、ロドニー？　気分が悪くなるって、え？」

「そうなんですよ、伯父さん。いわゆる〝アレルギー〟というやつで、貝類がだめでしてね。食べると……食べると痙攣を起こすんです」

「では、こうしよう」と伯父は言った。「ここに三ダースの牡蠣がある。シーズン最後の品だ。わしがこれを二ダース食う。残る一ダースをおまえが食うんだ、そしたら手当てを年八百にもどしてやろう。どうかね？」

　牡蠣のにおいを嗅いだだけでも胸がむかついた。これだけ言うのが精一杯だった。「だめです、いやだ！」

　むさぼるように食いながらアーノルド伯父は言った。「こうしようじゃないか、若いロドニーよ。おまえが牡蠣をひとつ食うたびに、手当てを年五十ポンド引き上げてやる……さあさあ！」そしてコルチェスター特産の太った牡蠣を三叉フォークにのせて突き出した。

「くたばっちまえ！」叫んで後ずさりしながら、彼の手からフォークを払い落とした。

　彼はにやりと笑い、別のフォークを取りながら言った。「勇ましいぞ！　ブラボー！　おまえの手当てはこれで四百と五十だ」

「だって、伯父さん！」

「四百」そう言って、また牡蠣をすすりこむ。「やれやれ、人はなんで衰えていくのかね、情けなや！……いまならサドルバッグと引換えに何をくれてやってもいいぞ！　何のことかおまえにはわかるまいよ、なあ、ロドニー？――」伯父は思い出して、なんとも見苦しいことによだれを垂らさんばかり。「大きな厚切りの、やわらかい牛肉を用意して、両端から中ほどまで切れ目を入れるとポケットのように口があく。そこに汁のしたたるホイットスタブル産の牡蠣を八つか十ばかり詰めるんだ、汁も全部、そして切った端を縫い閉じる。焼き網で焼く、できれば炭火で……。うん、おまえなんぞ想像しただけでも吐きそうになるだろ？　われわれはそいつを黒ビールで流しこみ、そのあと仕上げにポートワインをひっかけたもんだぞ、意気地なしさんよ……。それがどうだろう、医者どもがいまわしにゆるすのは魚と白身の肉だ。塩さえ、いけない。血圧が高いと言うんだよ、おまけに動脈が硬い……動脈が硬くなったなんて気づきもせなんだ」

ここで老人は、青い静脈がふくれて浮き出た、ふしくれだった左手をのばした。その静脈の一本をもう一方の手の人差し指でさわって、感傷たっぷりに続けるのだった。「空気のはいったタイヤのように弾力があるじゃないか。これのどこが硬いというのかね？……医者が言うには、赤身の肉とワインを続けたら、そのうちばったりいくそうだ……。塩も禁止。塩気なくして何の人生ぞ……興奮がいかんと言うのだよ、医者どもは。そうなったら何が残る？　他人が味わう興奮を、わがものとして味わう楽しさだ……ところがロドニー、おまえはそれすらあたえてくれない……。九十八パーセントが水なのさ、この野菜めが！　少なくともわしは、おまえがのたうちまわるのを生きてるうちに見られるわい……牡蠣を食うと気分が悪くなるだと。もう寝ろ、ロドニー、寝ろ――おまえを見てるとうんざりする！　行け！」

かたく組み合わせた両手の太い青い静脈をさすりながら、そこにすわっている伯父の姿がいかにも孤独に見えて、私は言った。「ああ、伯父さん、もし気を悪くさせてしまったのならゆるしてください――」

「――なんてことを言ってくれるのだ、おまえは？」

「だって、伯父さん――」

「――どうせまたそこにもどっちまうだろうと思ったよ。これで年三百五十だ。さっさと寝ろ」

わが伯父、サー・アーノルド・アーノルドはそういう男だった。ひたすら快楽のために生きてきた残酷な老人、食欲を満たす手段よりも、食い気ばかりがあとまで長く残った、野卑な快楽主義者。三十歳の無節制な美食家のままで、気持ちは血気盛りのままで、齢八十の伯父は、銀行に五十万ポンドの預金がありながら、来たる九月の牡蠣のシーズンのほかには先の楽しみもなく、そこにすわっているのだった。死の不安が影を落としていたからだ。養生に努めればまだ十年は生きながらえるかもしれないが、いささか度外れの食道楽が、あるいはワインが、あるいはまた感情的な興奮が、心臓直撃の弾丸のように速やか、かつ確実に命を奪いかねないと医者は警告していた。あの晩はいかに彼に憎悪を燃やしたとはいえ、私は同情もしたのだった。寝仕度をしながら、つくづく思ったものだ――いや、牡蠣だって、そんなに大きな喜びだとは思えないね、ペッパー・ソースで風味を添えることもできなくなってしまっては……。

伯父が私のためにしてくれた数々の親切を思い出した――彼は悪党だったかもしれないが、あれで人は悪くないのだ――さらに、彼のおかげで人生をだいなしにされながらも、私はゆるしていたのだった。ある意味では彼を愛し――尊敬さえしていた。憎しみを感じたことがあるとすれば、それは羨望のなせる業だったにちがいない。いまわが心の奥をのぞき見て、私はひとつの結論に達する。もし天分と境遇が多少ともチャンスをあたえてくれていたなら、私はきっと彼のような男になりたいと思ったにちがいない。

誓って言うが、伯父を殺すつもりは毛頭なかったのだ。

……私は眠れなかった。目をあけて横になったまま、自分を責め、ありとあらゆる角度から自分を攻撃していた……。疑問の余地はない、私の性格に関する伯父の評価は正しかった。たしかに私は意気地なしだ、軟弱だ、野菜だ、九十八パーセントまで水だ。たしかに私は滑稽に見えただろう。逃げ口上を打ったり、告白にもならない告白をしたりして、あの晩はたしかに馬鹿をやらかした……。

……しかし、メイヴィスとの結婚は告白すべきことだったろうか？　犯罪ではあるまいし。

……闇のなかで頬が熱く燃えるのを感じた。そして、この癒しがたい赤面癖への伯父の絶え間ない言及を思い出すと、ますます頬が熱くなった。すぐ顔を赤くするからといって、と私は呟いた、その人をばかにする権利はだれにもない。そこには残酷さがある——学童の無神経さが。一方の脚が他方より短いという理由から、ほどほどにからかうぐらいならいいだろう……。では、私の赤毛を物笑いの種にするのはどうなのか——いや、その種のユーモアを大目に見たら、色が黒いという理由での黒人迫害を事実上ゆるすことになってしまう……。

イートンストーの学校で一緒だった少年を私は思い出した。少年の名前はウォード、そして彼はアルビノだった。生徒たちはだれもウォードに恨みがあったわけではない——にもかかわらず、なんと容赦なく彼をいじめたことか！　ある日、だれかが、いとこが会いにきているぞと彼に知らせたのだが、そこにいたのはボール箱に入れられた赤い目のシロネズミだった……。だが彼は何も言わなかった。そのネズミをペットにして、いつもポケットに入れて連れ歩いた。ネズミはよく彼の腕を駆けあがって肩にのっかるのだった。彼は寝床にもネズミを一緒に入れていた……。ある朝、哀れなウォードは起床のベルが鳴る前から学寮の私たち全員をめざめさせた。忘れもしないが、彼は睡眠中に寝返りを打ち、ネズミを窒息死させたのだった。私はそのときはじめて孤独な少年が泣くのを聞いた……ああ、その苦い絶望、苦悩、救いがたい悲嘆！　私たちはみな言葉をなくし、それからというものはウォードに菓子《タフィー》や果物をあげたりするようになったけれど、彼はもう二度と私たちと口をきこうとせず、そしてまもなく保護者がやってきて彼を学校から連れ去った……。私たちだったのだ、忘れもしないが。どうしてかといえば、私もまた――神よ、ゆるしたまえ――ウォードをいちばんひどくいじめた生徒たちの一人だったからだ。なぜか？　彼が入学する前は、クラスの嘲笑の的といえば私だったのだ、ばからしいほど赤いこの髪のおかげで。いじめられるやつがほかに出てきて、ほっと救われた気持ちになったものだ……。

　次に思い出したのはファッティ・オンズロー、グループのなかでも最悪のガキ大将――途方もない太っちょで、三回の学期のあいださんざんいじめられていたものだが、あるとき急に巨人の強さを身につけて巨人のように凶暴な力をふるった。彼が私にしたことは一生忘れまいと思っていた……。ところが十五年後にペルメルでばったり出会ってみると、お目にかかったこともないほど穏やかで紳士的な男だった……そして彼は、この私もかくありたいと願っていたような死を、北海で英雄的な死を遂げた。「ぶつかるぞ、用意しろ！」出血で死に瀕しながら彼は吼えた――そして駆逐艦もろとも、ドイツ軍巡洋艦にぶち当たってこれを沈めたのである。

　アーノルド伯父がやはりそういう男だったのだろう。ただ、彼の内には、悪童の弱いものいじめがおそらく多すぎるほど消え残っていたのだろう――たんにそれだけのこと。彼の私にたいするそうした仕打ちをゆるしたのは私自身がいけなかったのだ。理屈からすれば、恐れを知らぬ男には、たとえそれがどんなに低級なやつであっても、世の人々はこぞって敬意を払うものだ……私はといえば、恐れにまみれている、恐れにむしばまれている！

その点、メイヴィスだけは、彼女自身も繊細な神経の持ち主だから私を理解してくれた。私は実際のところ臆病なのではなく繊細なのだということを、はっきりわからせてくれたのは彼女だった。私の髪の色が大好きだと彼女は言ってくれた。ドゥビヌシュキーの《花のワルツ》の舞台装置の何かをそれが思い出させるので、と……。そのときから、メイヴィスのことを思うと胸がうずくようになった。

彼女は、かわいそうにつらい人生を過ごしてきたのだった。文字どおり無名から踊りながら身を起こしたのだ――

――おい、ちょっと待った！　私は胸のなかで自分に言って聞かせようとした――無名から身を起こしたとはどういう意味だ？　彼女はいまでも無名だぞ。だが踊ってどこかにたどり着けるよう、おまえが力になってくれるものと信じているのだ。

メイヴィスはただひたすら私を頼りにした。頭から私を信じ、私の約束に絶大な期待をかけた――彼女が成功するまで援助することを私はかたく約束していた……。女性から百パーセントの信頼をおかれ希望をかけられるのはふつうはすばらしいことである……が、ときには大いなる不幸ではないのか。女性の信頼という重荷をになうには広い背中が必要だ。女性の惜しみない信頼は強い男の頭を星々にも伍するほど高くかかげさせるかもしれないが、一方では、弱い男の頭をガスオーヴンにつっこませるかもしれない。そして私は弱い男だった。

そう、伯父の家であの晩、自殺についてじっくり考えて、実行するだけの勇気があればよかったのにと思ったものだ……。

あの晩はお義理の訪問がてら、少し金を借りる心積もりがあって来たのだった――たかだか二、三百ポンドの金だ。メイヴィスと出会う前は、私はかなりの金持ちのつもりでいたのだ。伯父から支給される年八百ポンドの手当てにくわえて、勤め先の高等弁務官事務局で年額四百ポンドの給料をもらっていた。一週間あたり二十四ポンド、それだけあれば私には充分だった。ナイツブリッジに小さなフラットを持ち、ささやかな道楽は本とレコード。友人に多少の金を貸してやる余裕まであったほどだ。ところがメイヴィスと恋に落ちてからというものは、どういうわけか借金をしないで暮らせるためしがなくなった。

　私はラッセル・スクエアで開かれた〈小さなバレエ団〉の会でメイヴィスと出会った。彼女はブリキの小鹿を相手に、リアボウチンスカのレパートリーだったダンスを踊った……ただメイヴィスはリアボウチンスカよりも小柄で、生ける象牙の人形のよう、その美しさといったら！　メイヴィスはただバレエのために生きているのだと私に語った。だが健康そのものというわけではなくて、片方の肺に問題をかかえている――もっと若いころはそれが原因でつらい時期もあった。父親は大酒飲みで、母親がグレイズイン通りの横丁で小さな雑貨店をやっている……。メイヴィスは十四歳で工場に働きに行かされた。それでも踊りたい――踊ることがあたしの人生なのと、彼女は何度もくりかえしてそう言った。

　彼女は、だれかのドーランが染みを残した借りものの衣装でその〈小鹿のダンス〉を踊った。終わってから私は賛辞を述べにいったのだが、狭苦しい楽屋で彼女の哀れにも泣き濡れた姿を見たときには、霧深い夜の闇から手がのびて私の心臓を喉に押しこんだかに思えた。

　メイヴィスはそんな哀れげな娘だった……。さて、ここが傑作なところだ。彼女を芸術家の尊大さへと焚きつけ説きつけたのは、ほかに人もあろうにこの私だったのだ。禍《わざわい》の種か？　そう、自分で蒔いた種だったのだろう。メイヴィスにこう言ったのは私だった、「期待して待っていてもだめだ、主張しろ、要求しろ！」そうとも、私だったのだ……。

　彼女は主張した。彼女は要求した。思うに、素顔の自分をほとほと軽蔑し、できれば自分はかくありたいという思いを託して説く臆病者の雄弁ほど、強い説得力を持つものはない。

　私はメイヴィスを手に負えない女にしてしまった。やがて私の年収千二百ポンドは取るに足らないものになった。そして、強さ——強さ——強さと、わが信念なるものを語るうちに、気づいてみると私自身その気になって、あの楽屋で泣いていた痩せっぽちの小娘を慰めたときの自分を、恥じて忘れるようになっていた。

　メイヴィスが私の財産を過大評価していたのかどうかはわからない。経済状態をはっきりわからせておいたことは確かだ。伯父から年に八百、私の勤め先から年に四百。当時は彼女も、年に百五十と、週末にバーナード街の彼女の大家を満足させられるだけのものをもらえれば運がいいと思っていたのだった。

　だがメイヴィスと私が一緒になるとともに、湯水のように金が流れ出ていった。むろんサパー・パーティがあり、カクテル・パーティ、ランチョン・パーティがあった。なぜなら彼女は「たくさんの人」に会う必要があったから。では、みすぼらしい身なりでたくさんの人に会えるだろうか？　むろんそれはできない。それにまた私にしても、パ・ド・ドゥーの相手役にふさわしいエレガントな装いとは言いかねる格好で人前に出て、彼女の評判を悪くさせるようなことができるだろうか？　できるはずがない。私はサヴィル・ロウへスーツを、セント・ジェームズへ靴を、ボンド・ストリートへシャツを買い求めに行った。さらに、ナイツブリッジの三間きりの小さなフラットで私たちが暮らしてゆけるだろうか？　ナイツブリッジはいいが、三間はいけない。「たくさんの人」を迎える広い居間、それに見栄えのする家具も必要だった。

　私は借金をした。何でも担保に入れた。あげくのはてに、仕立屋やその他の商人たちからの勘定決済の督促が厳しくなるにおよび、五百ポンド借りるつもりで伯父を訪ねたのだが、結局のところ手当てを半分に減らされてしまったのだった。

　この成り行きには、メイヴィスから何か一言あってもよかったのではないか！

彼女なしでは生きてゆけないと、伯父に訴えた私の言葉に嘘はなかったのだ。彼女こそ、私の愛するすべてだった。家に帰ったら彼女に何と言おう、心のなかでそれを思いめぐらすうちにいいかげん疲れて、私は自殺の方法を考えはじめたのである。

それからやがて——深夜三時半に——だれかがドアをノックした。ランバートが寝室にはいってきて言った。「ああ、ロドニーさま——ロドニーさま——下へ来ていただけませんか？　アーノルドさまが——伯父上さまが——たいそうお加減が悪いのです！」

わたしはガウンを着てスリッパをはき、ランバートのあとについていった。階下へ向かいながら、運命的なものを感じた。

そう、伯父が死ねばいいと思ったのだ。わたしは、神よ、ゆるしたまえ、遺言状の条項を考えて伯父の金銭的価値ゆえに彼の死を願った。だが、どうかこれだけは信じてほしい——ああ、たのむから信じてほしい——私はあの老いたる紳士を深く愛していたし、あの晩あのようにして彼を殺す気はなかったということだけは言っておく。

2

人はこんなふうに想像するのではないだろうか。階段をおりていく私——落ち着いて、ゆっくりと、考えぶかげに——伯父のことで頭をいっぱいにして。実際の話、そんなことはなかった。その日は四月三十日だったが、古い家のなかは空気が冷たく感じられた。ガウンの上にオーバーをはおってくればよかったかなと最初考えた。それで思い出したのだが、女には毛皮のコートが絶対必要なのだと主張したメイヴィスはなんと正しかったことか。そんなわけで、私は毛皮のコートを買ってやったのだった。

いまや毛皮のコートまたコートだ。メイヴィスは、ある階級の女には、マスクラットとミンクの、あるいはミンクとクロテンの違いがいかにわからないものかということを私に話して聞かせた。そういった女たちは忘れ去られる運命にあるのだ。メイヴィスは毛皮の「モデル」をしたことがあるので秘訣を心得ている。その手の知識は豊富なのだ。彼女が知って憧れてもいるのだが、女性のなかには毛皮を見て——たとえばの話——ブルー・フォックス、ブロンド・ミンク、シベリアクロテンを見てそれとわかる人もいるものだ。ある種の齧歯類の毛皮についてはメイヴィスにも違いがわかる——たとえばモグラとチンチラとか。その違いによって、ふつうは何百ポンドもの差が出る。メイヴィスに言わせればそれはすなわち社会的階級の差だ。

……チンチラやクロテンは、まあ、あとでもいいだろう。一方では、メイヴィスとしてはミンクより安いものは着て歩けない。そしてミンクを着たら、どうしてバスに乗れるだろう？　ミンクを着た女はバスに乗らない——それをするのは反社会的行為だ——プロレタリア階級が目をまるくして見る。そしてミンクのコートにはランのコサージュを付けなくてどうしよう、なるべくなら紫の……けれども、自尊心のある若い女が、ミンクのコートの下にヴァロンブローソ以下のデザイナーの安物スーツを着て何になるだろう？　ヴァロンブローソを着るほど自尊心のある女なら、肌にじかに着ける下着はアンバーグ、美容院はボビーニ、靴はデュピュイー、それ以下の安物でどうして心地よくしていられるだろう？……帽子はまた別。人並み以上の女なら、ベルセリウス製の帽子以外はかぶらない。そして大物と目される人々と交わることで自分も大物になっていくものだ。これがメイヴィスの人生哲学であり、それにたいして私は反論できなかった。

「昔から気づいていたんだけど」と彼女は言った。「カフェ・モーヴで夕食に十八ペンス使ってたころは、夕食代としていつも十八ペンスしかお金がなかったわ。でも、カフェ・アンペリヤルで夕食に三ポンド六ペンスかけるようになると、三ポンド六ペンスのお金をどうにかひねり出せるものよ……」

　それはある意味で効果ありだが、ひとつだけ難を言えば、だれかが代わりに支払うはめになるわけだ……。

　そういったことを考えながら、私は階段をおりていった。伯父は仰向けに寝て膝を立てていた。苦痛に顔が青ざめていたが、まだ彼は闘っていた。そして、小気味よさそうに言ったものだ。「これがおまえだったら四十五分前に死んでたところだぞ、絶対に！　どうやらまだ遺産をもらえる見込みはありそうだな、ウジ虫よ」

「どうしたんですか、伯父さん？」私は訊いた。

「知るものか。腹がカボチャのようにかたくて猛烈に痛む……。体が熱くなったと思うと今度は冷たくなったりして、頭を動かすと……濃霧の波のようなものに運ばれて気が遠くなる心地がする。痛い、ロドニー、痛い！」

　そこへランバートが湯たんぽを持ってきた（こうしてことこまかに書き記すのは、ほぼ最後まで私は気の毒な伯父の回復だけを願っていたことをわかってもらいたいからだ）。

「どうも盲腸炎のようだ」私は言った。「湯たんぽはさげていいから、砕いた氷をタオルにくるんで持ってきてくれ」

　苦痛のさなかにあってさえ、アーノルド伯父はせせら笑った。「男の看護婦ときたもんだ！」実は私は視力が弱いので、戦地ではもっぱら医療隊所属だった。伯父はかつて勇猛な騎兵であり、ロークスドリフトの戦いで腿を負傷——身動きならなくさせられたマンリヒャー銃の弾丸を、のちに懐中時計の鎖にぶらさげていたものだ。

「ギルピン医師を呼んでくれ」と私はランバートに言った。

　ランバートは躊躇した。「そうしたいところだったのですが、アーノルドさまに止められまして」

　よろしいか——私としては伯父の強情を適当にあしらいながら三、四時間ぐずぐずしているだけでよかったのだ、そうすれば彼はその日のうちに息を引きとっていたにちがいない。だが私は言った。「伯父さん、これは盲腸炎だ、破裂する恐れ大ありです。波のように〝気が遠くなる〟のは大出血を起こしているからですよ。ランバート、いますぐギルピン先生を呼んでくれ！」

「いまいましい医者などいらんわ！」伯父はうめいた。「ただの腹痛《はらいた》だ。ランバートがなぜおまえを呼びにいったのか見当もつかんわい、こんな女々しいやつを！……ランバート、ギルピンは呼ばんでいいからクートを呼べ——もしこのまま死ぬなら、この意気地なし野郎には遺産をあたえないことにする！」

それがこの男の本性だ。どうだい、こんなやつを尊敬していたなんて！　それでも私は難局によく対処して言ったものだ。「遺産をあたえてもいいし、あたえなくてもいい、どうぞお好きなように。とにかく医者を呼びますからね」そして、そのようにしたわけだ。

ギルピン医師が駆けつけたときは、老人はもう意識が混濁していた。診断は私が予見していたとおりだった——虫垂破裂と、それにともなう内臓の重大な大量出血。

伯父につきそって医師とともに地元の病院へ。そこで外科医に言われた。「ご老人を切り抜けさせてやれると思いますよ、たぶんね。ただ、大量の輸血のためにだれか待機していてもらわないと……。あんたどうですか？」

私は言った。「ぼくの血液型は万能のO型です」

「どうして知っているんですか？」

「戦地で知ったようなわけでして。ぼくは英国陸軍医療隊でした」

「あんたで結構」と外科医は言った。

この時点で、私はメイヴィスを愛するがゆえに伯父のサー・アーノルド・アーノルドを殺したのだ。だってそうではないか、輸血をすれば、アレルギーもたぶん一緒に送りこまれるわけだから。私の血液型が万人に輸血可能なO型だと言ったのは嘘ではない。だが、こう続けようとして悪魔にむんずと舌をつかまれたのだった――ぼくは牡蠣にひどいアレルギーを起こすし、サー・アーノルドは牡蠣を食べて生きている、だからいま――心臓が弱り、血圧が上がっているというのに――ぼくの血を輸血されたら、彼はほぼ確実に発作的な喘息性の咳き込みか痙攣発作をともなう大腸炎で死ぬだろう、来たる九月、牡蠣のシーズン到来をコルチェスター産三ダースで祝うその席で、と……が、それは言わなかった。

そら、このとおり事前の計画が！　輸血用の瓶へと、腕から血液がサイフォンで吸いあげられていくのにまかせていたときから、お茶に砒素を忍ばせるのと同じくらい確実に伯父を毒殺しようとしていることはわかっていた。

だが、ついに口には出さなかった。

正午ごろには伯父は意識がもどり、それから言いだした。「ロドニーよ、わしのような老人はときにちと怒りっぽくなるのさ。わしの言うことをいちいち気にせんでいい。血は水よりも濃し、なあ、おまえ、そしておまえの体にはきっと良い血が流れておるにちがいないよ。男らしく、紳士らしくふるまったな、実にもって！……メイヴィスをつれてきて会わせてくれ。いい娘なんだろう、うん。それはそうと、クートをよこしてくれ。結婚祝いとして、おまえに千ポンド贈るとしよう」

「いや、そんな、伯父さん！」私は叫ぶような声で言った。

「口をはさむな。わしはまだ力がなくて議論もようできん。クートを呼んでくれ。この病院に五千ポンド遺贈だ、そういうことにする……。もう行っていいぞ。いいや、ちょっと待て。ロッド――」

「伯父さん？」

「おまえの手当てだが、いまこのときより年に千ポンドだ。いい子だな、おまえは。さあ、家に帰れ」

メイヴィスが私の帰りを待っていた。「あらあら、ロッド！　死にそうなぐらい具合が悪く見えるわよ。

目が真っ赤じゃないの。泣くかどうかしたの？　だいたい、ゆうべ一晩どこに行ってたのよ？」

「伯父さんがひどく加減が悪くてね、で、ぼくは一睡もしてないんだ」

彼女の感想を聞いて胸がむかついたものだ。「おじいちゃんがぽっくりいってくれればいいのに！　そしたら、あたしたち面白く遊べるわ、そうでしょ？」

「まあね」と私は重苦しく答えた。

彼女が訊いた。「で、年寄りの威張り屋は要求に応じたの？　すくなくとも百や二百は払ってくれるはずよね、もちろん？」

私は小切手をひろげてみせた。「伯父さんは千ポンドをプレゼントしてくれて、そのうえぼくの手当てを年千に上げてくれたよ。これでご満足かい？」

そうにきまっている。「お祝いをしましょうよ！」と彼女は叫んだ。だが私は疲れていて休みたいと答えた。輸血のことはいっさい話さなかった――私は何をしでかしたのか、それを考えると吐き気をもよおした。


それから少しして、伯父が早く〝ぽっくりいって〟くれないものかと彼女が希望を表明したあとのことだが、私たちは初の口喧嘩をした。そのあと初の喜ばしい仲直りをして、私は休暇に彼女をピレネー山脈へつれていくことに同意した。いずれわかることだが、そこに誤りなき神慮が働いたのである。

しかし、何はともあれ休暇だ！　パリですてきな一週間を過ごしたあと、南へ向かった。小ぬか雨に濡れる駅を発ち、まぶしい陽射しのもとで目ざめるのは本当にすばらしい。メイヴィスにはこれがはじめての異国の地だった。きっとだれもが知るとおり、愛する人と喜びを分かちあうことを喜びとすること、それこそが、その提供者にもたらされる最大の喜びである……。森と、ほとんど遠近感のない道路、青い流れに白い泡と黄色い砂のお定まりの景色、とりわけ、田舎の連中が〝みそっ歯《ル・ダン・ガーテ》〟と呼ぶ小さな峰。そして、それが私の何よりも愛するものだった。

マッターホルンやモンブランや、ダン・デュ・ミディは、あなたが取っておけばいい。ダン・ガーテは私にくれたまえ。見た目にはたいしたことはない。もしもたいしたものだったら、私など麓より先へ行くことはできなかったろう。登山家の観点からすれば、わが愛するダン・ガーテは取るに足らない山だ——どこにも難関はない——羊飼いはじっくり考えるまでもなく、ヤギの群れとともに峠を越えてスペインとの国境のほうへおりていける。本物の登山家にとって、ダン・ガーテは兵士の言う〝朝飯前〟である。それでも私にはこよなく愛する山だった。この山には隠れた面があるのだ。大聖堂の壁のような、険しくせりあがる岩稜を従えて、垂直に一千フィート落ちこむ絶壁はどうでもいい。天然の岩石からほとばしり、茶色い水煙をあげて段丘の峡谷を駆けくだる氷のように冷たい激流はどうでもいい！　私はダン・ガーテの静けさと、その神秘的な洞窟が好きだ。

何万年も前、古代の穴居人がそこで暮らしていた。ダン・ガーテの洞窟探検に着手したのはたしか偉大なムシュー・カステルだったと思うが、彼の先輩の一人が、一九〇六年、〈底なしの淵〉と名づけられた洞穴でノアの大洪水以前の野牛の彫刻や、注意ぶかくならべられた三頭のホラアナグマの歯を発見している……このとおり動物はいたわけだから、なんならどうぞ！　鼻先から尾の付根まで、ホラアナグマは体長十フィート、肩までの体高が五フィート。尻の部分が肩よりもかなり高い位置にあり、したがって攻撃のために立ちあがると、地上二十フィートの高さに、長さ十インチの鉤爪を持つ前足がぶらぶらしていたはずである。その牙はバナナよりも大きかった。だが、雄牛をはるかにしのぐ大きさのこの獣に毛皮を三回ぐるぐると巻きつけられるくらいに、ハイイログマのそれは長さも厚みもあったにちがいない。この悪夢のごとき野獣を相手に、われわれの先祖は火打石のかけらを棒きれにくくりつけたもので戦ったのだ！……そういうことを考えると、ヒトは故《ゆえ》なくしてヒトと呼ばれるわけではないという気がしてくる。

メイヴィスにそれを話してやろうとしたのだが、彼女はおぞけをふるった。彼女としては山を越えてスペインにはいりたいのだ。そしてフラメンコ音楽を聴き、ジプシー・ダンスをおそわり、闘牛を見るというのはどうだろう。で、スピードをあげて山頂へと、油断のならない道路を進んでいったのだが、あと一マイルで山間のローという村に着くというときに車が衝突した。

私のせいではない。それはこうして起こった。メイヴィスはおなかがすいた喉も渇いたとか言っていたが、私はほかのことに気をとられていた……頭のなかで何かがずっと歌っていた――アーノルド伯父さんを殺した――アーノルド伯父さんを殺した――九月には死ぬぞ――アーノルド伯父さんをもう殺したも同じ……。ギヤをセカンドに入れ替え、スピードを落としかけたところで一頭の牛に出くわし、とっさにハンドルを切った。右にハンドルを切ったあとは思考力をなくして蛇行、あげくに急な土手に乗りあげた。車が横転した。大きく揺れながら道路の端で止まったときは、後ろのタイヤが崖からはみ出して空転していた。

メイヴィスの片方の腕がフロントガラスをつき破っていた。私は例によって臆病だったのだ――さっと頭をさげたのだった――私はただぼうっとしていた。

われにかえると、助けを求めて走った。たまたま一人の老人がラバに乗ってローへ行くところだった。私はネクタイで止血をし、老人の手に五百フラン押しこみ、メイヴィスをラバに乗せ、医者のいるローへつれていった。

彼女の身を案じて震えながら医者に会ってみると、これが昔ながらのフランスの医者だった。聴診器のかわりに自分の耳を使い、流行りの新薬など信じないタイプだ。医業全般をこなす何でも屋だが精通するものを持たない、無骨な年寄り――だが馬鹿ではない。彼は言った。「マダムは大量の血を失っておいでだ、で、そのこととショックの大きさを考えて、輸血を指示します。けど、あんたは耐えられないね、ムッシュー、いまここで静脈から半リットルの血を抜くとなると——」

「——だめ、だめ！」私は叫んだ。「ぼくはひと月前に献血したばかりだ。むりですよ、先生、ぼくは健康に問題がありまして」

「——話を続けてもいいですかな？」

「失礼ですが《アイ・ベッグ・ユア・パードン》、先生」

「いや、どういたしまして《イル・ヌイ・ア・パ・ドゥ・コア》、ムッシュー……いま言ったように、あんたは奥さんに血を分けてやれる状態じゃないから、わたしが村の女を呼んどきましたぞ。健康な動物ですわ、ほんとの話。ボエモンの王妃の子に乳母として乳をあたえた女でな、で、この子供というのが、光栄にもわたしが月足らずで取りあげた子なんですわ、ほかでもないこの同じ道路で夫君の車が衝突事故を起こしたあとのことです。赤子は丈夫に育った——八カ月の未熟児が！　ここはやはり若いソロモナから少し血をもらうにかぎります。だれだって彼女の半分も健康じゃないね——ソロモナは乳と血ではちきれんばかりですわ」

　それからソロモナというその女に引きあわされて千フラン渡した。茶色い丸太ん棒のような腕をむき出しにした女は、曲げた肘の内側の静脈に針がつき通るときもくすくす笑っていた。

　血管にソロモナの血液が流れこむとともに、メイヴィスの頬にかすかな赤みがさした。まるで魔法のように効果てきめん。目が開き、まぶたが震え、メイヴィスはほほえんだ。

　こう言ったことは覚えている。「ぼくはもう死んでもいいよ」そのあと失神したようだ。正気づいたときにはすでに一日半たっていて、脳震盪だと医者が言った。それにたいする治療法は氷嚢と安静にかぎると言われた。

　しかし、メイヴィスと会わないことにはどうして安静にしていられよう？　私は彼女が寝ている部屋に行き——彼女はいつにもまして美しく見えた——そして手を取り、へたくそな運転をしたことについてゆるしを乞うた。

「みんなあの雌牛がいけなかったのよ」メイヴィスは言った。「彼女は自分がどこへ向かっているか見ていなかったんだわ……」メイヴィスはまだ少し頭がくらくらしていた。半分眠っているような調子で、とりとめなくしゃべった。「……かわいそうな牛。自分がどこへ向かっているのか知らなかったのよ……だけど、あたしたちはどうかしら？　自分がどんな害をあたえているかわかるはずもなかった……あたしたちはどうかしら？　言ってみれば、途方に暮れておびえていたのよ――淋しそうな目をしていたわ……だけど、あたしたちだってみんなそうじゃないのかしら？……あまりひどい傷跡が残らないといいけど」

「少しメーキャップをすればすっかり隠せると医者は言ってる。心配ないよ、愛しい人」

「……脚じゃなくてよかった。脚だったらおしまいだわ……ただでさえ、あたしは自分の腕と手をどうしていいかわかってないって、いつもアバローニにぶつぶつ言われどおしなんだから。これでますますひどくなるかも。ああ、ロッド――そんなことになりませんように！」

「最愛のメイヴィス、何があってもきみを不幸せなめにあわせたりはしないよ」

「それならいいけど、ロッド……あたしは芸術に犠牲をささげてきたんですもの、そうでしょ？」

私はうなずいたけれど、彼女の言う意味がよくわからなかった。実のところ（もしかすると私の場合は頭を強打したせいだったのかもしれないが）いまや彼女にいささかいらいらしていた。私は心のなかで呟かずにはいられなかった――アーノルド伯父さんが彼女の立場にあったら、いまごろはもう起きあがって、どなっていることだろう。「かすり傷だ、えいくそっ、ただのかすり傷だ！　ワインをくれ――赤ワインを――飲めば血になる！　それとステーキだ、血のしたたるやつ、レアで！　さっさとせんかい、色黒のグズども！」……病室に横たわる老いた紳士の姿を頭から追い払うことができなかった。どこからどこまでその人柄そのもの、しかし独特の優しさを笑顔ににじませ、恨みはいっさい水に流して、あたえよう支払おうと切に願っているその姿を。

私は言った。「きみは犠牲をささげてきたんだろう、メイヴィス、たぶんね。きみの芸術に。ご同様にぼくも犠牲をささげてきたわけさ、きみの芸術のために！」

ややうろたえ気味の高い声で彼女は笑って、それから言った。「まあ、いやだ！　まさか、あなたが？　犠牲ですって？　まさか！　あたしは芸術に一身をささげたのよ！」

私はそこで恐ろしい寒けに襲われたのだった。「だれに身をささげたって？」

「あなたよ、きまってるでしょ」

自分では平静なつもりで私は言った。「たぶんね。だけど、きみの芸術のために、そしてきみへの愛情から、メイヴィス、ぼくは不滅の魂を犠牲にささげてしまったんだ」

「感情的になるのはよしましょう」彼女は疲れた声で言った。「あたし、耐えられそうにもないから」

奇妙な、ぞっとしない光がさしこみ、混乱した頭に白茶けた日の出が訪れた。「そうか、ほんとはきみ、アバローニが好きだったんだな！」私は叫んだ。

「おねがいだからロッド、そんな話はやめましょうよ、いまは！」

そこでようやく、メイヴィスがもともと本気で愛していたのは振付師のアバローニだったのだと思い至った。大波のように白い憎悪が胸にわきあがる――彼女への愛を次々に泡と浮かべてぶくぶく煮えたぎりながら。こういう場合には、何かこうめざましいスピーチが舌の先まで出かかっている感じがするものだ……あげくに、陳腐で馬鹿げた台詞が出てくるのがオチだが。

私はこれだけしか言えなかった。「アバローニはでぶじゃないか！」

「あなたはへなちょこじゃないの」

言いかえす言葉がまだ見つからないうちに、メイヴィスが起きあがった。その頬に涙がこぼれ、泣いているのだと一瞬そう思って私は言いだした。「愛しいメイヴィス、ぼくの至らなさを大目に見てくれ、きみの気持ちを傷つけたのならどうかゆるしておくれ。心の底から愛しているよ。アバローニと一緒になるほうがいいなら、よし、そうしたまえ。きみに愛されていると思っていた。そう思ったぼくが馬鹿だった。ぼくの所有するものを半分取っていいから、アバローニとともに――」

ところが彼女は泣いているのではなかった。彼女は息が継げなくなっていたのだ。

私は医者を呼んできた。彼は言った。「こういうことがあるんじゃ、たまに。人によっては、とりわけご婦人は、山にのぼると気圧の変化でこうした不調をこうむったりする。あっちに行きなされ、奥さんを休ませてやんなさい」

私は看護婦につれてゆかれ、頭に濡れタオルをのせてベッドに寝かされた。翌朝、会いに行った私にメイヴィスが言った。「昨日はきっと頭がぼんやりしていたんだわ。ロッド、あたしいろんな馬鹿なことを言ったんじゃないかしら？……今日はもう起きていられるわ。早く帰りましょう……だけど教えて――あたし馬鹿なことをいろいろ言った？」

「いや、一言も」と私は答えた。

「きっと熱があったんだわ、あたし」彼女は言った。「いったいどうしちゃったのか自分でもわからないけど、ウィルスにやられるかどうかしたみたい――」メイヴィスは呼吸をしようとあえぎだし、その喉から洩れる声は――どう表現したものか？――それはまるで、息を吸って吐く、そのちょうど中間のところでひっかかって動きがとれなくなったかのようだった。ようやく、咳ともくしゃみともつかないものを、苦しみながら痙攣的にくりかえした。

「先生が言うには、なんでも気圧と関係があるそうなんだよ」と私は話してやった。「先生から許可が出たらすぐにもきみを家につれて帰る。ごめんよ、せっかくの休暇がこんな情けないことになってしまって」

メイヴィスが言った。「おねがい、ロッド、早くそうして！　ここは息が詰まるわ……。よかったら、キスするのはやめてくださらないかしら、ロッド？　もしかするとこれはうつるかもしれないでしょ。そうよ、そうだわ——うつるかもしれないのよ。ほんとに申しわけないけど、あたしを一人にさせてくださらない？　どうかおねがいだから」

私はつい言ってしまった。「ねえ、メイヴィス——アパローニへの愛がどうのと、ゆうべきみが言ったことは本気だったのかい？」

これで彼女は怒りだして叫んだ。「ああ、ほんとに、あなたも一生に一度ぐらいは洗練された大人のふるまいをこころがけたらどうなのよ！　あたしを一人にさせて、ロッド。あっち行ってよ、ね、しばらくそうなさって。明日またね、たぶん」

そういうわけで彼女のもとを離れて、医者に会いに行った。すると海外電報を渡された。それは伯父の顧問弁護士のミスター・クートからだった。わが伯父、サー・アーノルド・アーノルドがパリで急死。ついては、彼の相続人で遺言執行者である私には、都合がつきしだいロンドンにもどってもらえまいか？

それを読むと私は両手で頭をかかえこみ、しばらくそこにすわったまま深い悲しみに身もだえしていた。やがて、黒雲のような不安に悲しみは覆い隠された。ぼくが殺したのか？　どうなのだろうと考えた。だが安心してよかったのだ——それはありえない、九月一日になるまでは牡蠣のシーズンではないのだから。で、私はメイヴィスの枕元にひきかえした。

「ああ、どうかロッド——」と彼女が言いかけた。

「——ぼくはいまからすぐイギリスに帰らなきゃならないんだ」私は言った。「伯父さんが死んだんだよ」

彼女は叫んだが、その顔は輝いていた。「まあ、なんて——いたましいことでしょう！　ああ、ほんとに——お気の毒だこと！」

そのときは彼女を殺してもいいくらいの気持ちだった。だが私はかがみこんでキスした。いつまでも覚えていたくはないものだが——永久に忘れられないにきまっているが——私の唇が頬に触れるやいなや顔をそむけた彼女の、一瞬の小さな嫌悪の仕種。「急いだほうがいいわ、ロッド、ダーリン」彼女は言って、それから泣きだした。

「泣いてるのか、きみ！」

「あなたもなのね」

「ぼくはあのじいさんが大好きだったよ、うん」私は言った。「きみのことはなおさらだ、メイヴィス。またすぐに。さよなら」

　私は最寄りの空港まで足の便を手配した。発つ前に、私の妻に血液を提供してくれた女を呼んでこさせ、嘘偽りのない感謝の気持ちから多少の金を握らせて、ねんごろに礼を言った。

　女はワッと泣きだし、大急ぎで部屋から駆け出していった。


　ステイプル・インの事務所にミスター・クートを訪ねたところ、はたして最悪の不安が裏づけられた。クートはまず、税金を払ってもなお私を金持ちにさせるに足るはずの相続について、控えめに祝いを述べた——それから、伯父が死んだいきさつを語った。

「……あなたもむろんご存じのように、亡くなられたサー・アーノルドは——善きことにあらざれば死者について何も語るなかれ《デ・モルトゥイス・ニル・ニシ・ボヌム》——あのとおり気短な、我慢していられない性格の方でした。いや、まことに！　かいつまんでお話しいたしますと、牡蠣のシーズンが終わるというので、サー・アーノルドは〝水っぽい食い物〟を食べて生きるほかないことを憤慨なさったのです——そんなくらいなら死んだほうがましだとおっしゃいました、パリでは一年じゅう牡蠣を食べさせるのにとおっしゃいました。『それなら、太ったポルトガル産の牡蠣で何がいけないってんだ、ちくしょう』と、かようにおっしゃったわけです」

「続けてください、ミスター・クート！」

「話を続けますと……サー・アーノルドはパリへ行かれたのですよ。列車をおりたその足でフラテリのレストランに駆けつけ、最上のポルトガル産牡蠣を三ダースとワインのハーフ・ボトルを注文なさいました。そして牡蠣を食べ、ワインを飲み、その最中に痙攣を起こして倒れた。喘息の発作のようなものですが、きわめて激しい症状でした。そして、お気の毒に、サー・アーノルドの弱った心臓にはそれが耐えきれない負担となりまして……ちょっと、あなた、ああ、どうかお気を確かに！……ダンヒル！　水を一杯、早く！——
——」

　とここに至り、私は気を失った。

　ヴィクトリア朝の小説家はそれを〝脳膜炎〟と呼びならわしていた。いまでは、私の状態はいわゆる〝神経衰弱〟にあたるのだろう。私は寝かされて催眠剤や鎮静剤をあたえられた——あの種の臭化カリやら、この種の臭化カリやら。だが、世界がすうっと遠のき、そこから冷たい暗がりへ私がすべり落ちるとき、いつも私はいきなり闇からつかみ出され、奇怪な悪夢のもとで麻痺したように動けなくなるのだった。

　その悪夢に、きまってアーノルド伯父が現われ、奇妙に青ざめ気味悪くふくれた顔をして、ぜいぜいあえぎながら言うのだ。「なかなかやるもんだな、ロッドよ——おまえに年寄りの伯父を殺す勇気があろうとは夢にも思わなんだ！……けど、それをするなら火掻き棒だろう、さもなければせめてペーパーナイフを使え、男らしく面と向きあって……そういうことならおまえをゆるしもしただろうよ、ロッド。ところがおまえのやりかたは、女のたくらみ、毒殺者の計略だった……そういうことならおまえを罠にかけてやろう、小鳥も同然のごりっぱな友よ——同じ手段で仕返しをしてやる——おまえ自身の毒を一服盛ってやろう、女々しいやつめ！」

　それから伯父はごほごほ咳き込みながら消えてゆき、そして私は大きな悲鳴をあげて目をさますのだった。

そのまま一週間かそれ以上もベッドから出られないところだったろう。が、三日目の朝、メイヴィスから電報が届き、次の日に連絡列車《ボート・トレイン》でパリからヴィクトリア駅に着くと知らせてきた。私はすぐさま起き出し、身なりをととのえ、列車が着くずいぶん前からプラットホームを行ったり来たりしていた。いつにもまして彼女は美しかった。「ああ、メイヴィス、メイヴィス!」私は叫んで、キスした。

ぞっとして愕然としたことに、彼女の目に涙が浮かび、胸が波打ち、ボール箱のなかで細い鎖を振る音のようにも聞こえる発作的な咳き込みがはじまった。

「たのむからあっちに行って!」口がきけるようになるが早いか彼女はそう言った。「あなたのおかげで気分が悪くなる!」

これ以上はもう疲れて書けない。メイヴィスが言ったことは本当だ。文字どおり、私のおかげで気分が悪くなるのだ。あの輸血にさいしてメイヴィスに血液を提供した女――たしかソロモナという名前だったが――あの女の、激しい感情が、いまにして理解できる。あれから私も調べてみて、いくつか検査も行なわれた。ソロモナは私のようなこの種の赤毛に、強いアレルギーを起こすのだ。

そういうわけで、私の生きるよすがであるメイヴィスにとって、私はそこにいるだけで有害なものなのだ。ゆえに彼女は離れ去り、私は恐ろしいことに一人取り残された。

彼女は私と暮らしてゆけない。だが彼女なくして、私は生きてゆけないのだ。

もはや私が生きながらえる理由はどこにもない。

これをもって、わが告白は語を結ぶ。神は正義なり。

煙をあげる脚

The Smoking Leg

ジョン・メトカーフ
横山茂雄訳

謎に満ちたメトカーフの生涯で、大きな存在は妻のイーヴリン・スコットだ。彼女は、一九二〇年代から三〇年代にかけて、アメリカ小説界では有数の女性作家だった。ウィリアム・フォークナーの『響きと怒り』が一九二九年に出版されたとき、少しでもその販売を促進しようと、出版社が彼女の書評を小冊子にして配布したほどだったという。ところが晩年には精神に失調を来して、いわゆる赤の脅威のパラノイアに取り憑かれたらしい。これくらい興味をそそられる小説家夫妻もそうざらにはないだろう。

1

奥地に住むいかさま医師ゲイガンが根気よく手当してやったインド人の水夫《ラスカー》は、背が高くて痩せていたが、他には目立ったところのない男だった。彼が医者の小さな屋敷に飛び込んできたのはある日の午後のことで、目を血走らせ、切れ切れに叫び声をあげながら、ヴェランダの横手にある木挽き穴にうまい具合に転がり落ちたのだ。

　ゲイガンは男を穴から引き上げ、全身を念入りに抓《つね》って怪我の箇所を確かめようとした。膝を抓ると、水夫は金切り声をあげた。「ははあ、腹痛《はらいた》かい。どれ、ひどいのかな」といいながらゲイガンが再び抓ると、相手は力をふりしぼって唾を吐きかけた。

「顔つきが気に入らんな」と医者は召使のモハメド・アリにいった。「唾を吐くのは悪い兆候だよ、水夫のやることじゃない。なかにいれたほうがいい」

　ところで、ゲイガンは気が狂っていると評判の人物だったのだが、もちろん、水夫にはこれを知る由もなかった。医師の家で曹達水《ソーダ・パーニ》を飲み、同じ釜の飯を食って十日間を過ごした頃には、水夫は自分の保護者に少なからぬ愛着をおぼえるまでになっていた。水夫にしてはとても善良な人物であったし、実のところ、まだ年端もいかない少年だった。名前をアブダラ・ジャンという。

　ゲイガンへの好意は、しかし、十一日目にはばっさりと断ち切られた。その日、医者は手術用寝台に水夫をきつく縛りつけると、下に白い布を広げて、ぴかぴかと光るメスが入った大きな黒い革製の箱を開けたからだ。

「やめて――」とアブダラ・ジャンは口ごもった。彼の職業は水夫だから、少しは英語もしゃべれたのだ。

「やめてくれ！」

「騒ぐんじゃない」とゲイガンは命じた。「騒いでも、こっちが不安になるだけだ。それに、痛みはまったく感じないだろう」彼は水夫の右脚に施してやっていた副木と包帯を取り去ると部屋を出ていったが、すぐに大きな金庫をもって戻ってくると、低いテーブルの上に載った手術器具の箱の横に置いた。いまやアブダラは悲鳴をあげていた。

ゲイガンが十二口径の銃で水夫の頭をしたたかに殴りつけると、悲鳴はとまった。

アブダラ・ジャンが意識を取り戻したときには、白い布は血で汚れ、ウィスキーの強い匂いが部屋を満たしていた。開いて空になった金庫が床にころがっている。怪我をしたほうの脚は再び包帯で巻かれていたが、激しく痛む。ただし、以前の箇所ではなく、膝の真上で少し内側のところだ。ゲイガンはメスを洗っていた。

「いい子だったな」というと、医者は顔を上げて患者を眺めた。「気分は快適かい？」

水夫は言い表わすことのできない烈しい感情をこめて両眼をぎょろつかせた。ほどなくして、低い、悪意のこもった唸り声が喉から洩れた。

ゲイガンは、包帯を水夫の口に押し込んで黙らせにかかったが、相手は嚙みつこうとした。

医者は寝台の横に腰を下ろすと、ウィスキーをグラスに継ぎ足して、おしゃべりをはじめた。

一カ月もすれば膝はすっかりよくなって船乗り稼業に戻れるだろうと、彼はいった――もちろん、こんな奥地にまで水夫の少年が逃げてこざるをえなくなった理由がなくなればの話だが。ただし、乗り組んだ船がロンドンに到着したら、アブダラ・ジャンは脚を再検査してもらう必要がある。「腕のたつ医者の住所を教えてやる。その医者には既に説明の手紙も送ってあるからな」とゲイガンは締めくくった。

すべてを患者に話し終えると、ゲイガンは最初から同じ話を繰り返し、二度目が終わると、すぐさま三度目にとりかかった。そのたびに調子は熱を帯び声は少しずつ甲高くなるいっぽうだったが、言葉は不明瞭になっていく。話を繰り返すまえに彼は毎回ウィスキーを一杯あおった。九回目の話が終わる頃には、声がすっかり嗄れてしまったので、彼はようやく諦めると、召使のモハメドに寝床まで自分を運ばせた。アブダラ・ジャンは手術用寝台に縛りつけられたままだった。

それから二週間というもの、水夫の両腕は、癒えつつある傷口を掻かないようにと背中に縛りつけられ、ゲイガンは毎日その枕元に腰を下ろしては同じ話を繰り返した。とはいえ、相手に興味をもたせるためにときおり話に色をつけた。

飲んだくれの狂人の支離滅裂な話には、しかし、絶えず一貫して反復される主題が流れていた。つまり、水夫の少年は遥かロンドンでとある医師を訪れなければいけないということだ。「おい、アブダラ、船医みたいな藪医者に傷口を絶対にいじらせるなよ」と、黄ばんだ眼をらんらんと輝かせて、彼は幾度も叫んだ。

「おまえの膝には魔法《ジャドウ》がかかっているんだ。わかったか？　そこには悪霊が取り憑いていて、世界中でそいつを追い払えるのはただひとり、わしの友人のフレディ・ショウだけだぞ」

ところで、召使のモハメドが通訳として有能でなかったうえに、ゲイガンは現地語《バット》の知識に乏しく、いっぽう、水夫は英語をわずかしか知らなかったので、意図を伝えるのに時間がえらくかかった。だが、執拗な反復はついに功を奏した。ある夜、アブダラ・ジャンは高熱をだして死にかけたのだが、譫言《うわごと》でショウの住所を叫んだのである。医者は喜びを抑えきれなかった。

二日後に水夫の熱病は癒え、一週間経って、モハメドとその主人が寝椅子のそばに跪いて、腕を縛っていた紐をほどいたときには、じっと横になったまま、ありがたそうに眼をぎょろつかせるまでに恢復していた。

いまや自由になった水夫の手に、医者は重々しい態度で六十センチもある大きなマニラ紙の封筒を置いた。緑色の蠟で封印され、薄紅色のリボンがついている。

「このなかには推薦状が入っているから、おまえはラングーンで《ビルマの女王》号に乗船できる」とゲイガンはいった。「ただし、船が出港するのは二年先のことだから」と、彼はつけくわえた――「おまえには、まだ嫁にいっていないおばさんたちに愛情のこもった別れの挨拶をしてから、モーターボートで川を下るだけの時間くらいはたっぷりあるぞ。ボートも貸してやるからな」

アブダラ・ジャンはこの言葉に反応を示さなかった。けれども、夜通し飲んだくれていたゲイガンがさらに酒をもってこようとよろめきながら部屋を出るとすぐに、水夫の顔には、一瞬、微かではあるが何かを予期するような笑みが浮かんだ。

モハメドが昼飯の差配のために部屋を去るまで待ってから、アブダラ・ジャンは、壁にかけられた長く不格好な剣《クリス》を用心深くそっと吊金具から外すと、足を引きずりながら剣を片手に医者の後を追った。

廊下の突き当たりで酒の入った大きな瓶《かめ》にかがみこんでいたところを、ゲイガンは襲いかかられた。酒を汲みだすのに熱中していたために、剣を脚の付け根に切り込まれてようやく、アブダラ・ジャンの意図に気づいた。そして、ほぼ背骨と並行するかたちで剣が体を上方に切り裂いていくと、彼は悲鳴をあげつづけた。刃先がとうとう口元にまで達して血の泡がほとばしったとき、おぞましい叫びはとまり、びくっと最後に全身を痙攣させてから、彼は動かなくなった。

アブダラ・ジャンは、モハメドのことは放ったまま、体力の許すかぎり迅速に家から逃げ出した。虫が羽音をたててゲイガンの死体にたかりはじめる頃には、彼は既に家から二百ヤードほど離れた生い茂った森のなかにいた。

うまく逃げおおせたのだと得心してから、彼は茂みに腰を下ろした。そして、いためたほうの脚を見やって啜り泣いた。

啜り泣きはしかし唐突にやみ、彼は恐怖と狼狽を覚えて息を呑んだ。ずきずきする激痛に襲われたからだ。

顔は歪み、恐怖から発する奇妙な本能で、彼は両手で膝を覆うと傷口を見まいとした。

　ほどなくして痛みが少し弱まったので、アブダラ・ジャンの心にも余裕ができて、痛みに慄然とするような特徴があることに気づいた。つまり、痛みは球状に広がっていた——完全、完璧な球状をしているのだ。

　彼は震えながら両手を膝からどけると凝視した。右膝の上、腿の内側あたりに肉が青黒く盛り上がっており、その輪郭は、鋳造されたばかりのルピー硬貨、あるいは冬の夜空に浮かぶ満月のように完璧な円形をしていた。

　恐怖と苦悶のまじりあった喘ぎ声をあげながら、水夫は何とか立ち上がった。彼が小暗い森のなかを駆け出すと、その荒々しい叫びが周囲に響きわたった。

2

　それから三ヵ月後、チッタゴンに近い海岸沿いの掘建て小屋で、擦り切れた夏服を着た、落ち着かない表情のみすぼらしい男が、机に向かって腰かけ、脚を揺らしていた。

　彼はロイド保険社の代理人で、その背後には、もうひとりの落ち着かない表情のみすぼらしい男がやはり机に向かっている。事務員だった。

「海上の怪事件といえば」と代理人がいった。「なあ、ワトキンズ、起こるときには波のように次から次へと押し寄せるというのがおれの持論さ。分かるかい、伝染病みたいにな」

「ああ、フェロウズ、まったくその通りさ」と事務員は答えた。疲れ果てていたので、気の利いた言葉が返せなかったのだ。

「消息不明になった船を考えてみろよ。続々と起こっている。半年で六件、場所もだいたい同じだ。いいかい、《ボンベイの星》号、《海の女王》号、それに《ジヨサイア・C・プラット》——いや、まちがえた、

《レオニダス》だ。あと二、三件あったな。そうだ、《モヒカン》が最初だったと思う」

「ちがうよ」と、ワトキンズが物憂げに体を揺らしながら訂正した。「最初は《薔薇色の暁》号だ。どうして憶えているかといえば、ジャングルからさまよい出てきた気のふれた水夫のせいさ。奴は乗組員として雇ってもらってイギリスに行きたがったのだけれど、脚があんなに不自由な男を使う船長はいやしない」

「それで水夫はどうなった？」気怠そうにフェロウズが尋ねた。

「結局、奴は船にこっそり忍びこんだのさ。《マイティ・ハリー》号の船長カーファクスは、海上である日、《薔薇色の暁》に出くわして、このあいだ入港したときにその話をしてくれた」

「ワトキンズ、おまえの話で」と、活気づいた口調で代理人はいった。「ひとつ思いついたことがある。モルジヴ沖で《レオニダス》号が発した奇妙な信号のことさ――それっきり船は姿を消した。憶えているだろ。モルジヴの北で目撃されたんだが、炎上していた。気のふれた水夫がひとり、かろうじて救出された。そいつの名前が分からないのは残念だ。同じ奴かもしれないぞ。放火癖をもっていたのかもしれない」

「さあ、どうだかな」とワトキンズは応じた。

代理人はあくびをすると、ふたたび脚を揺らした。

3

ここでまたも舞台は変わり、ベンガルの密林、そして、チッタゴン近隣の孤独な保険代理人に続いて登場するのは、美しい甲板、きらめく真鍮細工の装飾をそなえた定期客船《エルギン・シティ》号である。

この船の上で起こった怪事件は、バロウズという二等航海士の日誌に記録されている。およそ十六時間の出来事だった――正体不明の水夫が驚くべき状況の下で海から救出されて船上に出現したことに端を発し、出現に劣らず不可解なかたちで彼が姿を消したことで幕を閉じた。

　この水夫の姓名は不詳だったが、いささかロマンティックな趣味のあるバロウズは呼び名をつけており、それを五頁にもわたってびっしりと綴られた記録の標題にした――大文字の楷書で『煙をあげる脚をもった男』と冒頭に書かれているのだ。

　二等航海士の記すところでは、五月十八日、午前十時きっかりに、《エルギン・シティ》号に乗船しているほぼ全員が、まさかと思いつつも茫然としながら、不可解な現象、途方もなく信じがたい、頭の混乱するような奇蹟を目の当たりにした。

《エルギン・シティ》号の西二マイルあたり、べた凪の海上を一艘の蒸気船が航行、旗と煙突にはよくある三匹の海豚《いるか》の紋章をかかげているのが見えた。ところが、この船は暴風雨に襲われたかのように突然烈しく揺れはじめたかと思うと、船体中央から巨大な煙の柱を立ちのぼらせてあっというまに炎上し、次の瞬間には大きく傾いて、舳先から海中に消えてしまったのである。それから十五分後、惨事が起こった場所を示す残骸物のなかに、鶏籠につかまって漂うひとりの人間の姿が認められた。男だった――水夫で、唯一の生存者とおぼしい。

　注意深く《エルギン・シティ》に引き揚げられた男は、倒れ込むや失神した。

　水夫が甲板に大の字に横たわっている間に、救助した人々は彼の右脚の状態に気づいて驚いた。炎症をおこして赤く腫れあがり、膝のあたりには奇妙な線や円が浮かんでいたのである。

　むりやり口に流し込まれたブランディのおかげで、アブダラ・ジャン――それは他ならぬ彼だった――は意識を恢復し、くしゃみをしてからしゃべりはじめた。言葉を聞き取ろうと身を屈めていた通訳は、仰天して体を震わせた。ぐったりと甲板に横たわったまま、水夫が、脚には絶対に触ってくれるな、煙をあげているからと懇願したからだ。少したつと、彼は訴えかける唄のような低い声を発しはじめた。執拗に反復される文句があったが、意味はそのときには突きとめられなかった。いっぽう、この水夫の言動は乗組員の志気を挫き脅かすという理由で、甲板から下に移すことに話が決まった。

二等航海士の船室の隣の空き部屋に水夫を放り込み、見張りをひとり立たせてから、一同による話し合いがはじまった。

バロウズの記録では、それから数時間というもの、一同の興奮は昂まるばかりで、今朝がたの事件に関する途方もない解釈が次々に提出されては討議の末に却下、いっそう荒唐無稽な解釈が提出されるの繰り返しだった。

夕刻になって、船医のサヴィルが、心労をあらわにした表情で幹部船員用の食堂に姿を現わした。

錯乱した水夫の状態は、不可解な脚の症状を除けば好転しているように思われたが、これまでのところ、船の沈没についても自分の脱出の詳細についても語るのを頑固に拒んでいた。ただし、彼のあげる叫び声のなかで絶えず反復される文句の意味がようやく分かったという。「名前なんだ」とサヴィルはいった。「それも英国人の名前さ。奴は『フレディ・ショウ』という男に呼びかけ続けている……」

深夜十二時を少し過ぎた頃、自分の船室にいたバロウズは、水夫の部屋から聞こえる唄と興奮した声で目をさました。寝台から飛び起きて急いで隣室に入ると、アブダラ・ジャン、通訳、それにサヴィルの三人がいた。

微かな月影が舷窓から射しこんでおり、救出された水夫は起き直っていた。唄のような叫びは不意にやんだが、水夫の口は依然として大きく開かれており、バロウズが扉を閉めると唄はまたもや再開された……。

それから四十五分もたたないうちに、船医と二等航海士は嗚咽と笑いを交互にあげながら水夫の部屋から飛び出してきた。きついブランディを数杯あおってからようやく、ふたりは船長のウィロビィに驚くべき話を伝えることができた。

水夫はなかば譫妄状態にあるらしく、まず、ゲイガンに関することを、殺害の件を除いては洗いざらいしゃべり、続いて、嵐、難船、火災、沈没について物語ったが、あまりに途方もなく信じがたい話であったので、通訳は、耳をふさいで水夫にもうやめてくれと頼みたい気持だった。そして、この慄然とする話が終わろうとするときに、サヴィルが偶然あやまって〝脚〟に触れてしまったために、それは本物の煙と炎をあげたのだ。

「もしゲイガンが絡んでいるのなら、どんなことだってありうる」と船医はいった。「奴のことはよく知っているからな。医学校で同期だった――同じ日に免許をもらったんだから。七年後、彼はアル中になって奥地の密林でおぞましい連中と暮らすようになった」

船長のほうは脚の火が消えたのかどうかを心配していた。

「少しの間、燃えていました」とバロウズが告げた。「かなりの炎と熱でしたよ。でも、ほかのものにいっさい燃え移りはしなかった。そして、歌いかけてやると消えたんです」

「歌いかけるだって？」ウィロビィは仰天して訊ねた。「いったい何のために？」

二等航海士と船医が心底信じているところでは、ゲイガンは脚に魔法をかけたのであって、抑えてなだめるためには歌いかけることが必要だというのだ。だが、これにも危険が伴う――あやまった唄を歌うと、文字通り火に油を注ぐことになるから。これまで五、六艘の船ではすべて、これでしくじったのだ。最初の二、三艘では、船尾から出火、乗組員もろとも沈没した。もう一艘は「爆発」、そして、最後の一艘がどうなったのかは船長自身が目撃された通りですと、ふたりはいった。

ウィロビィは顎鬚をしごいた。

「もちろん、いまや」と、明らかにほとんど狂乱状態にあるサヴィルが話を結んだ。「本船の現地人水夫にこの話は広まっていますから、水夫部屋はやっかいなことになるでしょう」

船長は「残念な事態だな」とだけしか答えなかった。ウィロビィは迅速な決断と断固たる行動で知られた人物である。テムズ河畔のティルベリからラングーンまで、サウサンプトンからカルカッタにいたるまで、彼は、みずからが好んで口にする標語のせいで、「時間内にやりとげろのウィロビィ」なる綽名を頂戴していた。とまれ、彼に対する評価というものは、乗客と乗組員への義務感が如何ほどかを考慮して下されねばならないだろう。

彼は顎鬚をしごきながらアブダラ・ジャンの部屋へと直行し、そこに五分間ほどいてから出てきた。少しやつれたような面持ではあったものの、いっそう決然とした様子であった。

翌日の朝食時に、船長はアブダラ・ジャンにふりかかった不幸な運命を幹部船員たちに告知した。すなわち、かの水夫は昨夜周囲を騒がせたので、船首部の寝棚に移すよう命じたのだが、移送中に付き添いの手から逃れて、海中に飛び込んでしまったという。「もちろん、錯乱状態だった」と船長は説明した。「いちばん問題なのは、アブダラ・ジャンが飛び込むのを目撃した他の水夫たちが、それを黙殺した点だろう……」

「連中はどうして警報を発しなかったんです？」

「彼が悪運をもたらすと考えたのさ」とウィロビィは答えた。「いわば聖書のヨナというわけだ。救助されては困ると思ったのだ……」

「ひょっとして突き落とされたのでは？」とひとりがほのめかした。「縁起が悪いと水夫たちが考えたのなら、ありうるでしょう。犯罪行為があったのかもしれない」

「いや」と船長は動じずに応じた。「不法行為があったとは思わない」

しかし、船医と二等航海士はウィロビィの眼光に一種の冷酷さが潜んでいるのを見逃さなかった。

　かくて、バロウズの日誌に関していうならば、驚くべき物語はここで唐突に終わりを告げる。「煙をあげる脚をもった男」は謎として出現、さらに大きな謎に包まれたまま姿を消した。

　だが、英国サウサンプトンに入港したとき、「時間内にやりとげろ」のウィロビィは、不可解な沈没事故が依然として続いており、行方不明になった船の数が既に十三艘にも達している事実を知ったのである。

4

　医学士フレデリック・ショウ氏は不健康な中年の独身男だった。ロンドンの繁華街、ウェスト・エンドの一角でかつては光輝を放っていた診療所の看板——それはいまや青カビのついたチーズのような色合いに変わり、シェパーズ・ブッシュ近くの貸家街の柵にいかがわしい雰囲気を漂わせて掲げられていた。看板の背後にいるショウ氏自身もまた黒ずみ薄汚れていた。彼の才能は輝きを失うばかりで、生計手段のほうも怪しげで後ろ暗いものとなっていた。首は古びたゴムのように皺がよってたるみ、襟元はひどく汚れていた。頭はほとんど禿げていたが、わずかに赤茶色の髪がしょぼしょぼと円く生えている。

　彼は陰気な居間に腰を下ろして、何カ月も前に届いたゲイガンからの手紙を手にしたまま愕然とした表情を浮かべていた。

「いったい何てことだ！」彼はしわがれた声で囁いた。「何てことだ！」

　彼はウィスキーのグラスを空にした。ショウ氏の人生における大半の出来事はウィスキーに責任があった。ウィスキーのせいでシェパーズ・ブッシュに移転したわけだし、汚れた襟元も同じ理由からだ。ウィスキーのせいでやがて命そのものを失うのも疑いないだろう。

ゲイガンの手紙は到着した折にはたいして彼の関心を引かなかった。もちろん、その文章からゲイガンが思っていたよりも遥かに頭がおかしいのは分かったけれど、とてもじゃないが、個人的に真剣な関心を払う理由などは……。彼は嗄れた笑い声をあげて手紙を放り出すと、焼却予定の文書の山の下に突っ込んでおいたのだ。

だが、今晩、彼はそれを震える手で取り出して、怯えと恐慌で大きく瞠かれた眼で一言一句落とさずに、幾度も読み返す羽目になった。

困ったことに気のふれたゲイガンのたわごとが現実のものとなったからだ。

今から一時間前、まさにこの部屋で、アブダラ・ジャンは沈没と苦難の物語を狂乱状態で語ったばかりか、おぞましい「煙をあげる脚」をショウに実際に見せて助けを乞うたのである。

水夫がコーンウォールの海岸に打ち上げられたのは三日前のことだった。唯一の生存者であった彼は、ロンドンに移送され、船員互助会館に収容された。そこで一晩を過ごしてから、彼は翌朝にはフレディ・ショウの探索を開始すべく飛び出していた。

馬鹿げている。狂気の沙汰だ。ショウ氏の既に崩れかけた世界は、目の当たりにしたことに思いをめぐらせているうちに完全に壊れてしまった。色あせた緑色のビロード地の安楽椅子、彼が毎日見ている椅子に、水夫は腰を下ろして話をしたのだ。それから片脚を伸ばすと別の椅子の上にもたせかけ、傷口の包帯をほどいた。

それは光を発していた。光っていたことをショウはいまも否定できなかった。燃えているのでも煙をあげているのでもなく、ただ光っていた。透きとおった檸《れ》檬色《もんいろ》に輝いており、その光で部屋中が満たされた。

続いて何が起こったのか記憶は混乱している。彼は自分の椅子に倒れかかった。おそらく気を失ったのだろう。意識が戻ったときには、水夫は包帯を丁寧に巻き直していた。帰ってくれというと、水夫は気を悪くしたようだった。

脅しをかけたり、なだめすかしたりでとりあえず追い払ったものの、水夫はきっとまた帰ってくるだろう。厄介な問題だ。きわめて面倒なことになるだろう。光り輝く下肢をもった肌の黒い男が診療所に毎日押しかけるようになったら、ショウのかなり怪しくなっている評判はどこまで堕ちることやら。

少なくとも百回くらい、ショウはゲイガンの浮かれた調子の手紙を熟読した。

「宝石と護符が一緒に脚に縫い込んである。宝石はとある偶像の眼にはめこまれていたものだ。紅玉《ルビー》で、その値打は二千ポンドをくだらない。ただし、とてつもなく奇妙な力を備えている。おれはえらい目にあった。護符のほうは魔除けの効果を除けば二束三文の代物だ。宝石をおとなしくさせて水夫に生き延びるチャンスを与えるために、そいつを仕込んでおいたのだ。護符と宝石は一緒に仲良くやってくれるかな。どちらを先に取り出すのかに注意しろ。まあ、こういう事情なので、よろしくやってくれ。おれがあらかじめ警告を与えなかったなんて後でいうなよ」

ショウは呻いた。

不安に心を奪われて彼はしばらく椅子に座っていたが、ほどなくして、彼の視線は乱雑な薄汚れた居間から手紙へと転じられた。

「二千ポンドか」と、彼は感嘆するように呟いた。

ふたたび彼は呻き声をあげたが、前より漠然とした呻きだった。呻き声にしては思案する調子が際立っていた。

5

十日後、舞台は依然として医師のみすぼらしい居間で、時刻は午後七時半——手術用寝台の上には、期待と恐れをいりまじらせながら目をぎょろつかせて、アブダラ・ジャンが横たわっている。部屋の反対側の隅では、ショウがウィスキーを立て続けに二杯あおって神経を落ち着かせようとしている。ふたりを除けば、部屋には病院にはつきものの不吉な備品があるだけだ。スポンジ、包帯、手洗消毒用の洗面器、タオル、それに、横たわる水夫の身体の下に広げられたシーツ。シーツの白さは不安と怯えを誘うもので、強心臓の人物でも身がすくむことだろう。

とうとう、こうなってしまった。こうなるとショウが思っていた通りになってしまった。だが、つまるところ、他にどうすることができたというのか？　水夫を無理矢理どこかの病院に追い払う？　不可能だ。あるいは、誰か好奇心の強い外科医でも引き込んで、この件で好き放題にやらせる？　もっと不可能だ。自分の診療行為に偽善者ならば違法だといいかねない点がいくつかあるのをショウは意識していたからだ……。おまけに、医師会の連中は紅玉を見つけたら取り上げてしまうだろう。実のところ、数日前、ショウは思いきってバリモアの意見を聴くことまでしたのだ。バリモアというのは、レスター・スクウェア界隈のいかがわしい薬局のカウンターで催淫剤や橙色の強精剤を淡々と処方して暮らしている男だった。彼と共にショウは〝脚〟を調べてみたのだが、結局のところ、馬鹿にされたような結果に終わった。というのは、脚はいたっておとなしい状態にあり、いわば、手前は何の悪巧みもしておりませんというような顔つきをしていたからだ。腫れたり炎症を起こしたりしているわけでもなく、おまけに、光についていうならば……。これほどまでに何の異常も見せないのは驚きだった。人をじらすだけで正体を明かさない脚をバリモアは嘲るように眺めてから、憤慨して立ち去った。

そうこうするうちに、準備万端整って、ここに最後の場面が展開されようとしていたのである。

ショウは背を患者に向けて立ち、沮喪しかける勇気を自分でも何か分からないものに向けて奮起させようと懸命だった。

これからゲイガンが魔法をかけた脚に手術をほどこ

すのだ、煌々と輝くのを目撃した肉に神聖を汚すメスを突き刺そうというのだ。だが、本当に光を発したのか？　十日前ならば光ったと確言できただろうが、このところ、脚はとてもおとなしくしている……単なる想像にすぎないということもおおいにありうる。酒のせいでありもしないものを見てしまうのだ。アル中の眼に桃色の尻尾をもったネズミが見えるならば、輝く脚をもったインド人が見えたって少しもおかしくはあるまい。いずれにせよ、行動を起こす必要があった。さもなければ、水夫のせいで気がおかしくなってしまう。落ち着くためにウィスキーをもう一杯、それから──彼はついに思い切った。

まず麻酔をかけてから、震える手で切開をほどこした。恐ろしい破壊的な怪現象が起こるのではと予期して、彼はいったん手をとめた。額には汗が滲む。

それからは熱にうかされたように仕事を進めた。手に負えない異常な事態が起こる兆候がわずかでも現われたら、ただちにやめようと内心決めていたのだが、しかし、いまや、奇妙な興奮が彼に取り憑いて離れない。数分間というもの、彼はおそるべき早さで手術をおこなった……。

不意に彼は動きをとめ、叫びをあげながらメスで切り開かれてあらわとなったものを驚異の念で見つめた。紛れもなく、人間の肉という牢獄のなかに横たわっていた──ゲイガンの手紙にあった宝石と護符が。かつては偶像の眼にはめこまれていた紅玉、その脇には翡翠色の護符があって、宝石の怒りを抑えこんでいる。これほど奇妙な宝物がこれほど奇妙な隠し場所に秘められたことはたしかになかっただろう。

数秒の間、ショウは身をすくませたまま動けなかったが、やがて体が震えはじめた。これまで気分を昂揚させていた不思議な興奮は急速に消えつつあり、そのかわりに、恐怖が着実に募っていく。おぞましくも恐ろしい出来事が目前に迫るのを感じ、命を奪われるような危険を不意に察知して怯えているようだった……。

ぎょっとした目つきで彼は自分のメスがこしらえた

傷を凝視した。何らかの点でとりたてて変化が認められたわけではなかったけれど、脚はただただおぞましかった――魂が吐き気を覚え、五感が働きをとめてしまうような究極の特別なおぞましさ。一瞬、彼は体を翻して逃げだしかけたが、即座に引き戻された。容易に手の届くところに、高価な宝玉が横たわっているのだ。その輝きに彼の眼は釘づけとなった。なかば啜り泣きながら、彼は片手を宝石と護符の上に伸ばしたが、手は血の気を失って、そのまま動かなくなった。

ふたつの相争う力のうちどちらをまず最初に取り出すべきなのか？　血のような色をした紅玉か、あるいは護符か？　数秒間、彼は決めかねたままで、魂のなかでは恐怖と貪欲が争闘を繰り広げた。ほとんど声にならない恐怖の叫びをあげて、彼は指を傷口に深く突き入れた。

ゲイガンの警告の言葉が頭に浮かんだものの、それには構わず、彼の指は深紅に輝く石をつかんで引き出した。

目も眩むような閃光がほとばしる。息がつまるような黒煙が立ち昇り、部屋を穢した。すべてを呑み込む薔薇色の光が柱となって天井にまで届いた。苦痛に満ちた泣き声にあたりは引き裂かれた。

そして、同じような絶望に満ちた恐怖の声を上げながら、アブダラ・ジャンが目を覚ました。

彼は目をこすって周囲を凝視した。薔薇色の光の柱は彼には見えなかった。立ち昇る煙も、煙の源である焼き焦がすような閃光も見えはしない。

不意に解き放たれた宝石の魔力がおのれの意志を行使した対象である哀れな男の姿も見えない。

彼が目にしたものといえば、輪になって渦巻く蒸気が急速に薄れつつある光景だけで、それはショウが立っていた場所から発したものだった。

しかし、略奪を受けた宝物庫である水夫の膝のなかでは、満足の笑いをあげて優しく祝福するかのように、翡翠色の護符が煌めいていた。

ペトロネラ・パン
——幻想物語

Petronella Pan　A Fantasy

ジョン・キア・クロス
吉野美恵子訳

もうずいぶん前の話になるが、早川書房の《ミステリ・マガジン》誌の「幻想と怪奇」特集号で、わたしと翻訳家の宮脇孝雄さんが好きな幻想短篇を一本ずつ訳すことになった。そしてそのとき、なんたる百万分の一の偶然か、わたしも宮脇さんも、ジョン・キア・クロスの「義眼」という同じ短篇を選んで衝突してしまったのである。そんな作家は聞いたことがないとおっしゃる方がほとんどだろう。そこで、どうぞ次の作品をお読みいただきたい。

バーミンガムの近くまで行くときには、この機会にと、いつも年長の友人コルンゴルトを訪ねることにしていた。彼は宝石商だった——太って血色のよい成功者で、スノーヒル駅の近くに店を、そしてアストン郊外の結構な土地に快適な住まいを持っていた。

コルンゴルトは独り者で、思うにそれがただひとつ彼の悲劇だった。というのも彼は大の子供好きだったからである。そのドイツ系スコットランド人の感傷癖は親譲りだったが（バヴァリア出身で宝石類の仕入れを商売にしていた父親はフローラ・マクドナルドという名前の女性を妻に迎えた——彼女はプリンス・チャーリーの同名の恋人の子孫だと主張していた）、そこから生まれ出る、ずっしりと重い、途方もない愛情をもって、彼は幼い子供たちを慈しんでいたのだった。

コルンゴルトのこの過剰な愛情は、ある奇妙な形で表われた。赤ちゃんコンクールの準備と審査が彼の趣味だった。ときどき会場を借り受け、新聞に赤ちゃんコンクールの広告を出すのが彼の習慣だった。そして、白い子や赤い子にとりかこまれて至福の一日を過ごすのだ——泣き叫ぶ赤ん坊に笑う赤ん坊、太った赤ん坊に痩せた赤ん坊……要するに——赤ん坊そのものだ。いちばん美しいとみなした赤ん坊に賞をあたえ、抱っこして一緒に地元紙に写真を撮らせると、あとはこのうえもない喜びに満たされて店と自宅に引きこもるのだった。やがてまたコンクールを開きたいという衝動に襲われるまで。

変わり者のコルンゴルト。しかし私は彼が好きだった。彼からにじみ出る慈愛の深さ——二人で話をしていると、たしかに私の疲れきった心も慰められた。おかげで彼のお人好しぶりに驚く気にもなった。私は常々思うものだが、赤ん坊を愛するとは、どうしてたいしたことではないか――言うまでもなく、他人の赤ん坊である。コルンゴルトの気高い精神は大勢の人を幸せにした。それは潤滑油の働きをしたのだ――なるほど世間を見まわしてみればわかるとおり、歯車には潤滑油が必要な道理である。

いや、逸話の続きにもどろう（というのも、ぜひご承知おき願いたいのだが、これはたんなる逸話にすぎないのだから。ここに教訓はない。寓意といったものはない）。

最後にバーミンガムのほうまで行ったのは三年前だった。キッダーミンスターに住んでいた高齢の伯母がまったく突然に亡くなり（それでやっと、まだ生きていたのかと思い出して、一同ショックを受けたようなしだいだが）、私はいたしかたなく葬式におもむいた。すべて終わると、私はバーミンガムへ向かうバスに乗った。コルンゴルトの博愛主義にひととき浴して、死の冷たい湿っぽさを払いのけられればと願ってのことだった。土曜の朝もまだ比較的早い時刻だったとはいえ彼の店は閉まっており、で、私は電車に乗ってアストンをよぎり、彼を自宅に訪ねていった。そうしたところが、疲れた顔をした年寄りの家政婦から、ほかならぬこの日、コルンゴルトが通りの先の会衆派教会の礼拝所で赤ちゃんコンクールを催すことを知らされたのである。

ここはひとつ、年上の友の、愛情まみれの馬鹿騒ぎにつきあってみるのも一興かと、私は背の低い砂岩造りの建物に向かって歩を進めた。まことに適切にも、教会の外にある掲示板には次の聖句がかかげられていた。〝汝ら幼児《おさなご》のごとくならずば、天国に入るを得じ〟。私はほほえみ、そして礼拝所にはいっていった――はいりながら、伯母の柩を墓穴におろすさいの、にわかによみがえってきた記憶を振り払った（伯母も変わった人だった。ひところは頭が少し混乱していたと家族のあいだで言われていたものだ――自分は死なない、永遠に生きつづけるのだという妄想に伯母はとらわれていた……いや、それは別の話だ、その話はまたの機会に)。

　三年前のあの日、礼拝所にはいったときは面白がりもしたが、同時にいささかぎょっとしたものだった。赤ん坊の大群を見たことがおありだろうか?——一人二人といったものではなく、まぎれもない大群を? 尻をついてえんこした肉塊、赤くて、みるからになまなましく、誇らしげな母親の胸に抱きついている。生後三カ月から二歳までの年齢にまたがる乳幼児たち——十六から四十までの年齢の母親たち。礼拝所は愛情の汗をしたたらせていた。私に何ができよう——皮肉屋で、人間嫌いで、蛆虫を大の苦手とする男——そういう私のような者がこうした状況にあれば、いささかたじろいで、ジェームズ・バリーやキャサリン・マンスフィールドのような人々にたいし、いまさらながら驚きを感じるよりほかにいったい何ができようか?

　赤ん坊たち! ああ、かなわん! 聖者、殺人犯、天才、姦通者の、かくも多くの予備軍。ベートーヴェンもかつては赤ん坊だった——小さな赤い尻に粉をはたかれ、やわらかい襁褓《むつき》にくるまれていたのだ(その時代にもそういうことをしていたとすればだが)。シェイクスピアにも赤ん坊の時代はあったが、フランチェスコ・チェンチにも赤ん坊の時代があったのだ(クウクウゴロゴロと満足げに喉を鳴らしたり、パンのかけらをしゃぶったりしているこうした怪物どものなかでも、彼こそ最悪の鬼畜と言えるだろう——長じてのち、病《やまい》で硬化した皮膚を、とがらせた板きれでごしごしこすらなければならなかったこの男こそ)。生涯最後の日々を迎えたころのヘンリー八世のことを考えてみよう。ふくれあがった巨体、姿かたちも定かではなく、悪臭ふんぷん、おかげで廷臣たちは、鼻をつまんでいられるようにと小さな洗濯ばさみを支給されなかったら、そばに近寄ることもできなかったほどだ。宮廷の出入り口は間口をひろげねばならず、恐るべき巨体を持ちあげて移動させるために特別な機械をつくらねばならなかった。さてそこで、そのヘンリーの生涯最初の日々を想像してほしい——彼の上に乳母たちがかがみこみ、愛しげに子守唄を聞かせている……！さらに、思い描くのも耐えがたいほどにおぞましい光景をお望みなら、想像してみるがいい——すべての赤子のなかでだれよりも広く知られたかの子供が東方の三博士に見守られて無心に寝ていたのとたぶん同じころ、こちらもまた産着のどこかにすっぽりくるみこまれている、別の小さなもののことを想像してみるがいい。そしてたぶん男が女に言うだろう——「この子を何と名づけようか、おまえ？」——すると女は答えるだろう、「この子はユダと名づけましょうよ。いい名前でしょう、あなた……」

赤ん坊たち！　そして彼らのどまんなかに、紅潮した顔を愛情と奮闘とで輝かせている、わが良き友の宝石商コルンゴルト。彼は一組の双子を左右の腕に抱きかかえている——染めた髪と特大の胸をした母親に、にこにこ笑いかけている。私は死んだ伯母をふたたび思い出した——柩のなかから蠟人形のようにうつろな凝視を送ってきた、やつれて青みがかったあの顔。彼女もかつては赤ん坊だった……。

コルンゴルトが私に気づくのを待つうちに、私の右側の戸口から、婦人が乳母車を押してはいってくるのが目にとまった——それがすこぶる古風な乳母車で、車体が高く、側面に過剰な装飾がほどこされていた。年輩の婦人は——母親というよりもおそらく祖母だろう。銀髪に、長く垂れたドレス、権高な顔。だが私の注意を引いたのは婦人ではなく、乳母車に乗せられた赤ん坊のほうだった。私が赤ん坊嫌いであることはすでにそれとなく語ってきたとおりである——赤ん坊は美しくない、客観的に見て、まったく美しくない。赤くて皺だらけで、嫌悪の情を催させる。私は背を向けて逃げだすまでだ——度しがたい夢想家の私、麗人たちの面影を胸に秘めているような男は。マリー・アントワネットや、スコットランド女王メアリー、ベアトリス・チェンチや、かわいいネリー・グウィン（いずれも性悪女にちがいあるまい、事実ありのままを言えば)。しかし、どうだろう!——古めかしい乳母車のなかのこの子は! 私は何もかも忘れて見つめていた。私は自分がどこにいるのか忘れた。金切り声をあげる赤い群れのことも、宣教師像の彫り物に壁面を飾られた陰気くさい礼拝所のことも忘れていた(デーヴィッド・リヴィングストンとスタンリーの邂逅——古びた木彫りで、ケピ帽をかぶった二人の男と、うまい具合に腰布が垂れて隠すべきところを隠した原住民たちがまわりに集まっている場面だったが)。乳母車のなかの小さな顔はかつて見たなかで最も完璧、最も玲瓏として美しい顔だった。とても言葉に表わせるものではない。ボッティチェッリの絵、ラファエロの絵、比類なきダ・ヴィンチの絵に似通うものがあった。とてつもなく美しい。このとおり退屈な町の退屈な礼拝所で、このとおり退屈きわまる赤い皺だらけの肉塊の蝟集するなかに、このような天使のごときものが生きていられようとは信じられないことだった。しかし現にそうなのだ。それは生きていたし、私が見つめているあいだも、うっとりするほど愛くるしい笑みを見せていた。

豊かに朗々とひびくコルンゴルトの声に、私はわれにかえった。

「マルパス! 親愛なボブ・マルパス! ここできみに会えるとはなんとすばらしい!」

遠慮なく微笑を浴びせかけながら、彼は私と握手した。

「やあ、ハインツ」私はもぐもぐ言った。「キッダーミンスターに来ていたんだよ、伯母の葬式でね——ちょっと足をのばして、あんたと会っていこうと思ったんだ。だけどコンクールの最中だとは知らなかったよ。終わってから出なおすほうがよさそうだ。午後は映画か何かで楽しく過ごすからいい、それからよかったら夕食を一緒にしよう」

「むろん夕食を一緒に」と彼は朗々たる声で言った。「けど、何はさておき、まず一杯やろうじゃないか。閉店前にちょうどまにあうぞ。飲めるとはありがたいね——ここはもう暑くてかなわん。いや、アシスタントが子供たちを組分けするあいだ、十五分ぐらいわたしがいなくてもだいじょうぶさ」

私は礼拝所から連れ出されようとしているのを感じた。年代物の乳母車のなかの麗しい赤子の顔がまぶたに焼きつき、まだ思考が混乱していた。コルンゴルトはそば近くにいながら、その赤子の美しさにうっとりしている様子もなくて、それが私には信じがたいことに思われた。これだけ大勢の赤ん坊たちのなかで、優勝をさらい得るのはただ一人その赤子だけにきまっている。にもかかわらず、彼が——熱烈な赤ん坊好きが、その道の大家ともあろう者が——玲瓏たるその子のほうに目を向けようともしないとは。いや、ちがう——見るには見たのだ、すばやくちらっと、やや当惑気味とも言えそうな目つきで。彼は赤子を、それから老婦人を見やった。そして彼女に向かって無愛想にちょっとうなずいてみせると、私のほうに向きなおって腕を取り、礼拝所から連れ出した。

私はぼんやりしながら彼についていった。あの小さな完全無欠の顔が、マリー・アントワネットやスコットランド女王メアリー、ベアトリス・チェンチやかわいいネリー・グウィンとともに私の心を占めていた。さらに、彼女たちを追い出しにかかり、しかもそれだけではない——私にその日つきまとったもうひとつの顔、伯母の蒼白の透き通った死に顔をも追い出そうとしているのだった——伯母は永遠に生き続けると、自分で信じていたものだったが。

そう、私は言った。私は皮肉屋であると言った——蛆虫を大の苦手とする男であると……

その日は、夜まで待ってコルンゴルトと食事をともにすることはしなかった。なぜかそれはとても手にあまることだった。私には耐えられないことというのがいくつかあるのだ——大きなことではない——大問題を前にして悩むことはまれである。そうではなくて小さなことだ——ばかげたこと。

帰りの列車に乗り、ミッドランド低地の田園風景が宵闇のなかに飛び過ぎていくのをながめながら、正直に言って私は少々頭がおかしくなっていたようだ。穏やかな、甘美でさえある狂気。少しだけ締まりのない顔をして——純真さと愚かさ、同じ客室に乗り合わせた人たちには私の顔にそれが見てとれたにちがいない。座席から身を乗り出し、節度もあり威厳もある態度をたもちつつ、彼ら乗客にこう語って聞かせたいくらいのものだった。

「キッダーミンスターで伯母さんを埋葬してきたばかりでしてね。キッダーミンスターにいらしたことは？　なんでも有名な絨毯の産地だとか。やれやれ。フクロウは昔、パン屋の娘だったそうな。いまフクロウと言いましたっけ？　ホーホー！　伯母さんは妙な人でしたよ——自分は永遠に生き続けるのだと、よく言っていた……」

あの車内で、胸に浮かぶ言葉が列車のリズムとひとつになって流れるままに、詩を書きとめたことを思い出す。私の感じるすてきな淡い狂気が詩に表われていた。〈狂える歌〉と題したその詩では、リフレインとして、この部分が繰り返し出てきたものだ。

おまえは狂った、狂ったぞ、
頭に麦わらくっつけて——
ズボンがやぶけて
尻まる出し……

……そして、その詩と同時に、会衆派礼拝所の向かいにある小さなパブでその日エールを飲みながら、コルンゴルトと交わした話が胸をかすめるのだった。忘れもしないが、彼が話しているあいだも私の目にはあの美しい赤子の顔が浮かんでいた。ジョッキを口に持っていけば、泡立つエールの表面に輝き出るその顔が見えた——お茶のカップから顔が見えるという、中国の古い言い伝えと同じように。その顔はきらきらと輝きを放ち、そのあいだも、かの慈愛の権化が——およそ皮肉とは無縁のドイツ系スコットランド人の心を持つ男コルンゴルトが、よくひびく声で、賢明な昔の伝道者の言葉を引用したりしていた。

〝空《くう》の空なるかな――みな空にして風を捕ふるがごとし……〟

「おそらくは」と、やがてまた彼が、私の質問に応えて、ひとしきり笑ってから（皮肉屋ではない証拠に、何でも面白がることができるのだ）静かに言いだした――「おそらく、それは物語の形で教えるほうがいいだろう。昔々あるところに、というやつさ――どうでも好きなように当てはめて結構。言うまでもなく、あの子に賞をあたえることはできない――一度ならず二度までもというのはばかげているよ、とんでもないことだ。さてと――わたしは今年で五十六――いや、五十七になる。だから、赤ちゃんコンクールの審査を始めてかれこれ三十年だ。そんなわけだから――いや、別の話し方のほうがよかろう。物語だよ。昔々あるところにという手の」

　コルンゴルトはエールをぐいと飲み干して、私たち二人のためにお代わりを注文した。あの愛くるしい赤子に賞を与えようとしないことについて、私の胸中に謎が渦を巻きながら注意を独り占めにしており、私はじりじりしながら話の続きを待った。

「あるところに」と彼がはじめた。「女がいた。ずばぬけた美人を想像してくれ」（不意に私の目に浮かんだものは、マリー、メアリー、ベアトリス、ネリーがひとつに合成された顔だった）「けど、むなしいことだよ――かぎりなくむなしい」（いずれも性悪女だったと思い出した、事実ありのままを言えば）「やがて彼女は結婚した。すこぶる頭のいい男と結婚したんだ――生物学研究の学者だ。彼女はみごもり、世にも美しい子を産んだ――母親譲りの美貌だった。するとどうだろう、彼女はそれまで自分の美しさに感じていた誇らしさを、そっくりそのまま、今度はわが子の美しさに感じるようになったのだよ。こんなきれいな赤ん坊は見たことがないと人に言われると、女は、かつて自分自身へのほめ言葉にそうなったのと同じように有頂天になり、ぞくぞくする喜びを感じるのだった。ある日、彼女は赤ちゃんコンクールの広告を見た。幼い娘をコンクールに出して――娘は当時一歳ぐらいだったろう――そして当然のように一等賞に輝いた。明らかにほかにはだれも、この天使のような子とは比べものにならなかった。めざましい成功（なにしろ審査員が熱狂的に賞賛したのだからね）に夢見心地で、女は全国各地の赤ちゃんコンクール開催の広告に気をつけていた。そして、それから半年間というもの、熱に浮かされたような興奮状態のなかでイギリス全土を旅してまわりながら次々に優勝を勝ち取っていったのだよ。彼女にとって、それは強迫観念になった。言ってみれば、彼女にはそれが商売だった」

年上の友は言葉を切り、パブの窓の向こう側、外の掲示板に賢者の教えがはっきり見てとれる礼拝所のほうを見るともなしに見ていた。彼はくすりと笑って、エールを飲んだ。

「悲しいかな」と彼はまた続けた。「いつだって蛆虫はいるものでな。美は衰えるものであることを、女は鏡を見て知った。幼いわが子がそろそろ二歳になることを、そして自宅の化粧箪笥の上にたまっていく多数の賞杯にも、まもなく終わりが訪れるにちがいないことを知った。女はパニックをきたした。それと挑戦的な気分になりもしたのだな、哀れなことに。彼女にしてみれば、自分は奪われているという気がしたのだよ――何かすり抜けていくものがあるのに、それを取り押さえることができないのだ。闇のなかで目を開けたまま、絶望のうちに過ごした幾晩もの長い夜、かたわらでは夫が、彼と同じそのベッドで深まりゆく忍び泣きの苦悩を知りもせずに、鈍感にいびきをかいていた。だが、最後に女にアイディアをあたえたものはほかでもない、夫のそのブタのごとき態度と無関心だったのだ。ある晩、夫がいびきをかいているなか、彼女は怒りを覚えながら思った――『この人には心配事なんかないんだわ、こんなにいぎたなく眠りこけちゃって！

この人とあのおぞましい研究、罪のないモルモットに注射なんかして！』そこで彼女は頭のなかでアッと絶句し、それから喘ぐように長いわななく溜息を吐いた。女というのは愚かなものだとはいえ、夫の仕事についてはきっと多少の知識はあるはずだ。そしてこの女は、生物学者の妻として、当然のことに、それはもう忌まわしくも当然至極のことに——腺について聞き知っていたにちがいない！」

そこまで話がおよぶとともに、私はやや顔が青ざめていたようだ。コルンゴルトが笑ってダブルのウィスキーを注文した。私がたっぷり飲むまで待ってから、彼はにわかに声も低く真剣になって話を続けた。

「言うまでもなく、いかに浅はかな者でも、いったんこうと心を決めればことは叶うものだ。この女は——そう、この世には本というものがあるわけだからね。しかも彼女は実験をした——残酷にも実験を重ねた、モルモット、ウサギ、ハツカネズミと——ああ、何でも使って。そして最後に、ともに徹底した愚かさと決意により、彼女は、おそらく何百年ものあいだ科学者たちが懸命に求めてきたものの発見に成功したのだ。彼女の夫なら、彼女の発見したものを発見できるのなら片手を失っても惜しくはないと思ったことだろう。夫は気の毒にもそのころにはすでにこの世を去っていた。実験室でひそかに進行していたことについては、なんとも幸せなことに最後まで何も知らずに。女は夫が死んだことにすら気づかなかったんじゃないのかね——それよりも最大の関心事で頭はいっぱい、ただもう一心不乱だった。そして、言うまでもなく——」

年上の友は肩をすくめた。私は背筋も凍る思いで彼を見つめていた。

「おお、おお！」私はささやくように言った。「それはつまり——ああ、まさか！」

私はウィスキーのグラスを飲み干し、まじろぎもせずに窓の外を見ていた。私もまた、あの掲示板にかかげられた言葉に目を向けていたのだった。

「しかし、もちろんのこととして」やっと私は口を開いた。「もちろん、発育が——」

「けっこういろんなことができるのだよ、あの子は」とコルンゴルトは言った。「たとえば文字は読める。よくしゃべれないがね。けど、ほとんどその必要もないだろ？　彼女には赤ちゃんコンクールが人生を過ごす場所なんだ」

「で——あの婦人は？」

「母親のことかね？」コルンゴルトはまた肩をすくめてみせた。「あの女はもう賞を獲得できないことがわかってないんだろう——全国いたるところで審査員が彼女に気がつく。けど、それが彼女の人生なのだからね——まさしくそれが彼女の人生なんだ。あの美しい、おぞましいしろものを、みせびらかして歩くのが……」

私は震える手でタバコに火をつけようとした。そして、ちゃんと火がつくのを待ってから、気持ちを奮い立たせて、何よりも知りたいことを質問した。

「しかし——いつからだい、コルンゴルト？　いったいぜんたい——いつから？」

「わたしは今年で五十七だと言ったろう」彼はためったすえに、呟くようにそう言った。「いまから三十年前、わたしの初の赤ちゃんコンクールを審査した。そして賞をあたえたのが——いや、言わぬが花だな。さっき言ったようにこれはおとぎ話だよ、だから好きなように当てはめてくれたまえ。わたしとしては」——と、にわかに笑顔になり、すわりなおしながら、「わたしとしては、そろそろ会場にもどらなきゃならん。仕事が待っておるのでね。きみも来たまえ、ボブ——正真正銘の健全な赤ん坊を見れば、きみのような皮肉屋でも心を慰められるだろう……」

こうして私は車中の人となったわけである。ごく穏やかな狂気をかかえこんだまま、町に帰り着いた。すると親戚の人たちが言った。

「で、葬式はどんな具合だった、ボブ？　かわいそうなエルスペス伯母さん。かわいそうな、なつかしい人！」

「ああ、申し分なしだった」私は言った。「万事順調だったよ。伯母さんは柩のなかでとても安らかに――とても安らかそうに見えた」

みんな溜息をついた。そして私は自分の詩のことを思い出した――〈狂える歌〉。それから突然、いちばん最後の光景を思い出したのだ――もはやすべてが耐えがたく、コルンゴルトにも赤ん坊の密集部隊にも背を向けて、礼拝所から転がり出るとき目にしたもののことを。ひしめく母親たちをかき分けて進む私に、あの乳母車の女を見る勇気はなかった。だが、どうして乳母車をのぞきこまずにいられただろう――ほんの一瞬、世にも恐ろしい時が飛び過ぎるなかで。

彼女は本を読んでいたのだ、あの玲瓏たる小さなものは。読んでいる本の題名まで私には見えた。それは――究極の恐怖！――プルーストだった。『失われた時を求めて』……

静かな、穏やかな気分が訪れたのはもっとあとになってからだった。私はすっかり理性を失っていたようだ。とにかく、いま自分がしでかしたことにほとんど気づかないまま、掲示板の聖句を破り取ってしまっていた。

〝汝ら幼児のごとくならずば〟と、それは語っていた……

おまえは狂った、狂ったぞ、
頭に麦わらくっつけて……

「ほんとにかわいそうなエルスペス伯母さん」と家族の人たちは言った。そして私は、馬鹿のようにもぐもぐと何度も繰り返すばかりだった。

「伯母さんは柩のなかでとても安らかそうで――そうとも、とても安らかそうに見えたんだ……」

白　猫
The White Cat

ヒュー・ウォルポール
佐々木 徹訳

日本でもよく知られている名短篇「銀の仮面」に端的に見られるように、ウォルポールの作品は幻想小説と普通小説の中間領域に位置している。見方によれば、なにも不思議なことは起こっていないのかもしれないような物語なのだが、それがなぜかとても恐ろしい。こういう静かな恐怖を描くのは、伝統的な英国小説が得意とするところであり、本アンソロジーではそういう傾向の作品を意図的にいくつか選んでいる。

まったく不思議な事件がまったく普通の人の身の上に起こることがある。この物語はその一例だ。アメリカ中を探してもソーントン・バスク氏ほど普通の人物を探すのは困難だっただろう。本人は自分を特別な存在だと思ってはいなかったものの、いつも少なからぬ自尊心を抱き、世間の多くの人間同様、人類の幸福が続くには彼自身が命をながらえ、いい物を食べ、幸せで豊かに暮らすことが必要不可欠だと考えていた。

彼はニューヨークからハリウッドに移ってきた。それは気候のせいでもあり、映画の脚本が書いてみたかったこともあるし、あるとても素敵な女性が運を試すべく既に此地に来ていたという理由にもよる。ハリウッドに来て五年、その間大成功を収めたとは言えないが、幸せではあった。彼は大変朗らかな人物だった。ごく普通の意味の男前で、よく陽に焼けてひきしまった体をし、いつもきちんとした服装をしていた。時間をもてあましているご婦人方には役に立つ男で、何についても独創的な考えは抱いたことのない人物だった。

彼は自分が脚本家として求められていないと知っていささか驚いた。そして間もなく、ハリウッドでは皆がするように、もう少しであれが出来るはずだったとか、全く不幸な偶然によってあの仕事を逃したとか、この十年でも指折りの傑作を撮った誰それ監督は彼の親友で、空きさえあればいくらでも仕事を回してくれるところなのだが、といった身上話を勝手に作り上げていた。

自分が相手にされていないとはあまり感じなかった。ハリウッドでは多くのパーティが開かれ、どこにいても、どれかには出かけて行ける。そして、世界的に有名な誰かがヴァンドーム・クラブで隣に座っていたり、トロカデロ・ボールルームですぐ横でダンスしていたり、というような可能性がいつもある。この五年間は楽しく、刺激的でさえあった。友達もたくさん出来たように思えた。五年たって、たくさんないのはお金だった。元手がほとんど底をついたと知って彼はショックを受けた。ハリウッドの街では札束が飛び交っているのに、彼の方には少しも飛んでこないのだった。

魅力的な英国女性、グレース・ファーガソン夫人のことを真剣に考えるようになったのはその頃だった。ファーガソン夫人はロデオ・ドライヴに瀟洒な家を持つ裕福な未亡人で、静かな淑女然としたやり方で頻繁にパーティを開いていた。彼女は、短期間のつもりでカリフォルニアを訪れ、その陽光の虜となり抜け出せなくなってしまった英国人の一人だった。ロンドン証券取引所に勤めていた夫は心の優しい老人で、十年ばかり前に亡くなっていた。彼女は天涯孤独の身であった。大きな白猫ペネロピーのほかには、親しい友達は誰もいないようだった。もちろん知人はたくさんいた。会った時には愛想よく振る舞うのがアメリカ人の常だから、彼女には知人は皆友達のように見えた。アメリカで英国人が長続きする、真の美しい友情を築くことは可能ではある。しかし、英国人にとって友人と知人をはっきり見分けるのはしばしば非常な困難を伴う。その境界線は、より用心深い彼ら自身の国においては極めてはっきりしているのだ。

ファーガソン夫人は時々ひどく孤独に感じて落ち込み、自分には本当の友人がいるのかしらと思うことがあった。そんなみじめな気分の時には、ノーサンバーランドの長く延びた白い荒れ野や、岩のごつごつしたコーンウォールの入り江や、デヴォンシャーのスミレの香りに包まれた小道などを思い出して、ホームシックに駆られるのであった。そういう時、よく英国の友人たちに長い手紙を書いて、もうすぐ故郷《くに》に帰りますとか、わたしのことをすっかり忘れたのではないでしょうね、などと少し物憂い調子で訴えている自分に彼女は気がついた。しかしそのすぐ後に心の弾む愉快な社交の世界がやってきた。星空の下でのハリウッド・ボウルでの演奏会（座席は湿っていたので、極地用の重装備が必要だった）、チャイニーズ・シアターでの賑やかな映画の初演、誰かのヨットでカタリナへの素敵な旅行、インドから来たヨガ行者の興味深い講演。そのような機会には彼女は友人たち――情が厚く、彼女に会えたことをこの上なく喜び、彼女と別れるのをつらく思い、彼女を幸せにするためなら何でもする覚悟のある友人たち――に取り囲まれているような気分になった。

ソーントン・バスクはそういう連中の一人だった。とても、とても魅力的な男、親切で腰が低く、常に笑みを絶やさず、ジョークを連発し、少々女好きではあるものの決して危険な程度までには踏み込まず、上機嫌で、利己的なところがない。ファーガソン夫人は彼がとても気に入った。わたしのパーティにはいつ来てくれてもいいわよ、と彼に言った。彼女のことを真剣に考え始めた時、ソーントンはなぜもっと前にそうしなかったのだろうかと驚いた。彼の理解では、彼女は使い道が分からないくらい巨額の資産を持っていた。今の時代にはきわめて珍しいことだった。それに、彼女は他の裕福な女性とは異なり、俗悪でもなければ、いやな感じの人間でもなかった。彼女には繊細な英国夫人の風雅な魅力があった。情熱を燃やす対象にはならないが、決して飽きることのない相手だった。

しかし、さらに彼女について真剣に考慮してみると、情熱を抱くのもそれほど難しくはないと分かった。相手が愛に目覚めたことのない女性であるのは疑問の余地もなかった。英国の年長の夫たちがいかに鈍感で想像力に欠けているか、彼はしょっちゅう話に聞いており、よく知っていた。ハリウッドでは彼女にまつわるスキャンダルは何もなかった。彼女は男性が好きだったが、距離を保った付き合いをしていた。彼女を目覚めさせてやるのは面白いではないか。それはとりたてて困難なことではないだろう、と得意げに考えた。彼は真剣に求婚し始めた。グレース・ファーガソンに対する興味が深まれば深まるほど、彼女の家やその周辺も彼にとって生き生きとしたものになってきた。

　それは快適な部屋を擁した英国式の美しい建物で、裏には素敵な庭と小さなプール、バドミントンのコート、何本かの大きなバナナの木、立派なミモザの茂みがあった。応接間と食堂の白い壁には上物《じょうもの》のエッチングが掛けられていた。すべてはよい趣味で統一されていたが、家の持ち主同様、ひっそりと美しく、やや個性に欠け、穏やかに客を遇するといった風情をどこかに漂わせていた。ある日の午後、彼はダーク・ブルーのソファの端、彼女のすぐ近くに座っていた。お茶でしょうか、ハイボールでしょうかと尋ねられ、ハイボールと返事すると、スコッチそれともバーボンと彼女は訊いた。安らかで友好的な、ほとんど親密な、と言ってよい瞬間だった。

「ねえ、僕が何を考えているか分かるかい？」彼はソファの肘掛にもたれ、片方の手で彼女の腕に触れた。

「分からないわ。何？」

「一日か二日、泊りがけでサン・ディエゴまで行こうよ？　お祭りがあるんだ。あと何人かに声をかけよう。バーニーに、スウェイト夫妻、ルーシー。きっと楽しいよ」

「そうね、賛成だわ」と彼女は物静かな英国風のやり方で返事した。「お祭りは楽しいでしょうね。幼い頃、故郷《くに》では大好きだったの」

　彼がじっと彼女の顔を眺め続けていたので、彼女はいったん視線を上に向け、それから質問を投げかけるように彼の方を向いた。まるで、「今日のあなたはいつもと違うわ、いったいどうしたの？」とでも言うように。実際、彼はいつもと違うと感じていた。知り合って以来はじめて、彼女を抱きしめてキスしたいと思ったのだ。なぜ今までこういう気持ちにならなかったのか、不思議だった。彼は知らなかったのだが、いったん人間の頭の中である計画が動き出すと、それは勝手に援軍を召集し始める。そして、人は自分の頭に少少たぶらかされる格好になるのである。

「僕たちは長い間とてもいい友達としてやってきた」と彼は言った。「このあいだ、アメリカ人は表面的だとイギリス人が言ってたけど、僕はそうは思わない。君はどう？」そして彼はほんの一瞬彼女の手に触れた。ほとんど撫でたというような感じだった。そしてソファに座りなおし、ちょっと彼女から視線をそらせた。

彼女はそのおとなしい青い目で優しく微笑みながら、少々母性的に彼を眺めた。「素敵な人だわ。今日の彼は今までで一番好き」と彼女は考えた。そして、「ええ、アメリカ人は表面的だと思うわ。大部分はね。イギリス人は友情をとても真剣に考えるの。いったん友情を結べば、それは一生続くのよ」と言った。

「そこがイギリス人の困るところなんだ。つまり、真剣すぎるんだよ。パーッと愉快に過ごして忘れちまう、なんてことが出来ないんだね」彼は向きを変えて、深刻な面持ちで相手を見つめた。「しかし、君は僕のことをそんなふうには考えないだろう？　君は僕にとってとても大事な人だ。本当だよ。君の物静かで、用心深いところが好きだ。アメリカの女は全然静かではなくなったからね」

「私たちの友情があなたにとっていくらかでも意味があると聞いて嬉しいわ」と彼女は優しく言った。「そんなふうだとは知らなかった」

「でも、今は知ったわけだ。君は僕の一番いい友達だよ」

彼は沈思黙考しながら、ハイボールを飲み終えた。もしここでキスしたら彼女はどういう反応を示すだろう？　イギリスの女は変わってるからな。その気にさせておいて、まあどういうおつもりなの、と来る。貴重な友情が台無しになったじゃないの、と文句たらたら。実際、彼女たちは友情の方を情熱よりも大事にすることが多い。

もし陥落したら、グレースはどんなふうになるだろう？　彼女が一文無しだったら、自分は彼女に対して同じような気持ちを抱くだろうか？　そう、やはり、同じように振る舞うだろう、と彼は考えた。すっかり清らかな感情に包まれるのを覚えつつ、ハイボールのお代わりを頼む。そうは言っても、彼女が素晴らしく裕福であるという事実は心地のよいものだ。その時、彼は白猫に気がついた。これまでその猫については、夫や恋人、あるいは子供を亡くした女性はペットに多大な感情を注ぎ込むものだということが折にふれて脳裏をよぎる以外、特に意識はしなかった。もしも猫について考えていたなら、彼はその猫のグレースに対する不思議な献身にとっくに気がついていたであろう。奇妙な話だ、猫はいつも人になつかないのに、と彼は思った。猫は自分なりの生き方を持っていて、人間を軽蔑している。

しかし、このとても大きな真っ白のペルシャ猫（いや、ほんとうにペルシャ猫だろうか？　こんなに大きくて白いペルシャ猫を彼は見たことがなかった。いつか、品種をちゃんと彼女に確かめておこう）――この猫、ペネロピーはグレースに実に忠実な愛情を注いでいた。彼女が部屋を出た時には、猫が一種の冷たい虚しさの中に沈み込むのに彼は気がついていた。彼は何度かペネロピーの気に入られようとした。猫が好きだからではなく、動物と子供は善良な人間しか好きにならないという諺《ことわざ》を信じていたからだ。自分が善良な人間だという証拠ならどんな小さなものでも、彼は喜んで受け入れた。しかし、ペネロピーは彼とは一切関わりを持とうとしなかった。嫌いだからではない。猫の目には彼など存在しなかったのである。応接間でグレースを待っている時、ペネロピーの冷たい灰色の視線の下で自分という存在が無に帰してしまうのを彼は一度か二度経験した。

しかし、この午後は、猫が自分を見つめていると初めてはっきりと意識した。グレースの手に触れたあの短い瞬間、それまで窓辺に大きな体を横たえていた猫は、ほんのわずかだが体を起こしたのである。そして、その大きな、形のよい頭を彼の方に向けた。

「こんなにきれいな猫は見たことがないよ」と彼は言

った。「年齢《とし》はいくつ？　ずっと飼っているの？」

「そうよ。ほんの子猫のときから。何歳になるのかしら。分からないわ――八歳か九歳でしょう、たぶん」

「いやに君が好きなようだね」

「ええ」

「不思議だ。猫っていうのは自分以外には何の感情も持たないと思ってたんだが」

グレースは微笑んだ。「そんなことないわよ。ペネロピー、こっちにおいで」

猫は直ちに起き上がり、これほど大きな動物にしては見事に優美な動きで、静かに床を横切った。それからグレースの足にもたれて、背中を弓なりにそらせて立ち、そっと喉をゴロゴロと鳴らした。そして声を出すのをやめ、頭をもたげてソーントンを見た。

「ねえ、この猫は僕のことは好きでないらしい」と笑いながら彼は言った。

「そうね。ペネロピーは嫉妬したりするから」

「嫉妬？」これは初耳だった。「猫がそれだけ愛情を持つとはね。猫は自分しか頭にないはずなのに」

「自分の身の快適を保障してもらえるから愛情を抱く、というのが簡単な説明でしょうね。猫は利己的な動物だと思います。でもね、ペネロピーは普通の猫じゃないの」

ソーントンが不思議な経験に巻き込まれていったのはこの会話の後のことだった。ある日を境にして急にまわりの雰囲気が一変するというのは誰しもが知るところだろう。何もかもが思いの通りにならない世界に入るのだ。必要な手紙が届かない、約束は破られる、このカリフォルニアの海岸に霧が押し寄せて太陽を隠し、われわれの足元で大地が揺れる。そんな気持ちをソーントンは今味わっていた。まず、切羽詰まった感じがあった。まるで誰かが「ぐずぐずしている時間はない、手遅れになるぞ」と彼に囁いたかのようだった。

ハリウッドは落ち着きのない、ヒステリー気味の場所だ。明日の我が身はどうなるか、誰もはっきり分からない。堅固たる栄光に包まれているかに見える大スターたちですら、次の映画の評判については知る由もない。この不安定さはスタジオの外、まわりの世界へと広がる。銀行に預金がある間は、突然予期せぬ出費の要が生じてもソーントンは動じなかった。不注意な浪費に加えて、物忘れも蔓延しているため、みんなしょっちゅう支払い不能な出費をしてしまう。誰もかもが同じ経済的不安定に悩んでいるので、感情の爆発はきわめてありふれた出来事である。ここでは空気は他所よりも薄く、神経はより頻繁にすり減らされるらしい。

ソーントンはサンセット大通りに面した、奇妙な、さびれた小さな木造アパートの二階を借りていた。階《し》下《た》には心霊術を行なう旨を毎晩煌々とした電飾で喧伝する女性が住んでいた。移り住んだ最初の頃は彼の部屋も気が利いてエレガントなように見えたのだが、ハリウッドでは明るい陽光のせいで、よほど気をつけないと、何もかもがあっと言う間に古びてみすぼらしくなってしまう。彼は部屋にメキシコ風の装飾を施した。とても明るい色のメキシコ絨毯や壁掛け。そして、これらとは対照的な風情の、映画の脚本を書くために買い込んだ蓋が畳み込める机、びっくりするような回転をするモダンなデザインの椅子、立ち上がろうとすると、機嫌を悪くしたようにひっついてくる茶色のビロードの長椅子。彼への個人的なプレゼントと見せかけて、銀色のフレームに入れた映画スターたちの写真も置いた。しかし彼は銀色が好きではなかった。とにかく、自分をめぐるこの環境が突然みすぼらしく、不吉なものに思えたので、ファーガソン夫人の腕の中へと急ぐことにした。彼女の美しい家に入るのが早ければ早いほどいい。

彼の中には一種の強迫観念が生まれた。ただしそれは彼女自身に対してではなく、彼女の財産に対してだった。それでいて、自分では彼女を愛している、単に彼女が金持ちだというだけでこのような愛情を彼女に抱けるはずがない、と信じていた。おそらくこれは本当だったろう。彼女に会うのは待ち遠しかったし、実際彼女に会うと、自分の腕に抱かれている彼女を想像し、安堵と愛情がそっとこみ上げてくるのを覚えるのだった。初めて彼は自らを憐れみ、なぜこれほどの頭を持った自分がこの程度の人生に甘んじているのか不思議に思った。チャンスは他の奴にばかりめぐってくる、と彼は内心でつぶやいた。しかし今、彼女がずっと傍らにいて勇気を与え、彼の力が最もよく発揮されるところを指し示してくれれば、世間が彼の才能に驚嘆する日が訪れるだろう。

そして問題の午後がやってきた。霧のかかった冷たい午後。生きているような、鬱陶しい霞——腕や触手を持っていて、いつも人に慰めてもらわないと気がすまない退屈な友人のように、涙っぽいやりきれなさをかかえた霞。暖炉の炎が燃える彼女の応接間は陽気で、そこの絵画やカーテンや家具がいかに明るく新鮮であるかを、彼は（ここ最近たびたびそうしたように）再び意識した。部屋に入った時、白猫は暖炉の前で寝ていた。奥様はもうすぐお見えになります、と中国人の召使が言った。彼はペネロピーと二人きりになった。

腰を下ろして《タイム》を取り上げ、この雑誌の記者たちはどのようにして毎週これほど達者な文章を繰り出すのか、かつ、どのようにしてほとんどすべての人間に対してこれほど不親切でありうるのかと思いを巡らしたり、実務家ぶって世界の政治情勢について考えようとしてみたが、動悸が余りにも激しく自分以外のことは考えられなかった。

今から半時間のうちにグレース・ファーガソンにプロポーズするつもりだったからだ。おそらくはこの部屋を後にする前には結婚したも同然になる予定だった。彼女が求婚を受け入れるのは間違いなかった。

しかし、理由はそれだけだったか？

あたりを見回し、落ち着かないのは部屋の中の何かのせいだと感じ、猫と二人きりになるのが嫌なのだということを意識して、彼は非常に驚いた。猫はまだ同じ場所にいたが、突然けだるそうに前足を伸ばすと、絨毯を引っかき始めた。その音は彼を身震いさせた。

「やめろ！」と彼は人間に向かって言うように叫んだ。猫はゆっくりと頭の向きを変えた。この時初めて彼はその大きな灰色の目の視線の強烈さに気がついた。そして彼がその目を眺めているまさにその時、重いまぶたがそれを遮った。今度は猫がその目隠しを通して、倍増した強烈さで彼を眺めているような気がした。部屋の中では何も動かなかったのに、猫が接近してきて、その大きさを増したように思えた。部屋全体に一種の生暖かい毛皮の匂いが満ちて、もう少しで本当に息が詰まりそうになった。

グレースが現われ、彼は安堵のため息をついた。彼はハイボールを、彼女はお茶を飲んだ。それから少し震える声で彼は言った。「グレース、話があるんだ——ここ何週間もずっと言おうと思ってたんだが。僕は君を愛してるんだよ」彼女は彼の方を向き、実に母性的な優しさに溢れた眼差しを投げかけたので、一瞬彼はサーカスに連れて行ってとおねだりをした子供のような気持ちになった。

「とても優しいのね」と彼女は静かに言った。「でも、わたしみたいなおばあさんを愛することなんて出来ないわ」

「おばあさん！」彼は笑い声を上げた。「何を言うんだ、グレース、君はとっても素晴らしい！　年齢なんか超越しているよ。僕は君を愛していて、結婚したいんだ」そう言うと同時に彼は手を差し伸ばし、彼女の手を取った。彼女は何も言わず、彼は不安そうな様子を示し始めた。

「われわれはお互いもう子供じゃない」と彼は続けた。「僕はたいした人間ではない。献身的で忠実な愛情以外、何も君にあげるものはない。ぼくは自分に出来る限り精いっぱい君に尽くすよ」（ばかばかしいことに、自分は雑誌に載っていた小説から殺し文句を引用している、という考えが彼の頭に浮かんだ）彼女は手をどけなかった。それどころか、彼の手を少し押し返しさえした。

「わたしは一度結婚した身よ」彼女はそう言って笑った。「未亡人には二種類あるの。結婚を信じる人とそうでない人と。それぞれの経験によって違うんでしょうけど」

「それで？」と彼は尋ね、椅子を引き寄せ、彼女の方に近づいた。

「それで――そう、よく分からないわ。エグバートとは幸せでした。気に入らなかったのは彼の名前だけ。あなたのことはとっても好きよ、ソーントン。わたしたちはとても仲良くやっていけると思うわ。本当のところ、わたし、とても寂しいと思うことがあるの。あなた以上のよい友達は考えにくいぐらい。でも――」

「でも？」と彼は勢い込んで言った。

「わたしは今の暮らしにすっかり慣れてしまった。完全ではないわよ。誰の人生も完全なはずはありません。でも、全体的に考えると、わたしの暮らしは安全。それに全くの孤独でもないし。ペネロピーがいてくれるわ」

「ペネロピー！」彼はあざけるような調子で叫んだ。

「あなたには分からないのよ。お分かりになれば、きっと驚くわ」

「ちょっと待った」彼はそっと腕をグレースの腰に回し、突如主人めいたきっぱりとした口調で言った。「まさか、君、猫がいるから僕と結婚しないなんて言うんじゃないだろうね。僕は猫ができる以上のことを君にしてあげられるよ。僕は君を愛してる。君の人生に欠けているのはそれなんだ」

「ええ」彼女は彼から身を遠ざけないでいる、いや、そんなことが可能だとしたら、むしろ接近している、と彼は感じた。「分かっているわ」彼女は彼を見た。「あなたのこと、ほんとうに好きよ」

機は熟したと彼は考えた。彼女を引き寄せ、情熱的に（と思える）キスをした。彼女は体を離さず、キスを返した。しかし、それはどこか、学校で賞を取った自分の息子にするようなキスだった。では、彼は情熱を欲していたか？　つらつら考えるに、答えは否であった。

「結婚してくれ、結婚してくれ!」彼女の目にキスしながら、彼は必死で懇願した。「きっと幸せになるよ、グレース。僕が幸せにしてみせる。君なしでは生きていられない」突然彼は咳き込んだ。口の中が毛だらけになったような気がして、息が詰まった。「失礼。ちょっと待ってくれ」彼はハイボールを少し飲んだ。「のどに何か引っかかって」

それから彼女の方を向いた。彼女をどうしても屈服させねばならないという強い欲求に全身全霊を集中させた。「ねえ、うんと言っておくれ。本当に君がいなければどうやって生きていけばいいのか分からない。君は僕を救うことが出来る。僕にひとかどの人物になることが出来る。君に忠実に尽くすから」

彼は、芝居の中で役者がしばしばそうするのを見たように、彼女の傍らにひざまずいて、腕を彼女の腰に回していた。彼女の反応を感じ取ろうとした。一瞬、完全に屈服するかのような気配があった。それから、彼女は身を引いた。

「ソーントン、ちょっと考えさせてちょうだい。一日か二日、一人にしてほしいわ」彼女は怪訝な顔で、心配そうに再び彼を見た。「イギリスとアメリカ人の結婚って、うまく行くと思う? イギリス人とアメリカの間には、何か惹き合うものと反発するものが一緒にあって、お互い本当の意味で決してくつろげないってことはないかしら? それに、わたしは面白い人間じゃないわ。ひどく平凡なの。そこらに溢れ返っている、ちっぽけなもので満足している中年のイギリス人よ。きっとあなたはじきに退屈してしまう」

「退屈!」彼は大声を上げた。今の彼はまったく誠実そのものだった。「これまで一緒にいて退屈だったことなんてないじゃないか。それは君も分かっているはずだ。僕たちはとても気が合う仲間だ。好みも似ているし。僕は君を護ってあげたい。君はいかにもか弱いからね」

その時彼は、猫が暖炉の前からゆっくりと起き上がり、部屋を横切るのを見た。奇妙なことに、彼らは二人揃って猫の方を向き、それを眺めた。猫は彼らなど眼中にないように歩いていたが、ソーントンは猫の存在が彼を覆い尽くし、鼻と喉と口の中の空気がこわばるのを感じた。はっきり分かったのは、とにかくこの場は幕引きの時が来た、ということだけだった。彼は立ち上がった。

「いいだろう。一日、二日の時間を上げよう。でも、ノーとは言わないで。頼むから優しくしておくれ」そして、まことに堂々とした歩調で部屋から出て行った。

三日後、彼女は彼と結婚すると返事してきた。「結局のところ、反対するのはペネロピーだけですもの」と彼女は頰を摺り寄せながら認めた。

「まったく腹立たしい猫だよ」彼はほんのわずか彼女から身を離して言った。「君はいつもあの猫を引き合いに出すね」

「でも、ペネロピーはずっと長い間わたしにとって一番大事な存在だったんですもの。あれは普通の猫じゃないの。あの子って本当に不思議なの。例えば、マンガンさんだけど——」彼女はためらった。

「え？」ソーントンは、どことは言えなかったが、背中あたりに寒気を感じながら促した。

「パーシー・マンガン。大したことじゃないのよ、つまり、彼、ちょっとわたしに気があるふりを見せたの。そして次の朝、妙な手紙をよこしたわ。悪い夢を見たからニューヨークに帰るって。あれから彼には会ってないけど、ペネロピーが関わっていたことは分かっているのよ」

「ねえ、聴きなさい」彼は彼女の顔をしっかりと両手で包み込み、彼女が自分の目の前にいるという事実よりも彼女の財産のことを考えている自分に少々困惑しながら言った。「あの猫について途方もない考えを持ってはいけないよ。結婚したら、君にやめてもらうことの一つだな」

グレースは首を振った。「ええ、分かっているわ。

でも、ペネロピーは誰かがわたしを好きになるのが我慢できないの。ベンジー・クーパーの顔を引っ掻いて、彼は何週間も人前に出られなかった」

　ソーントンは部屋の中が冷たくなったように感じた。あたりを見回したが、猫の姿はなかった。「まったく馬鹿げた話だ。猫に生活をかき回されるぐらいなら、一服盛ってしまおうよ」

　すると、彼女は奇妙にはっきりした表情を浮かべた。「そんなことは出来ないと思うわ。あの子は異常に鋭いの。一服盛られたくないと思えば、あなたがどうしたところで、絶対に薬は飲まないわ」

　彼はその晩、本来あるべきほど幸せでないと感じつつ、その場を後にした。何が問題なのかは分からなかった。喜びに満ち溢れていてよいはずだった。グレースを愛していたわけではなかったが、彼女がとても好きだった。二人は気の合う仲間だった。経済的な意味で、彼は安全だった。


あらゆる風変わりな小さいバンガロー、汚い空き地や石油ポンプ、新しいガソリンスタンド、そして腹話術師、心霊術師、読心術師、魂の治癒者などのかりそめの家を日の光を浴びた空気が覆い、それら全てをきれいな虹色の膜に包み込むような、そんな心地のよい夕暮れだった。実際の陽光よりもよほど非現実的で、爽快であると同時に憂鬱な光だった。彼は家に帰った。ドアを開けて居間に入る。すると、そこに彼をにらみつけている白猫がいた。彼は見直した。猫はいなかった。「馬鹿げた話だ。あの猫は俺の神経にさわり始めてきた。ここには猫はいないんだ」と彼は自分に言い聞かせた。しかし、鼻の中には生暖かい、動物の毛の、息詰まるような感じがあった。シャワーを浴び、服を着替えた。

　グレースに電話した。「君が幸せかどうか、ちょっと訊きたかったんでね」

「もちろん幸せよ」

「僕のことを考えて？」

「ええ、当たり前じゃない」

「ペネロピーは暖炉の前にいる？」

「ええ、今はわたしの膝の上にいるわ」

彼は「猫を下ろせ！　下ろすんだ！　猫に触っちゃだめだ！」と、受話器に向かって叫びたいという途方もない本能的欲求を覚えた。しかし、愛情を込めておやすみと言っただけだった。受話器を置いて振り向くと、猫が居間から寝室に向かって歩いていくのが見えた。彼は寝室に行った。猫の姿はなかった。その晩彼は夢を見た。グレース・ファーガソンとは結婚しないほうがよいという警告を受けた。しかし、誰からその警告を受けたのか、朝になったら思い出せなかった。

「なぜ？」と、彼は天と地の間の小さな雲の上で問うたのだった。天使か悪魔か何か知らないが、相手は「安全じゃないからだ」と答えた。そんなことがあってから三日目、ハリウッド・ボウルのコンサートにグレースを車で送っていった時に彼は言った。「ねえ、酔ってるわけじゃないんだよ、一体どうなっちゃったのか、自分でも分からないんだ」

「どうしたの？」彼女は小さな手を彼の手の上に置きながら尋ねた。

「いつも君の猫が見えるんだ。いや、本当に見えているのかどうか、分からない。いるように見えるんだが、いないんだ」

彼女は彼の手を押さえた。「ペネロピーはこの二、三日様子がおかしいの。まるでわたし、自分が悪いことでもしたように、あの子が少し怖かったわ。ねえ、ソーントン、あなた、わたしを愛してくれているわね？」

「愛してるよ」と彼は囁くように言った。

「なぜ訊くかっていうと、もしもあなたがわたしを愛していないなら、愛情以外の理由でわたしと結婚しようとしているのなら、ペネロピーは恐ろしいことをするような気がするの。あれは普通の猫じゃない。あの子を見たような気がするとおっしゃったわね。わたしも前にそんなことがあった。パームスプリングズに一、二週間いた時だわ。猫は家に召使と一緒に置いてきたの。馬鹿みたいって言われるのは分かっているけれど、あの子は毎晩太陽が山々の後ろに入っていく頃、やってきたわ。そこに現われて、私の足に体をこすりつけるの」

彼女と付き合いだしてから初めて、ソーントンは苛立ちを覚えた。

「やめてくれ、そんな話。馬鹿馬鹿しい。僕たち二人ともどうかしてるよ」

彼らは車から降りて、駐車場の係にキーを渡し、一言も口をきかないまま丘をゆっくり登っていった。

二日後の夜中、彼は窒息死しそうな感じがして、突如目を覚ました。喘ぎながら起き上がり、手をバタバタさせた。心臓が高鳴り、全身を震わせながら、暗闇に目をこらしていると、また何かが彼に囁いた。「危険だ。結婚はあきらめろ」

翌日、彼は気分が悪かったので医者を訪れた。健康上の問題はないとのことだったが、友人たちは皆彼の変化に気がついた。彼は真っ青で、一睡もしていないような顔をしていた。そわそわと落ち着きのない様子だった。それから三日間グレースに会わなかった。その間、逃げ出そうかと真剣に考えた。何かが彼を駆り立てた。ニューヨークに着いたら彼女に手紙を書こう。そこで誰かから金を借りてヨーロッパに渡るのだ。ニューヨークへは飛行機で行こう。実際、もう少しでそうするところだった。

だが、プライドと、グレースに対する真の親愛の情、彼を待っている経済的な安楽がその行動を取らせなかった。彼はカリフォルニアに留まった。長い午後をグレースの応接間で過ごし、慰めてくれるよう誘いをかけた。彼の苦しみを見ると、彼女は心を取り乱し、悲しんだ。彼に対する友情は愛情へと転化した。彼女は心底母性的な人だったから。その午後の彼女は彼を愛していた。ペネロピーは四角形の陽だまりの中でじっと動かず、二人のどちらを見ることもなかった。

その晩、彼は早めに床に就いた。食欲はなかった。からだ全体がだるく、何かの発作に襲われる前のような感じだった。インフルエンザだろうか。アスピリンを何錠かと、濃いハイボールを飲んだ。

突然、不安に襲われ、夜中に目を覚ました。電灯をつけ、三時十五分前と知った。部屋を見渡すと、白猫がベッドの向かいの壁に沿うように寝ていた。その時彼はかつて覚えたことのないような恐怖の念にとらわれた。彼が目を凝らしても、今度は猫は消えなかった。猫は段々大きくなるように思え、黙ってこちらを見つめるその無感情な怠惰さは恐ろしかった。ベッドの上で目をみはりながら、彼は自らの愚かさを我が身に言い聞かせた。ベッドから降りて、寝室のドアから出て行きさえすればいいだけのことではないか。

体を動かしてみた。すると、時々誰しも経験することだが、寝具に絡みとられたような格好でにっちもさっちも行かなくなった。寝具を蹴上げ、片方の裸足の足を床に下ろした。それと同時に猫は、首ではなく、背中を動かした。それは弧を描いて丸くなり、揺れているかのように、ほんのわずか震えていた。

彼はもう一方の足も床に置いた。それから寝具を両手で握り、猫を見た。猫はゆっくりと起き上がり、まず片方の足を前に伸ばし、次に反対側の足を伸ばし、そして、静かに彼の方に向かってきた。半分ばかり床を横切ったところでかがみ込み、彼をその大きな灰色の目で眺めた。白い大きな体は力が漲《みなぎ》っているように見えた。虎のように飛びかかってくるのでは、と思えたほどである。

彼はヒステリックに「出て行け！　出て行け！」と叫び、再びベッドに戻ったが、ドアとは反対の方に落ちてしまった。

猫はベッドに向かって移動し、いまや彼に近づいて、その熱く臭いジャングルの息を彼は感じることが出来たし、深い灰色の目には強烈な悪意が見て取れた。しかし、彼はちょっと前の麻痺感からは既に脱却し、今は活力に満ちていた。ドアのところまで行って、そこから出ればすべては片づく。ところが彼が頭の向きを変えた時、猫は音もなく跳び上がり、恐ろしいことに、彼のすぐそばのベッドの上でうずくまった。

彼が動くと、猫は腹ばいになって、その輝く目でしっかりと彼を見据えながら、ベッドの端までやってきた。彼はひざまずいた。目と鼻と口の中で空気は重苦しく感じられ、胸が悪くなるような悪臭で息が出来なくなった。

彼は顔を上げた。恐怖の叫び声を上げようと口を開いた。だが、声は出てこなかった。

猫は跳びかかってきた。彼は爪を頬に感じた。生暖かい毛で圧迫されて――

パジャマ姿のソーントン・バスク氏が自宅の寝室の床の上で死亡していたのが発見された、と翌日新聞で読んだ時、グレース・ファーガソンはどっと泣き出した。死因はおそらく心臓発作。気分が悪くなり、ベッドから這い出て助けを呼ぼうとして、そのまま床の上で絶命。両頰に不可解な小さい掻き傷あり。

彼女はさめざめと泣いた。彼女はソーントンがとても好きだった。しかし、同時に奇妙な安心感もあった。長い間彼女は自由であったのだし、今もまた自由に戻れた。かわいそうなソーントン！　ここ数日の興奮は彼の耐えられるところではなかったのだ。中国人の召使が、ペネロピーがいつも決まった時間に飲むミルクを皿に入れて持ってきた。グレースは鼻をかみ、涙を拭き、そして、半ば泣き声で言った。

「おいで、ペネロピー。ミルクをあげるわ。いい子ね」猫は起き上がり、皿に歩み寄り、幸せそうにミルクを舐め始めた。そして心底満足気に喉を鳴らした。

顔
The Face

L・P・ハートリー
古屋美登里訳

作者は怪奇小説家として日本でもよく知られた存在だが、彼の短篇をまとめて読んでみると、どうも普通の怪奇小説から微妙にずれていて、ときに奇妙なユーモアを生んだりするのが、ハートリーの持ち味ではないかと思ったりする。怪奇小説というよりは、むしろロバート・エイクマン流の「綺談」に通じる、分類不能な小説として受け取るほうがいいのかもしれない。ここに選んだ短篇も、実は普通小説なのだが、もちろん普通ではない。

エドワード・ポストゲイトはひとりの女に思い焦がれる男だった。いや、ある造作の顔に惹きつけられる男だ、と言ったほうが正確かもしれない。これは別におかしくもなんともない。大半の男たちには好みの顔というのがある。しかし、彼が他の顔には、たとえそれが好みの顔つきに似ていても、まったく見向きもしないというところはいかにも変わっていた。彼がメアリー・エルムハーストと結婚するはるか前から、その顔が彼の意識の中で神聖視されていた。そして彼の友人のほとんどはそれがどんな顔か知っていた。彼が友人に話したからではない。そういったことは秘して語らない男だ。ただ彼が結婚することになったのは驚くべきことだった。しかし相手の女性の顔は意外ではなかった。というのも、学生時代に彼といっしょに試験を受けたり、ブリッジをして遊んだり、あるいは委員会や重役会議のテーブルを囲んだりした者ならだれでも、その顔を知らないではいられなかったからだ。彼はいたずら書きばかりしていた。書類の余白に抽象的な絵を書きこむこともあったし、羽根や大羽（駝鳥の羽をとりわけ好んでいた）を描くこともあったが、たいていは顔を描いた。しかも同じ顔、どんなアングルで描かれていても、どれも同じ顔だった。後ろ姿はとりわけ特徴的だった。彼の夢の女は、実在の女とは違い、いつも同じ髪型――うなじのすぐ上でひとつにまとめていた――だったからだ。エドワードはなかなかの描き手だったので、その女の髪が黒く輝き、瞳は紫色がかった青で、肌は白く、赤みをおびている様子がよくわかった（頬骨のところはほとんど深紅色だった）。真ん中から分けた髪は、広い額を丸くふちどり、後ろへと掻き上げられ、かといってぴっちりとひっつめられているわけではなく、女性の頬骨から丸い小さな顎へと至る少しくぼんだ線を引き立てていた。そして、エドワードは女性の口を描くのに多くの曲線を使った。口はいつも大き目だったが、変化のない一本の曲線で描かれた鼻は、大きすぎるように見えた。

「またあの女だぜ！」ぼくたちは折に触れてそう言い、エドワードに直接、「趣向を変えて別のタイプの女を描いたらどうだ」と言う剛胆な者もいた。すると、エドワードは笑みを浮かべた。その紙をくちゃくちゃにしてしまうときもあった。ぼくたちは、エドワードが理想の女性に、彼の紙の上だけに存在する女性に恋をしているのだと思っていた。ドンキホーテが思いを寄せたドルシネアのように。しかしドルシネアと違って、過去にも未来にも実在しない女性に。とは言っても、彼は女性との交際を避けていたわけではない。彼が惹かれた女性は何人かいたし、彼に惹かれた女性もいた。だがそういった関係では、絵にはっきりと表われているような愛着はまったく見られなかった。特別に気に入った相手もいなければ、彼の心の中にある顔にいささかなりとも似た相手もひとりもいなかった。

エドワードは色白で体格がよく、薄緑色の髪に琥珀色の瞳をした男だった。もっとも、人がそう言っているだけで、ぼくにはそんなふうには見えなかった。ぼくにとって彼は単色だった――エゴイストというのではなく、単色としか言いようがないのだ。光も影もない。制服の色合い、善良な男特有の無色に近い色をしていた。彼を好きにならなくても彼が感じのよい男であることはすぐにわかった。パーティの女主人は、男の人数がひとり足りないとわかると、決まって「あの哀れなエドワードを捕まえられないの？」と言った。しかし、そういうときには別のパーティの女主人がエドワードをしっかり捕まえているのだった。人の集まりでは、彼はいつも遠慮がちに見えた。仲間に入りたくないとでもいうふうだった。彼が紙の女王――彼が描く女性を、ぼくたちはときどきそう呼んだ――に求めていたのは活力だったのではないか、とぼくは思っている。

　そして、エドワードが二十八歳で結婚したのは、驚愕すべき出来事だった。メアリー・エルムハーストは、彼が顔を出すどの集団にも属していなかった。エドワードはどこかの海辺の町で彼女に出会って、すぐに結婚した。この結婚はあらゆる点で釣り合っていた。メアリーは医者の娘で、明るく真面目な性格だった。エドワードはシティで働いていた。独身だったころの彼は社会的な価値が高く、パーティなどでは引っ張りだこだった。結婚してからは、正確に言えばパーティに出席しなくなったわけではないが、どこに行くにも妻を伴った。彼はエドワードであることをやめ、エドワードとメアリー、あるいはメアリーとエドワードになった。社会的にも、他の面でも、彼は彼女のためだけに生きていた。かつての男同士の友情がいかに特別なものだったにしても、彼女のほうがはるかに大切なものになった。ぼくたちはその事実を笑みを浮かべて、そして肩をすくめて受け入れた。中には、ふたりの堅牢な関係にほころびを見つけようとする者や、実際に見つけたと言い出す者もいたが、そうした噂はどう見ても根拠のないものだったので、いつもジョークとして受け流された。これほど幸せなカップルは先例がなかった。そしてふたりは次第に人々の関心を引かなくなった。メアリーとエドワードという言葉がひとりを指すにしろ、ふたりを指すにしろ、人々の会話に登場することはなくなり、ときたま登場しても、もっぱら結婚の至福について言及されるときだった。あとは子どもができたという話が出るのを待つばかりとなった。どもができたという話が出るのを待つばかりとなった。不思議なことにふたりにはなかなか子どもができなかったが、ようやく結婚五年目に妊娠したとき、メアリー・ポストゲイトは自動車事故で他界した。

　鏡が割れたような感じだった。もうそこには何も映っていなかったし、残った欠片《かけら》にも一貫性はなかった。エドワードはどうなった？　エドワードはどうしている？　エドワードはこれからどうなる？　しばらくの間、だれもがそう思っていた。悔やみの手紙を書くほうが楽な場合もあるが、今回ばかりはとても書ける状態ではなかったので、ぼくたちは不安と当惑を感じていて、エドワードと同席していてもいなくても、口にするのにふさわしい言葉が「イエス」なのか「ノー」なのか決めかねていた。エドワードは人に会いたがっているのか、それとも会いたくないのか。妻を亡くしたことに触れたほうがいいのか、触れずにいるべきなのか。エドワードも死んだんだ、と言う者もいた。彼を表わすものが死んだときに死んでしまったんだ、と。しかし、そうではなかった。エドワードは立ち上がり、動き回っていた。ぼくたちが彼のことをどう考えどう思うかということについて確固とした流儀なり型なりを見つけていれば、彼もそれを見いだせたかもしれない。いや、エドワードは見いだしたのかもしれないが、たとえそうであっても、それをはっきり表に出さなかった。彼は結婚前の寡黙な男に戻った。仕事はまだ続けていて、少なくとも身体的には病気ではない、というのが彼に関してのぼくたちの見解のすべてだった。しばらくして、彼はいささか社交的になり、ぼくたちの交際の環に復帰してきたが、人として機能していなかった。止まってしまっているのにそれでもどうしても気になって見てしまう時計に似ていた。

もちろん、だれもが彼を気の毒に思った。エドワードとは昔からの友だちで、独身を通していたぼくはとりわけそう思っていた。ぼくは彼も一生独身を通すものと思っていたのだ――女性の顔に異様な愛着を抱いていたからというわけではないが。「エドワード、今度の木曜日に飲みに来ないか？　友だちを何人か呼ぶから」とぼくが誘ったとする。彼はおそらくやってきただろうが、彼はそこにいないのと同じだったかもしれない。人格を失くしていたからだ。ぼくたちの知っていた無色に近い彼すらそこにはいなかった。繰り返し言うが、ぼくたちは彼を気の毒に思いはしたが、人というのはいつまでも悲しんではいられないものだ。傷口はふさがれ痛まなくなる。相変わらずぼくたちは彼に同情していた——「可哀想なエドワード！」——が、それも別にいまに始まったことではなかった。

　そしてあるとき、会議でエドワードといっしょになった人物が、エドワードがまたあの顔を描き始めた、と言ったのだ。結婚していた五年間、そしてその後何年か、彼はあの顔をまったく描かなくなっていた。彼はあの顔に執着しなくてもよくなったが、あの顔を失うのは忍びがたかったのだ——少なくとも、それが一般的な見解だった。事情通から聞いたところによれば、そして間もなく、かつてその顔を見たことのある別の知り合いが確認したところによれば、その顔は紛れもなく前と同じで、一部の違いもなかったという。しかも、年の頃合いもかつてとまったく同じだったそうだ。その噂に関して、ぼくはいささか懐疑的だったが、ある晩、エドワードとカードをしているとき、ブリッジの得点表に描かれているその顔をこの目で見た。サミュエル・ジョンソンについてだれかが言ったように、その時は彼に若妻を与えた。しかし、その女性はかつての妻メアリーなのか、それとも新しい妻になる女か？あるいは、理想の女にすぎないのか？

　何事もなく長い時間が経った。そんなある日、トマス・ヘンリーという、エドワードとぼくの共通の友だちがこんなことを言った。お茶を飲みに立ち寄ったレストボーンのカフェで、給仕をしていたウェイトレスの顔がエドワードの描く顔とそっくりだった、と。生き写しだった、と。トマス・ヘンリーは小難しい小男で、結婚を二度していて、中年のおばさんのようにお節介焼きだ。しかも噂話が好きで、とりわけ結婚にまつわる噂話には目がない。というのも、人が聞き耳を立ててくれるからだ。いまやトマス・ヘンリーはわくわくそわそわしていた。「しかし、だからといって、なにができる？」とぼくは訊いた。

「つまりだ、ふたりを引き合わせればいい」

「どうやって？」

「そのカフェに行ってみろ、とエドワードに言うんだ」

それはまずい。それはあまりにも粗雑だ。

「エドワードがどう思うか」とぼくは言った。「ひどく取り乱すかもしれない。人の感情を弄ぶのもたいがいにしろよ」

「しかしだよ、奴を救うことになるかもしれない。奴を生き返らすことになるかもしれないだろ？　それに彼女にとってもいいことだ！」そんなことはぼくには考えもつかなかったし、正直なところ、まったくいいことには思えなかった。カフェのウェイトレスなど！　俗物でなくとも、そんなことは不似合いもいいところだと思ったので、そう口に出した。「おいおい、頭が堅すぎるよ？」とトマス・ヘンリーは言った。「ぼくたちは階級なき社会に住んでいるんだ。いや、間もなくそういう時代がくる。エドワードの頭にはあの顔しかない。ほかのことなど気にしやしないよ」

「よしてくれよ」とぼくは言った。「エドワードは徹頭徹尾、夢想家なんだ。メアリーが顔も人柄もよかったのは偶然じゃない。あの顔は、貴婦人の顔さ。そのウェイトレスの顔はエドワードが思い詰めている顔と似ても似つかないんじゃないかな。きみだけがそう言っているに過ぎないのだし」

「だったら、その目で見てこいよ」

そんな面倒なことはごめんだったし、それにお茶を飲むためだけにわざわざ休みをとってレストボーンまで行きたくはなかった。第一、雲をつかむような話じゃないか。ぼくはエドワードと同い年で、もうすぐ四十だ。気の進まないことをするのがますます億劫になっている。若いときには自己鍛錬も結構だが、年を取ってくると、すでに動きの鈍くなった機械はたちまち止まってしまう。それでもぼくは、エドワードとの友情のために、レストボーンに行って、そのウェイトレスを見てくることにした。

〈クレイジー・カフェ〉に入った瞬間に彼女に気づいた。そしてトマス・ヘンリーの言っていたとおりだとわかった。ぼくは彼女の担当のテーブルを探しながら店内をぶらついた。幸いにも、彼女が近づいてきてテーブルに案内した。注文を待つ彼女をぼくは食い入るように見つめた。確かに、瓜二つといっていい。頬骨の赤い色までそっくりだ。しかし、どこか不自然な感じがするのは、メアリーよりも厚化粧をしているせいかもしれない。声も作り物めいている。明らかに上品ぶった声を出しているが、エドワードは声には関心がない。ぼくは彼女を呼んでジャムを持ってきてくれるよう頼んだ。ジャムを運んできた手には結婚指輪はなかった。その手はメアリーの手より大きく、さほど綺麗ではなかったが、エドワードは手には関心がない。

さて、性格はどうなのだろう？　メアリーのように善良だろうか。どうやったら調べられる？　他の客ともあまり喋っていないし、客もとりたてて彼女に関心を払っていない。ああ、じれったい！　店を出る前になんとか彼女と話をしなくては。彼女の気を引くようなことを言わなければ。しかし、ぼくはそういう面ではまったく役に立たないのだ。うまい方法が思いつかない。ちょっとしたきっかけがあれば。勘定を払う瞬間まで待ってはいられない。気持ちが悪くなるのを覚悟で、何か料理を注文すべきかもしれない。しかし、テーブルに並んだ料理を前になにができる？　お茶ですら満足に飲みきれないのに。すべきことが増えるのはうんざりだ。早く終わりにしたい。ぼくはお喋りが得意ではないし、ウェイトレスというのは話し相手としては最悪だ。でも話さなければ。とは言え、美味しい料理を食べるというぼくの流儀を犠牲になどしたくない。ぼくはあたふたとお湯をティーポットにすべて注いで、彼女の視線をとらえた。

「お湯をもう少し」とぼくは厳かな声で言った。

お湯を持ってくると彼女は言った。「まあ、ずいぶんと喉が乾いているのね！」

彼女のなれなれしさが気にいらなかったが、これがきっかけになった。

「きみはぼくの知り合いにとてもよく似ているんだよ」

「感じのいい人？」と彼女は訊いた。

「ええと……そう、とてもね」

「わたしがその人の代わりをしてくれるとでも思っていた？」

　実はそう思っていたのだが、彼女の言っている意味でではなかった。彼女はメアリーの代わりにはなりようがない。もう一度チャンスを与えるべきだと思った。それに彼女の口から聞きたいことがあった。

　彼女の質問には答えずにぼくはこう言った。「その人はきみと双子だったのかもしれないな。本当にきみによく似ていた……メアリー・エルムハーストという名前だったんだが」

「あら、偶然にも、わたしには双子の妹がいるのよ。わたしにそっくりよ。でも服装の趣味はぜんぜん違っててね、もっと少女っぽいの。わかるでしょう、それにお化粧もしない。そうじゃなかったら、わたしたち、見分けがつかないと思う。いつも間違えられていたもの。でも、都合のいいときもあったわ。わたしはドリス。ドリス・ブラックモア。あなたのお友だちとは無関係だと思う。がっかりしたんじゃないといいけど」

　ぼくは適当に答えた。「もちろん、がっかりなんかしていない。しかし、ちょっと衝撃だったな。いや、あまりに似ていたんでね」

「好きな人だったの？」

「友人の奥さんだった」

「あら、ごめんなさい」

　どういうつもりでそう言ったにしろ、それでぼくは彼女をかなり好きになった。

「さてと、そろそろ行かないと」とぼくは言った。

「でも、まだお茶を飲んでいないわよ。本当は飲みたくなかったんでしょう。あなたはただ――」

「お湯には追加料金はかからないはずだろ？」ぼくは彼女の言葉を遮った。

　彼女は笑った。

「お喋りには料金がかかるの。わたしはあまりお客さんとは話さないから」

「話さない？」

「ええ。みんなわたしとなにか面白いことをしたがるの。男って厄介。あなたはそういうタイプでは――」

「違うよ」ぼくははっきり言った。「似ているから声をかけただけだ」

彼女はがっかりしたようだった。

「ああ、そう。だったら、もし――」

「でも、楽しかった」ぼくは毅然とした口調で言った。

「いずれにしてもね」

「あなた、寂しいんでしょ？」

「寂しくない人なんかいないんじゃないかな。ほら、あそこのお客さんが呼んでいるよ」

彼女は首をめぐらした。「あなたはわたしに用はないってわけね」彼女はそう言うとかなりゆっくりとした足取りで去っていった。

ぼくは「無礼な女だな」と思ったが、予想していたほど嫌な思いはしなかった。他の客の相手をしてから彼女は戻ってきた。

「勘定書がいるかと思って」

「そうなんだ、ありがとう」

彼女は勘定書を取り出し、ぼくに渡した。

「女の子にいつもあんな話し方をするわけ？」

「いや、そんなことはないよ」ぼくはポケットの中を探りながら言った。「きみと同じでね、ぼくも人とはめったに喋らないんだ」

「カウンターで支払って」彼女は不機嫌そうに言った。

ぼくはテーブルに一シリングを置いた。

「わかった。これはきみに」

「それは受け取りたくないわね」と彼女は言った。

「あなたって、女の子の気持ちをちっともわかっていないでしょ？」

怒りの涙がダークブルーの目に溜まった。ぼくはびっくりしてテーブルから離れた。カウンターで勘定を払い、彼女の前を通って帰るときにさよならと言ったが、彼女は顔を上げようとしなかった。

「きみの言っていたとおりだったよ」ぼくがトマス・

ヘンリーにこう言うのは三度目だった（もちろん、話の内容は少し変えて、最後の部分は話さなかった）。

「確かに信じられないくらい似てるよ。しかし、彼女は勧めないな。まったく不釣り合いだ」こう言うのも三度目だった。

「どっちにしろ、エドワードに言うべきだと思う」

「どうして？　そんなことしたってなんにもならないだろう。いずれにしても、彼を傷つけるだけだ」

「彼に言う義務があるよ」

「もっと苦しめるためにか？　いや、だめだよ、トマス・ヘンリー。それに、どうやってこの話をもっていく？　メアリーが死んでからエドワードは彼女の話をしたことがない。ぼくにしたって、わざわざそんなことを言い出す勇気はないよ。心に負った傷は深いんだ。きみは人の心の中でどんなことが起きているのかわかっていない。彼女にそっくりな女性がいると知ったら、エドワードはひどく取り乱すぞ。それに、彼がなんとか折り合いをつけてきたものを壊してしまうことになる。エドワードは、普通の人のように生活をしているからこそ、なんとかやっていけているんだ。もしこれを知ってそのバランスが崩れたらどうなるか、だれにもわからないだろう」

「いまでもあいつはあの顔を描いている」

「そのとおりだ。しかし、その理由はぼくたちにはわからない。メアリーの面影を求めているだけなのかもしれない。エドワードが他の女性に、とりわけあの女性に興味を持つかもしれない、なんて本人に向かって言うのは無神経で悪趣味もいいところだ」

「きみ自身はあの娘を毛嫌いしてはいないようだな」

「ぼくが？　おいおい、トマス・ヘンリー。確かにあのカフェでのことは面白かったよ。しかし、それはその場限りのことだったからだ。もう五分間、彼女のそばにいなくちゃならないとしたら、きっとぼくは死んでいたよ」

「しかし、女と話をするなんて大嫌いだったじゃないか」

「ああ、確かにあの手のタイプの女は嫌いだよ」

「決めるのはエドワードだ。要するに、エドワードにそのチャンスを与えるべきなんだ。メアリーといっしょだったとき、エドワードはこのうえなく幸せだった。彼女のおかげで満たされていた。あいつはひとりの人間のために生きる男だ。他の人間のことなど眼中にない。いまあいつの心はめちゃくちゃになっている——何も感じられなくなっているんだ。その生活の空虚さがきみにわかっていれば——」

「そりゃ、ぼくにはわからないし、きみにもわからない」

「——どんなことでもあの空しさより、虚無《ル・ネアン》よりましだと思うはずだ。きみは人に惹かれたことがないから——」

「どうしてそう言える？」

「だって、だれが見てもそうじゃないか。きみはひとりで生きていける。しかし、エドワードは——」

「とにかく、ぼくは言うつもりはない」

「じゃあ、ぼくが言うさ。その前にはっきりさせておこう。彼女はレストボーンの〈クレイジー・カフェ〉で働いている。名前は——」

「忘れた」

「しかし、さっきは知ってたじゃないか」

「いまは忘れてしまった。なあ、頼むよ、トマス・ヘンリー、エドワードに彼女のことは言わないでくれ。本当に頼むから——」

「わかった。きみのことは一切言わないよ」

「いや、そうじゃなくて」

「非難はすべてぼくが受ける。手柄もぼくがひとりじめさ。もしうまくいけばな」

「なにがうまくいけばだ？」

「なに、あの顔とぴたりと合ったらな」

それから数日後にまたトマス・ヘンリーに会ったが、他の人間も同席していたので話ができなかった。ぼくは彼を避けていたので、彼もぼくを避けていると思っていた。しかし、どういうことだろう。ぼくはエドワードと挨拶を交わしたとき、自分でもびっくりしたが、昼食をいっしょにどうだ、とエドワードを誘っていた。

「今度の土曜日は空いてるか？」

「ちょっと手帳を見てみる」とエドワードは言った。

「土曜日は先約があるね」

「じゃあ、その次の土曜日はどうだ？」

　彼はページをめくった。「その日もだめだ。くだらないよな、まったく」

「平日に仕事を抜け出すのは難しいとは思うが、水曜の昼はどうだい？」

「水曜日はまだはっきりしないんだ」エドワードは遠回しに言った。「こっちから知らせるよ」

「しつこいようだけど、きみに会うのを楽しみにしているよ。ときどき外で食事をするんだろ？　エドワード」

「ああ、もちろん」彼は人をよせつけないような礼儀正しい雰囲気を漂わせて言った。「でも、この時期は普段より予定がたくさん入っているみたいだ。水曜日の予定は後で知らせるよ」

　その翌日か翌々日にエドワードから電話がかかってきて、やはりだめだということだった。ぼくは、これには不思議なくらいがっかりした。いくらエドワードのことが好きでも、これまで彼に会うことをさほど大切には思っていなかったのだが。

　次にトマス・ヘンリーに会ったのはカクテル・パーティの席だった。今回はうまく彼をつかまえた。「エドワードはどうしている？」とぼくは訊いた。「レストボーンの友人たちのことを話したのか？」用心のためにぼくはあえて複数形を使った。友人たちと言った方が、人に聞かれても差し支えないと思ったのだ。しかしトマス・ヘンリーは明らかに狼狽《うろた》えて辺りを見回し、「ここではちょっとな。壁に耳ありだ」と言った。

「だれにも聞こえやしないよ」ぼくは騒音に負けない声で怒鳴った。「ぼくにだってきみの声が聞こえないくらいなんだから」それでも話そうとしないので、翌日いっしょに食事をする約束をさせた。

彼が語った話は奇妙なものだった。トマス・ヘンリーは満足してしかるべきなのに、少しも満足していなかった。しかも非常に積極性に欠けていた。

「何があったのか想像もつかない。ぼくは最善を尽くしたはずなんだ」と彼は言った。

「善を成そうとする者ほど危害を加える者はいない」ぼくはクライトン主教の言葉をそのまま言った。

「きみはその危険をおかそうとしなかった」トマス・ヘンリーは辛辣な言葉を返した。

「まあ、今回はたしかに、そうかもな」とぼくは言った。「だが、やめろときみに言ったはずだ」いまにも言い合いになりそうになり、これ以上彼からはなにも聞き出せそうもないと思ったので、なんとか彼をなだめた。人は些細なことで自分に腹を立てずに他人に腹を立てるものだ。

トマス・ヘンリーはエドワードとブリッジをしていて、得点表にあの顔が描いてあるのを見たという。そのときは何も言わなかったが、エドワードに車で家まで送ってもらう途中で勇気を出してこう言った。ある娘に会ったんだが、その子の顔がきみがよく描いていた顔とそっくりなんだよ、と。トマス・ヘンリーは、その顔を見てメアリーのことを思い出したとは言わなかった。しかし、考えてみれば、エドワードの友だちで、メアリーの顔はあの絵とそっくりだ、などと面と向かって彼に言った者がいたとは思えない。いくら、エドワードのいないところではそのことを話題にしていたとしても。エドワードはこう言ったという。「あ、そう?」すると車は少しふらついた。そしてエドワードが、どこでその娘に会ったんだ、と訊いたので、トマス・ヘンリーはその場所を教えたが、ぼくが忘れてしまったので、名前は教えられなかったという。

「言わなかったのか?」とぼくは言った。

「そうさ。きみのことは一言も言わなかった。そういう約束だろ」

それからトマス・ヘンリーが、その娘に会ってみたくないかと、訊いたところ、エドワードは、さあどうかな、と言った。そして、絵を描くのはぼくの悪い癖なんだ。だから、結婚したときにやめた。エドワードはまったく普通の口調でそう言い、話題を変えた。ところが、次にエドワードに会ったとき、彼は、レストボーンに行ってきたんだ、とトマス・ヘンリーに打ち明けたそうだ。

「やっぱり！」とぼくは言った。

「そうなんだ。しかし小鳥は立ち去ったあとだった。彼女によく似た者はひとりもいなかったそうだ。エドワードは三回続けて土曜日にレストボーンに行った。そして水曜日に二回。仕事で口実を見つけてね。都合、五回行った。しかし、彼女には会えなかった」

「休暇でいなかったのかもしれない。その三回の土曜日は。八月だからな」

「ぼくもそう言ったんだ」とトマス・ヘンリー。「もう一度行くつもりらしい。彼女のことを訊きたくても、名前もわからないので訊けなかったそうだ」

「取り乱しているように見えたか？」

「他の話は一切しようとしなかったのはたしかだな」

「きみのしでかしたことをよく考えてみろ、トマス・ヘンリー！　こんなことになるとは思わなかった、なんて言わせないからな」

「ああ。しかし、少なくとも人生の目標は与えることができたんじゃないかな。あいつ、以前よりはるかに生き生きとしていたぜ」

次に会ったとき、トマス・ヘンリーは前ほど楽観的ではなくなっていた。「ずっと通い続けているらしいんだ」と彼は言った。だれのことかわざわざ言うまでもなかった。「それでもいっこうに彼女とは会えない。きみの見間違いなんじゃないか、とまで言われたよ。自分は絵を描くのがうまくないから。実在のものではなく、内側にあるものを描いているから、とね（エドワードはメアリーのことには触れなかった）。一本一本の線は自分にとって特別な意味のあるものでも、その線が生みだしたものは、自分の心の中にある顔とは似ていない顔になってしまう。それでも、きみの言ったことが正しくて、いつか戻ってきた彼女に会えるのではないかと期待しないではいられない、と言っていた。『もしかしたら、彼女は病気かもしれない。あるいは身内のだれかが病気になったのかもしれない。労働者階級の者たちは、親類やなにかがやたらと病気になるから』とエドワードは言ったんだ。きみもよく知っているだろう、エドワードが労働者階級の者たちについていう言い方は。まるで別の人種ででもあるかのように言うんだ」

「別の人種だよ」とぼくは言った。

「おい、つまらんこと言うなよ。ただ、あいつのためにぼくたちはなにかをすべきではないか、と思ってね。あいつはこんなことをやってるような陽気じゃないんだ。ここレストボーンを行ったり来たり、まるで……まるで、その」

「機織《はたお》り機みたいにな」とぼくは言った。「だが、なにかするならきみがやれよ、トマス・ヘンリー。きみの責任だ。身から出た錆だよ」

「そうとも、ぼくはきみよりずっとあいつのことを考えている。友だちが苦しんでいたら、その苦しみを拭い去ってやりたいと思う。それをきみは――」

「ぼくは同情はしない」

「自慢にもならんさ。でも、きみにもあいつの苦しみを拭い去ることはできる。レストボーンに行って、彼女の身になにがあったか確かめるんだよ、アーネスト」

「きみが行けばいいだろ。ぼくは八月に南の海岸に行きたいとは思わないね」

「きみは彼女と話をしたじゃないか。それで人目についたはずだ。カフェの人たちはきみのことをよく覚えているさ。親類だと言えばなんとかなるかもしれない」

「それはどうも。病気ばかりしている者たちの仲間入りってわけだ」

「なあ、行ってくれよ、アーネスト。きみは面倒なしがらみのない男じゃないか。行くのは簡単だろ。とりたてて特別な時間に特別な場所にいる必要なんかないんだから。レストボーンに行ってなんの差し障りがある?」

「レストボーンほど行きたくないところはないよ」とは言ったものの、結局ぼくはそこに行った。

恐ろしく下品なその町に! レストボーンほどイギリス人労働者の天国のようなところはない。しかも模造品が幅をきかせている。ぼくはそれがたまらなかったが、そこに行ったとたん、前に来たとき以上にひどいところだと思った。つまり、中産階級の者にしてみれば、そこはあらゆる快楽の代用品の展示場にしか見えないのだ。なにも金がかからないからというわけではない。みな、うなるほど金を持っているように見える。しかし、労働者になるにはなんと惨めな、そしてときには派手な手続きがいることとか! 彼らがいかに海辺をぶらつき、よく肥え、めかし込み(彼らにとって精一杯のお洒落だ)、こんがりと日に焼け、よく働こうと(酔っぱらってもいる)、伝記作家は言うまでもなく、写真家にしても、彼らを作品の対象にしようなどとは露ほども思わない。

〈クレイジー・カフェ〉に腰を落ち着けたときは心からほっとした。量産された意識のせいで、目に見えるものや感覚が嘘っぽいものになっていようが、椅子は椅子であり、疲労感は疲労感だからだ。彼女はいなかった。ドリス・ブラックモアはそこにいなかった。ちらっと見ただけでわかった。五時間と五ポンドを使って列車とタクシーを乗り継いで来たことがまるまる無駄になり、ぼくは打ちひしがれ、声に出して唸った。するとありふれた絶望感がどんどん深まっていき、自分では説明できない、説明したいとも思わない常ならぬ絶望感へと変わっていった。心の奥底ではあのウェイトレスに会いたいと思っていたのだ。なぜだ? 逃れる場彼女と言葉のやりとりをしたかったのか?

所があることを、あるいはないことを彼女に知らせたかったのか？　わからない。しかし、その落胆が自分でもどうすることができないほど強烈だったので、ぼくは列車に乗ってやってくるときにはできそうにないと思っていたことをする羽目になった。意識が明晰であれば――どういうわけかぼくの意識はそうではなかったが――まったく簡単にいくはずのことだった。ほんの一言、二言、さりげない口調で、質問することがこの世でもっとも自然なことででもあるかのように言えばいいのだ。しかし、列車の中で何度か練習したが、違うアクセントで言おうとしても、言葉がどうしても口から出てこなかった。だが、いまなら口に出せると思い、勘定を払うときに責任者と思われる女性のところに行ってこう言った。「ちょっとお尋ねしますが、ドリス・ブラックモアという名前だったと思いますが、前ここにいたウェイトレスはどうしたんです？」

それを聞いて女性の顔がこわばった。そしてそっけなくこう言った。

「さあ、どうしているんだか。辞めると言ってすぐに辞めてしまったのさ。それだもんだから、最後の週給は払わなかったよ」

「いつ辞めたんです？」

「一月《ひとつき》前になるね。飽きちゃったから、もっと稼ぎのいい仕事に就くんだと言って。みんなおんなじだよ。まったく当てにはならないのさ。役立たず、能なし、身勝手、なんであれ、そういうやつは辞めていくのさ」

「それは残念。感じのいい子に見えましたが」とぼくは言った。

女性は口をすぼめて肩をすくめた。

「みんな同じおんなじさ。あたしに言わせれば、甘ったれだよ」

「どこに行ったかはご存知ないわけですね」

「悪いけど、あたしは力になれないよ」

まあ、そういうわけだ。それで次なる手段はトマス

・ヘンリーにそのことを話し、トマス・ヘンリーが（レストボーンまでわざわざ行ったということにして）例の顔はすっかり消えてしまったことをエドワードに伝えることだった。探しても無駄だ、忘れたほうがいい、と。そして、そう言われても納得しようとしないエドワードに、いくらレストボーンに通ってもなんの実りもないことを思い知らせるしかない。ぼくにとっても実りがなかった、とつくづく思う。クレオパトラが言ったように、あの出来事が傷のようにぼくをさいなんだ。その傷が今もなお疼くのは、傷自体の痛みのせいのみならず、そのまわりの組織が健全であるが故なのだ。

そのころ、ぼくはハイドパークを見下ろすナイツブリッジのフラットに住んでいて、健康のために寝る前に公園を散歩するのを習慣にしていた。ハイドパーク・コーナーとウェリントン・バラックスのあいだがぼくの縄張りだったが、そこを縄張りにしているのはぼくだけではなく、健康とはかかわりなくそこをうろつきまわっている人たちが大勢いた。座っている者、立っている者、歩いている者、そして自動車でやってきては、妙になれなれしい様子で縁石にそって車を走らせ——ひょっとしたら道徳臭をまき散らして——あたりの雰囲気を暗くしてから去って行く者もいた。ぼくは気高い人々に備わっている共生の精神を乱すのが嫌なので、彼女たちについてつべこべ言うつもりはない。しかし、彼女たちのそばを歩いていると、あらまあとか、ダーリンとか、愛しい人とか、その他の誘惑的な言葉がつぶてのように聞こえてくるので、いささかうんざりしてくる。実際、ぼくがこれほどまでに頑固でなければ、そしてこの公園はぼくのものでもあるという思いがなければ、別の道へと足を向けていただろう。

袖を引かれても、ぼくは他の多くの男たちのように優しい言葉で断わったりしなかった。避けたり、素早く身をかわしたり、ひたすら真っ直ぐ歩いたりした。しかし、ある晩、呼び止められたときにはそれができなかった。数メートル先に座っていた人物が立ち上がってぼくの目の前に立ちふさがり、行く手を遮ったのだ。

「こんばんは、ダーリン」と彼女は言った。

彼女の顔がぼくの顔にくっつきそうなほど近くなかったら、もっと早くだれなのかわかっていただろう。ぼくがそれほど苛立っていなかったら、もっと早くだれなのかわかっていただろう。

「ドリス・ブラックモア！」とぼくはようやく言った。

「正解」と彼女は答えた。「あなたを何度か見かけたわ。夜の散歩をしているのをね。それとも別の目的でここに来ていたのかな。だったら『わたしでもいいんじゃない？』って思ったわけ」

「女がほしくてここに来ているわけじゃない」とぼくは言った。

「だと思った。でも、そういうことってよくわからないでしょう。わたしはあまり経験がないし。経験豊富な人たちにだって、よくわからないのだもの」

「そう、たしかにね」

「インテリぶらなくてもいいわよ。あなただってほしいときはあるんでしょう――他の男たちのように」

ぼくは答えなかった。

「ねえ、知ってる？　この仕事に就いてからわたしが最初に見分けられた顔があなたなの」と彼女は言った。

「この仕事？」

「つまり、売春？　セックス？　いろんな呼び方があるわね」

「それはきみについても言えるな」とぼくは言った。

「ここの大勢の女性の中でぼくが最初に見分けられた顔がきみだよ」

「あなたは男に生まれて幸運よ」彼女は敵意もこめずに言った。「どれにしようかって選ぶのは男で、それにひきかえわたしたちは――。まあ、いいわ。じゃあね。会えてよかったわ」

彼女は女たちがよくする気取った歩き方で去っていきかけたので、ぼくは追いかけた。

「どうしてこんなことをしているんだ？」と尋ねた。

「さあ、なんでかな。ちょっとした息抜きかな。わたし、レストボーンでちょっとまずいことになっちゃってね、あなたが来たあと――」

「それで？」

「それで、他のことをしたいな、って思っただけ。それだけ」

「こんなことをしていたら本当にまずいことになるぞ」

「ここにはいろいろ面白いこともあるし、お金もたくさんあるの。一週間に四十ポンドも稼ぐ人もいるのよ。カフェのテーブルで客とお喋りするよりも、客と最後の一線を越えるほうがいいわ。袖を引かれたからってだけで自分はいい男だと思う男もいるのね。わたしたちを眺めてるだけの男もいる。この仕事も悪いところばかりじゃないのよ。トムって男の話を聞いたんだけれど、そいつ、股間を蹴られて動けなくなったとき助けを求めて警笛を吹いたんですって」

「きみを、きみたちを非難したわけじゃない」とぼくは言った。

「それほど悪い生活じゃないわよ。たいていの男は口ばかりで実行がともなわない――まあ、わたしは実行がともなうほうが好きだけどね。言っている意味、わかるでしょ」

「つまり直接的な行動が好きってわけだ」

「そう。そういうこと。じゃあね、バイバイ、なんとかさん。あなた、名前を教えてくれなかったわ。ロンドンはこんなに広いところだもの。お隣同士でいると思うと素敵じゃない」

「ちょっと待てよ」

「これ以上無駄に時間をつぶせないのよ。ビッグ・ハリーに追いかけられちゃう」

「毎晩ここにいるの？」

「そうよ。他の場所に行くように言われるまでね」

「じゃあ、さようなら」ぼくはそう言い、彼女と握手をした。「また会えるかもしれないね」

ぼくの夜の散歩のルールは、思考はなりゆきにまかせるというものだ。しかしこの日ばかりはそれができなかった。思考はドリスとエドワードの問題へと立ち戻ってばかりいた。ぼくのところからふたりのところに真っ直ぐの線が引かれ、角度ができて、ぼくが加わった堂々たる完璧な三角形になった。

しかし、ぼくはそこに参加するつもりはさらさらなかった。ウェイトレスのドリスに感じた優しさの波は、娼婦ドリスには届かなかった。ぼくは彼女を娼婦のひとりとしか見られなかった。娼婦にはなんの感情も持てないのだ。ただ、ぼくがレストボーンに行ったことが、そしてそのつもりはなかったにしろ結果的に優しく接したことが、ドリスにとって決定的な一撃になり、彼女の貞節の礎を（そのとき彼女が貞淑であったならばだが）壊してしまったのではないか。それで不安と罪の意識を感じていた。

しかしエドワードは正体のつかめない男だ。自分の理想の顔を持つ女性であれば、どんな職業に就いていようと気にならないのではないか？　彼の仲間はたいていそうだが、彼も裕福だ。ジンとベルモットが際限なく出てくるのを、そしてそのときの好みの酒がいくらでも出てくるのを当たり前だと思っている。結婚に際してはかなりの出費をしたが、メアリーに贈与した財産は彼女が死んでエドワードの元に戻ってきた。もっとも、歳入庁が分け前を取ったのでだいぶ減ってしまったが。それに仲間内で話していたとき、一度ならずエドワードは、自分の金は一代で使い切るのがいちばんだと言っていた——それを聞いて耳をそばだてた者も何人かいた。エドワードはこう言った。「でもね、ぼくの友だちはたいてい同い年で、ぼくより裕福だ。さてそこで何が問題か？　ぼくは財産のいくらかを贈与すべきなんだよ。さもないと面白みがない。それに、ぼくの知り合いはたいていがぼくより多くの資産《パーソナリティ》を持っている。それ以上は増えても困るだろうしね」

それで、エドワードの資産受取人になれそうな人物を探すのが遊びの一種になり、大勢のとても変わった人間が候補者に挙げられたが、もちろん、彼には話さなかった。自分は個性《パーソナリティ》に欠けるというエドワードの意見は正しい。彼は実際に同席しているときより話題にされているときのほうが実在感があった。友だちがぼくを作っていると彼はよく言った。しかし、彼の存在が目に見えない秘密の通路を通ってぼくたちに流れこんでいたのだ。

　彼の財産の受取人として挙げられた人々の中で、ドリス・ブラックモアほどけた外れに風変わりな者はいなかった。だが、本当に彼女はふさわしくなかったのだろうか。あの顔を持っているのみならず、資産もないのだから、彼女こそ、資格条件のほとんどを満たしていたのではないか。彼女があらゆる男たちに気に入られるためにあらゆることをしてきたのだとすれば、ひとりの男に気に入られるためにひとつのことをするくらい何でもないと思うかもしれない。

「エドワード」彼と会った夜に、ぼくは思い切って話しかけた。「ちょっと訊いてもいいかな。きみは娼婦としたことがあるか？」

　彼は眉をひそめ、琥珀色の目をひたっとぼくに据えた。

「いや、ない」と彼は言った。

「考えるだけで気分が悪くなる？」

「考えたことがないんだ」

「ぼくも二日前までは考えもしなかった。その夜、ハイドパークでひとりの女に呼び止められてね。そうしたら、その子を結構気に入ってしまったんだ」

「それで彼女としけこんだのか？」

「いや、そういうのは得意じゃない。しかし、彼女と話してみたら、とても興味深い、思いやりのある子だった。そう聞いて驚くかい？」

「まったく驚かない」とエドワードは言った。「性的な逸脱には驚かないんだ。（ここで彼は笑みを浮かべた）あるいは性的な正常さにもね」

「彼女に会いたくないか？」

「道ばたじゃなければね、たぶん」

「もちろん、レストランでだ。他の女の子とは違ったようには全然見えないんだ。ぼくが見たところ」

「それはよかった。しかし、彼女は途中で抜けられるのかい？　つまり、元締めにきつきつに働かされているんじゃないかな」

「仕事をしたという証拠を何か彼女に渡せばいいんだよ」

「ははあ、ぼくに当てさせてくれ。きみが考えているのは――五ポンド紙幣だろ？」

　しかし、友人が来ると伝えると、彼女はがっかりしたようだった。

「あなただけだと思っていたのに」と彼女は言った。

「ぼくだけ？　それはお世辞じゃないね。いや、ぼくをおだてているんだな。ともかく、ぼくの友人というのはいい奴だ。それに、もちろん、ぼくにはお目付役が必要でね」

「あなたって、面倒を見てもらわなくちゃならないほど年寄りで厄介な人みたいね」

「ところがそうじゃないんだ。この年になるとね、危険を冒すわけにはいかないんだよ」

「わたしをその友人に世話しようというつもり？」

「まさか！　でも、そのつもりだったら、きみは異を唱える？」

「異を唱える？　わたしみたいな女はね、異を唱えられるような身分じゃないの」

「ちょっと、待ってくれよ」ぼくは彼女をひやかした。「きみは異ばかり唱える人生を送っているじゃないか。ぼくの知る限り。と言ってもそうたいして知ってはいないけれど。〈クレイジー・カフェ〉に異を唱え、話しかけられたからといって異を唱え、話しかけないからといって異を唱え……」

「それはあなたが思いやりのない人だからよ」

「思いやりがない？」

「いいわ、わかった。会いましょう」と彼女は言った。

　ドリスとの会話は退屈ではなかった――少なくとも

ぼくには退屈には思われなかった——が、限界があった。彼女は激しい言い合いになるのを好んだ。さらに、「その日の見出し語《キャッチワード》」——婉曲表現や言い逃れ——を使って辛辣な攻撃をしかけた。まったく公正ではないときに「公明正大ね」と言い、楽しさや良さを実際より大袈裟に言うときには「すごくいい」と言い、少しも大丈夫ではないのに、それをごまかすために屈折した言い方で「ぜんぜん大丈夫」と言った。

しかし、ぼくたちふたりとも不利な立場にあった。ぼくたち、つまり彼女とぼくは、断片的に会話を続けながらひたすら待っていた。なかなか現われない三人目の人間を待っている二人のあいだで交わされる会話というのはえてしてして難しくなる。ひょっとしたらすぐにでも中断されるかもしれないという意識の中で会話が続けられていく。そして不安に駆られると、舌が麻痺する。ぼくはエドワードを誉める機会をつかんだとき、エドワードは愛想がよくて、約束の時間を守る男だと言った。ところが、そうした言葉は時間を守らないことがわかればひどく空しい。外見はとても可愛いが、その実辛辣なドリスはこう言った。

「わたしが思うに、その人はわたしみたいな女には会いたくないのよ。公明正大な判断だわ」

「いや、そうじゃない」とぼくは言った。「きみにとても会いたがっていたんだ。ばかげた偏見を抱いている男じゃないし、そのうえ——」ぼくの声は、八時半を告げる時計の責めるような文字盤を見て消えてしまった。ディナーへの招待——八時の約束が八時半。これをネタに彼をからかう奴もいるだろう。

「娼婦と食事をしたがる男がたくさんいるとは思えない」とドリスは不意に言った。「善良な男はそんなことはしないわね」

「ぼくはどうなんだい？」

「あら、あなたは別。あなたのお友だちは来ないほうがいいと思ったのよ。きっとそうだわ。わたしは彼を責めない」

「遅れるなんてあいつらしくない」

「あなたはそればっかり言っている。わたしみたいな女と食事をすることがその人らしくないんだとわたしは思う」

「そんなこと言っちゃいけない。きみはきみ以外の何者でもないんだから」

「どうせその人、わたしとベッドに行きたいだけなんでしょ」

「さっきは違うことを言っていたじゃないか。彼が現われないのはきみが娼——」

「そうよ、矛盾することを言ってみてるだけ」

「レントホール様、レントホール様はいらっしゃいますか」ボーイが甲高い鼻にかかった声で、歌うように言いながら、テーブルのあいだを縫うようにやってきて、期待に満ちた目で客を順繰りに見た。「レントホール様にお電話です。レントホール様はいらっしゃいますか？」

ボーイが四度目にぼくの名前を呼んだとき初めて自分の名前が呼ばれていることに気づいた。

「ちょっと失礼」ぼくはそう言って立ち上がった。

「それがあなたの名？　わたしには教えてくれなかった。あなたってなんにも教えてくれないのね」

彼女をひとり残していくのは気が引けたが——他の客たちが彼女を追い出しにかかるのではないかと漠然と考えた——その場から離れられるのは嬉しかった。相手としては電話のほうがドリスよりはるかに要求が少なかった。

「アーネストか？」

「そうだ。どうして来ないんだ？　どこにいる？」

「レストボーンだ」

「どこだって？」

「レストボーン」

彼の言っている意味が、ぼくにはよく理解できなかった。エドワードは正直が取り柄の男だから、その言葉を信じないわけにはいかないが、それを信じたら、ぼくは自分の正気を疑わないわけにはいかないのだった。電話ボックスが檻になった。精神病院の病室になった。

「おいおい、冗談だろ」

「ところが、本当なんだ。申しわけない。でも、わかってくれるだろ？　悪いけど彼女にはうまく言っておいてくれ」

「どういうことかまったくわからない。それをどうやってうまく言うんだよ？」

「ぼくがいま話したことを話せばいい」

「そんな説明なんかしている場合じゃないんだ。話したって、彼女は絶対に信じやしない。ぼく以上に信じない。信じない特別な理由があるんだよ。ぼくの目を掻き出すだろうよ。そういうことができる女をきみは知らないだろう」

「一目惚れしたと彼女に説明してくれ。彼女だってそういう経験はあるはずだ」

「いや、欲情した経験はあるかもしれないが、愛した経験はないね。おまえは人でなしだ。こんなふうにぼくをがっかりさせて。それに、おまえがレストボーンにいるなんてだれが信じる？　おまえはここの、隣の部屋にいるんだろ」

エドワードは笑った。幸せのあまりひどく鈍感になっていた。彼は悪かったと言い募ったが、申しわけなさの欠片もその声には含まれていなかった。勝ち誇ったような、意気揚々とした様子で、少しもすまないとは思っていなかった。

「今夜はレストボーンに泊まるのか？」

「そうなんだ。もしかしたら明日の夜も。ああ、もう切らなければ――彼女が待っているんだ」

「それで」とドリスが言った。「あなたのお友だちはなんて言ってた？　ずいぶん長かったから、きっとお友だちは一生分の話をしていたに違いないわ」

「ある意味ではそうだな。とりあえず、料理を頼もう」

彼女が注文した料理のひとつがステーキで、それを流し込むためにスタウトも注文したが、ぼくはシャンパンがいいとしつこく言った。「きみにはそれが必要になるさ。ぼくにもね」

「まさか。あなたにあっと驚くような話ができるとは思えないけどね」

「ところができそうなんだ」そう言った瞬間に、ぼくは疑いを抱いた。大切なのは中身じゃないのか？　ぼくはばかばかしい結論に飛びついてしまったのか？　結局くだらない諷刺なのか？

「早く話してよ」とドリスが言った。

「いや、つまり、彼はレストボーンにいるんだ。ほらね、驚くと思った」

彼女はすぐに体勢を立て直した。

「八万人の人たちがあそこにいるの。そのどこがおかしいの？」

「いや、つまり、話せば長くなるんだ」

「今夜はなにもかもが長くかかるのね」

「ほら、きみのステーキがきたよ。ぼくの舌平目も」

ぼくはウェイターにシャンパンを注ぐように頼んだ。ドリスはステーキを攻撃している。「その先はまだなの？　あなたがこれまで話してくれたのは、そのお友だちがいまレストボーンにいるってことだけ。それは最新のニュースなわけ？」

「いや、つまり――」

「あなたのその『いや、つまり』はやめてほしいわ。つまりもしないのにどうしてつまりって言葉を使うの？」

「彼がいっしょにいる相手のことなんだが」

「彼がいっしょにいる相手？　女でしょ。わたしみたいな女かもしれない。レストボーンは娼婦には辛いところよ」

ぼくは彼女を見つめた。エドワードの鉛筆で描かれた生きているような「あの顔」をぼくはこれまでに何度も見てきた。あの顔には伝説的で催眠的なものが、生きている人間よりもはるかに強く記憶に残る芸術の不滅性のようなものが宿っていた。もし実在のモナリザがあの肖像画の横に座ったら、モナリザはかなり見劣りがしてしまうだろう。

「その相手がきみのような人かどうかは知らないけど、名前はきみと同じ、ブラックモアだそうだ」

ドリスはぎょっとしたが、それも一瞬のことだった。

「ありふれた名前よ――だからってありふれた育てられ方をしたわけじゃないけど。あそこはブラックモアだらけよ」

「かもしれない。しかし、〈クレイジー・カフェ〉にいるのは珍しいだろ」

そのとき、彼女はぼくの思っていた通りの反応を見せた。それはエドワードがそう言ったときにぼくが示した反応と同じだった。いやそれ以上だった。

「まさか!」と彼女が言うと、霞――ひょっとしたら内面の困惑が表に出てきたのかもしれない――が彼女のダークブルーの瞳にかかった。「〈クレイジー・カフェ〉のブラックモアですって! そんなこと、ありえない」

「ぼくもそう思った」とぼくは言った。

「わたしは五週間前に辞めたのよ――どうしてそこにまだいるわけ?」

「ぼくもそう自問した」

「まともじゃない。でしょ? あなたは騙されたんじゃないの?」

「人を騙すような男じゃないんだよ」

「でも、どうしてその人は〈クレイジー・カフェ〉になんて行ったの? それに、なんであなたもあそこに行ったのよ?」

「それにはちょっとしたわけがあるんだ。いつかちゃんと話すよ」とは言っても、彼女とは二度と会うことはないと思った。

「あなた、飲み物をその長ったらしいマッシュルームみたいなものでずっとかき回しているけど、そうするとなにかいいことがあるわけ?」

「こうするとよく泡立つんだ」

「わたしは泡立ちすぎちゃったわよ。あなたに横っ面を張り飛ばされた感じ。あなたがいて、わたしがいて、それでなにがいけないの――」

「若いのによくそんな歌を知ってるね」

「父親がよく歌っていたのよ。『いや、つまり』、あなたならここでこう言うんでしょうけど、あなたのお友だちはレストボーンでブラックモア嬢といっしょにいる。でももう〈クレイジー・カフェ〉にはいないわね。もうかなり前に店は閉まったはずだもの。いっしょにいるのはわたしではない。だって、わたしはあなたとここにいるから。これってすごいことじゃない？」

「たしかにね」

「あなたはロンドンでブラックモア嬢に会ってほしいとその人に言った――それがどういう意味かわたしにはよくわからないけど。それでその人はレストボーンでもうひとりのブラックモア嬢といっしょにいる。その人はわたしともうひとりが同じ人間だと思ったのかもしれない」

「形而上学的問題だな」

「その長い言葉、どういう意味よ。でも変ね。だって、わたしたちとの食事をすっぽかしてまで……あなたのお友だちは彼女のもういっぽうの名前を言わなかったの？」

「いいや。ただ、手がかりは摑んだ。彼女はきみにとてもよく似てるらしい」

「わたしに？」

「そう。さもなければあいつがいっしょにいるはずがない」

ドリスは眉をひそめたが、突然眉をくいっと上げて、わかったというふうに顔を輝かせた。

「なんてこと！　わたしの妹だわ！」

「妹？」

「あなたは覚えていないでしょ？　わたしには双子の妹がいるって言ったでしょう。おとなしい子なの」

「ああ、そういえば」

「わたし、家族とはあまり連絡をとってないの、とくに今は。手紙を書くの、うまくないし。でも、きっと妹よ。ずる賢い子！　あの子、自分の仕事が好きじゃなくて、いつもクレイジーに憧れていた。そう、グラディスよ。いっしょにいるのは。わたしにとてもよく似ているでしょうよ。だって、彼女、わたしと生け写しだもの」

「生き写し」

「そう、それ。あの子はいつでも無口だった。でも、どうしてわたしに話してくれないの？　わたしがロンドンに来るときになにも言わなかったから？　なにも書くことがなければ、手紙なんか書かないわよね。でもあの子はいい子よ。わたしの言っている意味わかるでしょ。あなたのお友だちがあの子によくしてくれるといいけど」

「絶対にそうするよ」

「すごいチャンスだったのに！　わたしだってそういう身になれたのに。あの子はわたしにそっくり。でも、わたしほど可愛くないって言う人もいる。でも、幸運はあの子のところに行った」

失ったものの大きさにようやく彼女は気づき、ピーチメルバは皿の上で手つかずのままになった。

「あのふたりは一時的に熱くなっているだけかもしれない」とぼくは言ったが、そんなことは信じてはいなかった。

「ああ、わたしが彼女だったらよかったのに。この世には幸運を全部持っていってしまう人がいる」

ぼくたちの会話はしぼんでいった。ぼくはエドワードのことを考えた。何度もレストボーンに行っては、小鳥が飛び去ってしまったことを思い知らされたのだ。彼の心は千々に乱れたことだろう。そして盲目の愛は報われた。グラディスが生きている限り、あの顔がエドワードの落書きに登場することはないだろう。

夜も更けてきた。ぼくたちはもう少し話を続けたが、彼女の皮肉もあてこすりもまったく威力がなくなった。

「わたしがあなたのことをどう思っているか知ったら、そんなに嬉しそうな顔はできないと思う」というのが精一杯の切り返しだった。

「年を取ったような気分にならない?」彼女は不意に言った。

「どうして?」

「さあ、どうしてかな。こういう——自分の妹が先に結婚するのを見るって。あなたのお友だちはあの子と結婚すると思う?」

「きっとそうするね」

「すごくいいわ。わたし、結婚したいと思ったことがないの。いろんな人たちを見過ぎてしまった。それに、あなたも結婚しそうもないわね」

「まあね、いまのところは」ぼくは不愉快な口調になった。

彼女は盛大なため息をついた。

「気楽な身分ね。でも、あなたを責められない。わたし、グラディに手紙を書くわ。家族はグラディとかグラッドとか呼んでいるの。でも、彼女はこれまでいい《グラ》こと《ツド》なんかなかった。あなたの察するとおり。でも、これからはどんどんよくなるわね。わたしがここで何をしているかは言わないつもり。あの子は何も知らないし。身内のだれも知らないことだから。でも、わたしがあの子の幸せを祈っていることは知っていてほしい。それとも、結婚するまで待ったほうがいいと思う?」

「そう思うね」

「あの人たち、わたしには知らせないかもね。でも、あなたのお友だちはあなたに知らせるでしょ?」

これは含みのある言葉だとわかったので、しぶしぶ答えた。「もちろんさ」

「だったら、もしわたしのところに連絡がなかったら、あなたがわたしの気持ちを伝えて。いい? 結婚式に招待されるかどうかわからないから」

「きっと招待されるよ」

「だとしたらずいぶんと間抜けよ。わたしは行くべきじゃないから。あの人たちのところには。きっと素晴らしい結婚式になるわね。最高の結婚式に。正真正銘の結婚式。ああ、まったくもう!」彼女は大きなため息をつくと、時計を見た。「いけない。もう行かなくちゃ。でも、その前にお化粧を直してくる」

彼女が磨き上げて戻って来るとぼくは言った。「これを。きみの時間を無駄に使わせてしまったからね。ぼくの思ったようにはならなかった。きみががっかりしているなら、ぼくだって同じだよ。いまとなってみればちょっとした思い出だ」

ぼくは財布を取り出す必要がなかった。すでにポケットの中に紙幣を用意していた。

「前にも言ったけど」彼女は立ち上がりながら言った。「もう一度言わせてもらう。あなたって女の子の気持ちがぜんぜんわかっていない。そのいまいましいお金をしまって！　アンクル・ハリーには気分が悪くて仕事に行けなかったと言うから。実際にそうなんだもの。あなたのせいで最低の気分になった。どんなに頼まれても、あなたとは二度と会うつもりはないから」

彼女は溢れてくる涙の向こうからぼくをじっと見つめた。一瞬、あの顔の表情がとても緊張したものになったので、ぼくはそれ以上見ていられなかった。「ぼくはそれでいい」とぼくは言った。「食事が終わってすぐに移動するのは好きじゃないんだ。消化不良になるからね」

その言葉に彼女は笑った。舗道のところ——彼女の縄張りだ——に来ると、再びぼくたちは友だちに戻っていた。縁石まであと数歩というところで、彼女のハイヒールの音は彼女の気持ちを裏切った。そして通りがかったタクシーが彼女を連れ去った。

何と冷たい小さな君の手よ

Your Tiny Hand Is Frozen

ロバート・エイクマン
今本 渉訳

説明できない謎を提示するエイクマンの綺談に対しては、何か言うことがとても難しい。それで、この短篇を読むときにもしかすると役に立つかもしれない情報を。タイトルになっている「何と冷たい小さな君の手よ」というのは、プッチーニの歌劇『ラ・ボエーム』の第一幕で、詩人のロドルフォが暗闇の中でお針子ミミの手を取って歌うアリアの題名である。エイクマンはオペラにも造詣が深い人だった。

　電話をめぐるいざこざが始まったのは三日目の夜だ。エドマンド・セント＝ジュードは床に就いても熟睡できない状態がここ数年ずっと続いていたが、その日の昼間はめずらしくあれこれと雑用に追われたこともあり、電話のベルが鳴ったその時には深い眠りに落ちていて、いやにはっきりとした夢を見ている最中だった。じっさい鳴りはじめのうちしばらくは夢の中でベルが聞こえていた。そして気がついてみるとベッドの上に蹲《うずくま》って震えていたというありさま、いつ夢から醒めたのかもまったく覚えがない。腰折れ屋根《マンサード》にしつらえられたアトリエの北窓からは月あかりが差し込んでいたが、電話機は窓枠のすぐ下のロー・テーブルに載せてあり、その辺りは依然として闇に包まれている。ベルの轟音は何ものにも遮られることなく、四方の壁にぶちあたって、有無を言わさぬいきおいで冷たくひびきわたった。

　われに返ったエドマンドは、夢見が悪かったことも手伝ったのか、電話には出ないことにした。時間も時間だ、間違い電話に決まっている……あるいはテディの友達か。彼は咄嗟にそう考えた。ベルは鳴り続ける。今いったい何時だろう？　綺麗な狩猟用の懐中時計、これは彼の前半生を象徴する品物だが、その時計はベッド脇の椅子の上に置いてあった。五時二十五分。どうやらテディあての電話でもなさそうだ。ベルは鳴り続ける。

　温厚な性格のエドマンドは相手に強く出られるといつも結局は譲歩してしまう。ベッドから這い出て、秋も深い十一月の月あかりのもと、闇の底から受話器を取り上げた。つい最近まで長年にわたって伯母と暮らしていたのだが、その伯母は古い燭台型の電話機を後生大事に使っていた。エドマンドは電話機といえばその型に慣れていたし、ましてや今は夜中だ。新型の受話器は手につかず、危うく床に落としそうになった。騒音に代わって今度は静謐に心みだれる思いがした。

「もしもし」

応答らしき音声はまったく聞こえない。

「もしもし」

数秒間の沈黙のあと、カチャッ、と鋭い音が大きくひびいた。電話の主は、一、二、三、と、あらかじめ計ったように間《ま》をとって受話器を置いたらしい。

「もしもーし」と、重ねて言ってみても無駄だった。何ごとも起こらない。交換手がすぐに出てきてこちらの希望の番号を聞いてくれるような、そんな時間帯ではないのだ。

エドマンドは受話器を置いてそそくさとベッドに潜り込んだ。ふたたび眠るには眠ったが、その眠りは浅く、途中でしばしば目も覚めて、結局その夜も熟睡できなかった。

この事件じたいにさして意味があるとも思われず、もしそれきりで済んでいればエドマンドも電話のことなどほどなく忘れてしまったに違いない。それでなくとも新生活を始めるにあたって他にも面倒なことどもを多く抱えていたのだ。だがその後の数週間というもの、同じ現象が何度も繰り返し起こったのだった。この季節、日照時間は日に日に短くなっており、電話が鳴るのはたいてい昼間ではなかったが、少なくともエドマンドが起きて活動している時間帯だった。それでも夜中にかかって来たことがもう二度ばかりあった。

そのうちの一度はとりわけ奇妙だった。エドマンドがベッドに入るとほぼ同時に電話が鳴る。ただでさえ憂鬱な気分をいっそう暗くして、またあの電話かと訝《いぶか》りつつ、無視しようとしてもベルは鳴り熄《や》んでくれないことは分かっているので（これまでの最長記録は二分五十秒、これは例の懐中時計の秒針を目で追いながら計った結果だ）、ついにはベッド脇の仄《ほの》かなあかりを灯《とも》し、立ち上がって電話に出た。

「もしもし」

電話の向こうはやはり沈黙している。

「もしもし」

最初の場合とは違って、三度目を問いかける時間があった。

「もしもし」

電話の切れる音。今回は受話器を置こうとする前に聞き慣れない音が聞こえた。切れる前ではなく、たしかに切れた後だった。軽い嘲笑とでも言うべき、ごく短い音声。今の自分はさぞ愚かしく見えるかも知れないが、そのさまがからかわれているようにも思え、むらむらと怒りがこみ上げて来た。単なるいたずら電話にさらに輪をかけるようなこうした変事は、しかし、その後は二度と起こらなかった。

呼び出しの頻度について、そこに方法論とか規則性というものは見られなかった。数日間かかって来ないと思えば、二十四時間以内に三度を数える場合もある。このように一見単なる偶然のようにも思えたので、普段からこの手の問題に対して消極的なエドマンドは、電話交換局に相談するのを結局ずるずると先送りにしてしまった。二の足を踏んだ原因は他にもある。がんらいエドマンドは電話をほとんど利用しない。この点で引け目を感じて、自分のような人間が苦情を述べても筋違いと思われるのが落ちだと決めつけていた。そもそも電話の設備一式はすべてテディの持ちものであり、自分とは関係の無いものと思えばいいだけの話だ。

加えて、テディの友人がしょっちゅう何の前触れもなくいきなり訪ねて来た。噂話の種を絶えず探しているようなごくふつうの若い女たち、あるいは変な髪形をした、一見して物事を深くは考えない性質《たち》と知れる体格のよい青年らが次々とやって来る。エドマンド自身は友人の数も少なく、テディの友人の中に知り合いはほとんどなかった。ただ、これら訪問者のもたらすテディの性格や人となりに関する情報はエドマンドにとって意外なことも多かった。エドマンドはテディと婚約中の身なので、そういった情報に関心がないと言えば嘘になる。

　そんなある日、アトリエの玄関口でトビーと名乗る大柄な青年を体よく追い返そうとしているところへ電話のベルが鳴った。例の妙な電話だということは分かっていたが、向こうが電話を切るいつもの音を聞きながら受話器を置く頃には、青年は勝手にアトリエに入って来ていた。

「何か問題でも？」

　執拗にかかって来る一連の電話にはさすがのエドマンドも苛立ちとともに困惑を感じている。だから青年のこの問いかけはその強引な侵入と同じく歓迎すべきものではなかった。

「いいや」エドマンドは眉ひとつ動かさずに言った。だが、ふと考えた。そろそろ誰かに話を聞いてもらってもいい頃だ。「問題、と言うほどじゃないけど」エドマンドは続けた。「ちょっと変なことがある。電話だよ。僕が受話器を取る、向こうは切る。ただそれだけ。その繰り返しだ」

「それのどこが変なんだ」と、トビー。「ことの本質を摑みそこねているようだ。「みなそうしてるじゃないか」配慮に欠けた態度が鼻持ちならない。「それよりさ、セント＝ジュード」それにずいぶん馴れ馴れしい。「テディのやつ、いつから結核を？　俺、全然知らなかった」

「誰も気づかなかったよ」エドマンドは答える。「悪いけど、仕事中なんだ。こうしてはいられない。テディには君が来たことを伝えるから」

「分かった」トビーもあきらめたらしい。いかり肩をすぼませ、それ以上は何も言わずに出て行った。その背中を見送りながらエドマンドは自分で扉を閉めた。

　トビーという邪魔者をあしらうことで、電話交換局に苦情を言うだけの積極的な力が湧いて来た。

「かれこれ三十回にもなるんです」と、エドマンド。「ここに越して来てから今まで、ざっと三週間にですよ」

「あなたが名義人ですか？」交換手が尋ねる。

「いや、ミス・テイラー＝スミス名義です。僕は彼女からこの部屋を借りていまして」

「届けはお出しに？」

「いいえ。ほんの少しの間ですから」

「変更事項をお知らせ下さい。でないと回線を切らせていただきます」

「お知らせします。でも、例の電話が――」

「申し訳ありませんが、新規の場合はお知らせいただきませんと――」

「それとこれとは関係ないでしょう」

「申し込み用紙に必要事項をご記入ください。その後で然るべく調査いたします」

　奇妙なことに、それ以来ふっつりと電話はかかって来なくなった。エドマンドは電話局への届けを提出していない。できればすぐにでもアトリエから電話機そのものを撤去してしまいたかったが、勝手にそんなことをするのはテディに悪かろうと、さすがにそれは思いとどまった。一般に電話の設備というものはまだまだ高嶺の花で、自分の家にも欲しいと思っている人は多い。テディにしても絵のモデルになる子供たちの親と連絡を取るのに電話は必要だろう。結局エドマンドは何も行動を起こさなかった。にもかかわらず、それまで長きにわたってかかって来た怪電話は、トビーの訪問を受けたあの時を最後に鳴りをひそめている。

　エドマンドの日常生活に覆いかぶさっている挫折感が一年のうちでもっとも耐え難いものになるのが、他でもないクリスマスが近づく時分だ。先祖伝来の屋敷や地所が人手に渡って以来エドマンドの収入は年々乏しくなっているので、ここしばらくクリスマスは伯母とふたりきりで寂しく祝ってきたが、伯母の方ではそれが至極当然のことと決め込んでいるようだからどうにも仕方がない。だが今年は例年とは違う選択肢も若干ながら期待できる。実家の没落と伯母への義務感が相俟《あいま》って通常一般のクリスマスの社交の場から遠のいてしまったことは彼にとって不幸と言うしかないが、このたび曲がりなりにも自分の「家」と呼べる場所を得た。だから友人を招待することだってできる。

もっとも、今の立場は依然として微妙だ。所詮は管理人の範疇を出ず、現金こそもらってないが、その代わりにテディの好意で住まわせてもらっていると言っていい。じじつアトリエは隅から隅までテディの色に染まったままだ。彼は部屋の隅々まで眺めわたした後、クリスマス・ディナーに参加してくれそうな友人の名簿の作成にとりかかった。できればちょっとした祝いの品を持って来てくれるような者がいい。壁という壁を飾る子供を描いた絵は、テディに言わせれば「商売道具」（こういう表現は彼女一流のものだ）なのだそうだが、本人がこの場にいないので味気なく、かえって邪魔なものに感じられる。中でもひときわ目を惹くのが二作あった。ひとつはジョシュア・レノルズの『無邪気な年頃』の複製を拡大したもので、現代の技術を駆使して可能な限り精密に写真印刷した特注品。これは客である親の興味を惹きつけることと、さらにテディの絵に対する主義主張が揺ぎないことを示すという二つの効果を期している。もうひとつは彼女自身の筆による『プレストン・ブルック夫妻の子供たち』。この作品は依頼者のブルック氏の指示で多くの展覧会に出品された。氏は野菜の加工食品で財を成した人物だが、展示が終わった後も作品を取りに来ない。電気ヒーターの上の方に掛けられたその絵にはまだ名札がついたままで、そこには「エドウィナ・テイラー＝スミス、M・S・P・C（理学修士、情報伝達専攻）」と大文字を並べてある。「エドウィナなんて古臭い名前。まるで馬車の車輪の音が聞こえてきそうでしょ」エドマンドはテディのこんな台詞がありありと聞こえるような気がした。

二十五分経ったが名簿の作成はほとんど進まなかった。知り合いと呼べる者は彼よりもずっと金持ちだったり、はるか遠方に住んでいたり、あるいは当日もっと豪華なご馳走が他で用意されているはずの連中だった。しかもほとんどが既婚者だ。その配偶者らとは面識がないか、あったとしてもこの場には相応しくなさそうに思えた。その中の多くとはすでに交渉が途絶えている。連絡のつきそうなのは三、四人の男友達に過ぎない。普段の生活ぶりから考えるとこれは妥当なところだろう。だがそれにも増してショックだったのは、テディを除くと自分の人生には女性がほとんど不在だという事実だった。ともあれ、孤独の裡《うち》にクリスマスを迎えたくなければ行動を起こさねばならない。エドマンドは受話器を取り上げ、友人のひとり、タドポウルの番号を回した。彼はオリエル・コレッジ（オックスフォード大学の学寮のひとつ）の同窓生だ。

発信音はすぐに聞こえた。そのまま鳴り続ける。早ばやと出鼻を挫かれるのをおそれたのか、ひとり暮らしのその友人が電話に出るのにかかりそうな時間をずっと過ぎてもベルを鳴らし続けた。彼はふと、ほぼひと月前まで自分のところにしつこくかかって来た例の怪電話のことを思い出した。やがて発信音が止まり、人の声が聞こえた。耳にひびく規則的なベルの音によってちょっとした催眠状態に陥っていたエドマンドは、その声を聞いてはっとわれに返った。だが、その声には聞き覚えがない。言葉も意味不明だ。

「失礼、何ですか？」

声はまた意味不明の言葉を発した。今度のは少し長い。エドマンドにはやや甲高い雑音としか認識できなかった。

「ピュージーさんとお話ししたいのですが、ご在宅ですか？」

それに対する答えはふたつの短い、耳障りのする文節から成っていたが、エドマンドはただの一語も理解できなかった。この音声は人の声ではなくて回線の機械音ではないかとさえ思われた。

「かけ直した方がよさそうですね」と、誰に言うでもなくエドマンドはつぶやいた。

前よりも穏やかな音声が聞こえ、そのまま静かになっていった。

エドマンドは受話器を置いた。

一、二分してから、もう一度かけてみた。今度はベルが鳴るだけで、そのままの状態が続く。残念ながら、タドポウルが不在なのは明らかだ。

エドマンドはさらに三人に電話をかけた。ひとりはクリスマスはパリで過ごすことになっており、別のひとりは後でまた知らせると言ってよこした(どうやらもっと魅力的な他の誘いを待つつもりらしい。エドマンドにもそのくらいのことは分かる)。そして最後のひとりは先のタドポウルと同じく応答がなかった。名簿にあげた他のめんめんにはあらためて手紙を出すことにした。その手紙に「女優のイヴリン・レイも来る。きっと楽しい会になるよ!」とでも書ければどんなにいいかと思った。

その後の一週間、エドマンドは以前にも増して電話を利用することとなった。この一年間に出会った者に誰かれ構わず片端から電話をかけ続けたのだ。だが出会ったといっても恐らくはほんの挨拶ていどだったせいだろう、クリスマスを彼と過ごしたいと思うような者はなかった。たいていは二、三言葉を交わすだけの、他人行儀な短い通話だったが、ある時、話の最中に雑音としか言いようのない別の声が繰り返し割り込んで来た。

「聞こえるか、あの音?」ぽつりぽつりと言い訳をする友人の言葉を遮って、エドマンドは訊いた。

「音って何だよ?」

「ほら、誰かがぺちゃくちゃ喋ってるような音だ」

「どこかの女だろ、混線してるのさ」

「女の声に聞こえるか?」

「そんなこと知るか。話は戻るけど、ネルと俺は――君は彼女に会ったことないかも知れんが――クリスマスはいつもギャロウェイの彼女の実家で過ごすことになってるから――」

週末までには態度を保留していた友人も断わりを入れてきた。もっと楽しげな誘いがあったに違いない。

手紙を出した相手はどうだったか。ひとりは先約があるからとお詫びの手紙をくれたが、残りは梨のつぶてだった。どんよりとした、息をふさぐような暗雲がエドマンドの頭上に垂れ込めてきた。

失意に沈んでいたエドマンドは、ふとクウィーニーのことを思い出した。クウィーニーは二十五年前、彼がロンドンで暮らし始めた時によく会っていた女性だ。仕送りも十分あって金には困らなかった当時でさえ、これと目星をつけた女の子の心を射止めるまでにはなかなか至らなかったが、今思い返して見るとクウィーニーはいろいろな点でテディと似通っていたようだ。彼はクウィーニーに好意を寄せていたが、彼女の方はエドマンドに対して好意以上の思いを抱いていた。その頃エドマンドは、ヨーロッパ中を車で旅行するのに持ち前の語学の才能のおかげで道中ずいぶん楽をしたものだが、今ではその才能も不安定な翻訳仕事を得る一助に過ぎない。クウィーニーもそんな旅行によく一緒にくっついて来たのだった。クウィーニーは上品で育ちもよかった（彼女の洗礼名はエステル〔古仏語で星をあらわす〕。これはニューナム・コレッジ〔ケンブリッジ大学の女子学寮〕在学中に自分でつけたものであり、おそらく何か期するところがあったのだろう）。実家の破産という障害がなければ、ふたりはそのまま結婚してもおかしくはなかった。結局彼女は自分よりもずっと年上の男と結婚した。夫となった男は結婚後、時を移さず寝たきりになったという。今年の夏、ヴィクトリア通りでエドマンドはクウィーニーの古い友人で今は公務員をしているセフトンという男にばったり出会った。お互い何年かぶりの再会で、しかもクウィーニーの消息が唯一共通の話題だった。セフトンの話ではクウィーニーの夫はすでに亡くなったとのこと、エドマンドは彼女の現住所と電話番号を訊いて書きとめた。

今はじめてその電話番号にかけてみた。

「どなた？」発信音は聞こえなかった。エドマンドが最後の番号をダイヤルした途端この質問が飛んできたのだ。声は活発で積極的な感じだったが、彼女の声かどうか、エドマンドは思い出せない。

「驚くかも知れないけど、エドマンドだ。どうしてる、クウィーニー?」

「エドマンド、って、エドマンド・セント＝ジュード?」嬉しそうだった。心からの喜びが声に溢れていた。

「よかった、喜んでくれてるようで。どうしようかと……」

「私がどれだけ寂しかったか分かる? 誰にも分からないでしょうけど」彼女の声は興奮のあまりわずかに震えていたが、それが魅力的でもあり新鮮に感じられた。

エドマンドは自分でも最近同じような目に遭っていたから、安易な同情の言葉はかけられなかった。代わりに彼はとっておきの提案をした。「クリスマスの日、ディナーを一緒にどうかな?」

「パーティーでも開くの?」

「はじめはそのつもりだったんだけど、この方がいいと思って。僕らふたりきりでだよ、クウィーニー。もしよければ」

彼女は何も言わない。電話の回線上で軽いハム音が断続的に聞こえる。ずっと遠くの方で大勢の人がざわついているような音だ。彼はふたたび言った。「ぜひ来てくれ、クウィーニー。今、友達のアトリエを借りて住んでるんだ。それに――」

彼女は何か言い出しかねていた様子だったが、とうとう堰を切ったように、「私、クウィーニーじゃないのよ」

こうして早いうちに打ち明けてくれなかったら、エドマンドの心の傷はいっそう深まったに違いない。

「そう、じゃあ謝らないといけないな」

「私をクリスマスのディナーに誘ったことを?」

「うん」

「ディナーは、そうね。クリスマスのディナーって、やっぱり特別なものでしょ?」

恐らく下心が見え透いていたに違いないが、エドマンドは必死だった。もっとも、下心が見え透いていようといまいと、彼女は嬉しそうだ。

「で、ディナーだけど、君も来ないか？　クウィーニーと一緒に。もし彼女に先約がなければ」

「クウィーニーには先約があるわよ」

「ああ、そう」ここはがっかりするべきかどうか、エドマンドは迷った。「じゃあ——」

「私、行きたいけど、だめなの」

「君にも先約が？」

「そんなものないわ。ただ行けないだけ」何でもない発言だったけれど、若干ヒステリーじみたひびきがこもっていた。例のハム音はすでに聞こえない。同じような調子で彼女は言う。「ごめんなさい……まだ切らないで」

「こちらこそごめん」と、エドマンド。

「切らないで」彼女は繰り返す。「本当にごめんなさい」

「そこまで言ってくれるなら別の機会を設けよう」エドマンドは提案した。「例えば明日の晩とか？」

「会ったこともないのに。私の顔とか知らないでしょ」

「君の声は、今聞いてるよ」エドマンドは電話機に向かって微笑みながら答えた。「だから声で分かる」本当に声だけで分かればいいのだけれど。

　彼女はこれには答えず、突然さめざめと泣き出した。泣いているのは間違いない。しゃくり上げる息づかいがエドマンドにははっきり聞こえた。今日は回線の調子がおそろしく良い。

「じゃあ、またいつかね」困ったエドマンドは少し大きな声で言った。

「私、行けそうにない」

　これ以上深入りするのは得策でない。でも彼女はまだ話し続けるのだろうとエドマンドは予感した。

「あなた、やさしいのね。また私から電話してもいいかしら？」

「もちろん」エドマンドは番号を伝えたが、その番号を書き取るのに彼女はずいぶん苦心しているようだ。

「本当にいいの？」あまり念を押されても困るが、どういうわけか奇異な感じは受けなかった。

「僕が君にかけてもいいけど」エドマンドは少し気取った調子で言った。

「いいえ、私にかけさせて」

「クリスマスの日はどうかな？」

「ええ、いいわ」声が女学生のようにうきうきしている。

またハム音が聞こえ出した。

「クウィーニーはどうする？」

彼女は何か言ったが、それは聞き取れなかった。

「ごめん、何だかぶんぶん雑音が入って」

雑音はかなりの音量になっていた。彼女はもう電話を切ったようだった。

午後になって、招待状に対する断わりの手紙がまた来た。クリスマスをたったひとりで過ごさねばならないという不吉な予感がいよいよ現実味を帯びてきたので、エドマンドはたまらずセフトンが教えてくれた番号にふたたびダイヤルした。クウィーニーももう戻ってる頃だろう、もしそうでなくとも、あの奇妙なルームメイトに彼女の居場所を問いただせばいい。今回は呼び出しのベルがすぐに聞こえた。ベルはそのまま鳴り続けた。エドマンドはかなり長い間待ったが、やがてあきらめた。次に役所にかけてセフトンを呼び出した。

「実は僕だって旦那さんがいよいよ悪くなってからは彼女と会ってない。かれこれ三年になるかな。白状するけど、住所だって別の友人からのまた聞きだ。一度顔を出そうと思ったんだけど、あんなことになってしまって」

「彼女、電話に出ないんだけど」

「クリスマスだからだよ、分かるだろう。力になれなくて悪いけど、会議に出なきゃいけないからこの辺で」

公務員はいつも「会議」だな、とエドマンドは思った。ピンクや青で彩られた壁の絵の子供たちは、それぞれの性格を反映してか、ある者は愛嬌たっぷりに、ある者は生意気に、また別の者は偉そうに、エドマンドのありさまを見て笑っている。エドマンドは翻訳の仕事にとりかかった。近年の技術革新について書かれたオランダ語の本の第一章だ。

クリスマスの日が来た。この日を皮切りに、一日中電話がかかって来るのをずっと待つ日々がその後も長く続くことになる。朝、郵便で伯母からウールのマフラーが届いた（彼が卒業したコレッジのシンボル・カラーだった。探すのに苦労したに違いない）。それにクリスマス・カードが二通、テディからの電報もあった。「よいクリスマスを（句点）親愛なるあなたへ（句点）来年のクリスマスが待ち遠しいわ（句点）」後はあの忌々しい電話のベルを待つだけだ。

そもそも電話がかかってくるかどうかがはっきりしないので、それを待つという行為はいっそう困難なものとなった。何度かクウィーニーの番号にかけてみたが誰も出ない。自分はあのフリッツィ・マッサリー（オーストリア出身のソプラノ歌手。ユダヤ系で、戦時中はロンドンに暮らしていた）と差し向かいで食事をしたこともある。高次の問題に関する洞察力と判断力が備わった人間と目されてもいる。それが今はどうだ。たった一本の電話で交わした口約束に囚われて、見ず知らずの女からの電話をじっと待っている。こういった状況は自分でも把握しているだけに事態はとりわけ深刻だ。テディのことは好きだが、それ以上の感情はもう持てなかった。いけないと思いつつも、ふたりを隔てる数千マイルの距離が生身の彼女の面影を消しつつあることを認めないわけにはいかなかった。電話の声に触発されて覚えるあの胸騒ぎは、つまりは哀れなテディが心の中で希薄な存在になってしまったこと、毎日の生活があまりに味気ないものであること、この二点の紛れもない証左ではないか。いかにも馬鹿げた、筋違いな話ではあるが、あの見知らぬ女の存在と電話に対する疑心暗鬼が神経に作用して、すでに細っていた食欲がさらに減退しつつあった。今日は理路整然とした思考が要求される翻訳の仕事は無理だ。それどころか、どんな種類であれ仕事と名のつくものは何も手につかず、どんなふうに会話を始めるのが効果的か、そんなことばかり考えていた。昼どきになる頃には、もしあの電話がかかって来なかったらクリスマスに対する不安感はこれほどまでに募っていただろうか、と自らの心中を測りかねていた。

彼女から電話がかかってきたのは、駆け足で過ぎ去る夢のような十二月のその日が闇に包まれようとしている時分だった。ふたりの会話は、回線上に生じる騒音や雑音に乱されはしたが、少なくとも三十分は続いていたことに電話を切った後で気がついて、エドマンドは意外の感にうたれた。その三十分の間にふたりは互いにいくつかの共通点があることを見出だした。たとえば、彼女の名はネーラ・コンダミンといい、もともと古い高貴な家柄だが今は没落した由、この辺りの消息はセント＝ジュード家と同じだ。また、エドマンドはジェイムズ・トムスン（スコットランドの詩人。一七〇〇―四八）の詩『四季』の話題が出たついでに、自らの専門でもある十八世紀の英国詩人に関する蘊蓄を披露したが、彼女はそれに対して詳しい論評を加えつつ好意的な興味を寄せていた。エドマンドにとりわけ印象的だったのは、ふたりとも孤独だということだった。お互い（エドマンドは控えめに、ネーラは積極的に）相手が興味を持ちそうな質問を投げかけて探りを入れる。ただ、ネーラは自身に関する直接的かつ個人的な質問、つまり住所とか、外からの電話を拒否する理由とか、そういう質問には答えようとしなかった。エドマンドが押してこれらを訊き出そうとしても、その素振りだけでヒステリーを起こした。

「訊かないで、だめ、お願い」

「言いたくないのは分かってる、けど、僕はただ――――」

「あんまり言うと切るわよ」

「じゃあ、もう言わない」

だが、最後にぽつりと洩らしたことがある。

「私もそのことはよく分かってるつもり」と、彼女。

「私、絵描き《ペインター》なのよ」

「君の作品、僕もどこかで見たことあるかな？」壁の絵の子供らが、一斉に答えを訊きたがっているように見えた。

「ひとりでやってるのよ。以前は他の人たちもいたけど、今は私だけ」その言葉を追認するように、回線上にうめくような雑音が聞こえた。彼女の言う「他の人たち」はどうなったのか、エドマンドはあえて訊かないことにした。

電話で話しているうちに奇妙な変化が起こりつつあった。切らないでと何度も嘆願していたのは、初めての電話の時と同様、元はといえばネーラの方だった。それが今やエドマンドの方が会話が途切れるのを恐れている。この現象には早くから自分でも気がついていた。それがどうしてなのか、言葉で説明できるようになったのはしばらく後になってからだ。いずれにせよ、会話を終えるまでにはエドマンドは彼女と話せてよかったと思っていた。

「お互いに知り合いになれてよかったよ」（もう少しで「お互いに探し当てて」と言いそうになった）「君のおかげでクリスマスがまったく別物になった」

「まだまだ話したいことがたくさんあるわ」彼女は気軽にこう答える。「でも、もう切らなきゃね」

電話の切れる音。さよならも言わないで彼女は去って行った。交換手の声。「ご希望の番号は？」

「同じ番号をもう一度」エドマンドは常に似ず余裕を持って答える。

「ですから何番ですか？」交換手は苛立ちを隠さない。「分かりません。そちらで逆探知できませんか。そうしていただけると有難いんですが」

「何かご迷惑をおかけしたんですね。申し訳ありません」と、交換手。

エドマンドは壁の時計を見た。そして腰を下ろし、小さな方形の電気ヒーターをしばらく眺めていた。あんなに長い間かかって、お互いに何を話したのか、正直よくは思い出せなかった。十八世紀の英国の詩人のことは話題に出た(ジョウゼフ・アディスンの戯曲『カトー』を知悉《ちしつ》する人間とたまたま知り合いになるなどということ自体、驚くべき椿事《ちんじ》と言わねばならない)。だがそれ以外は単なる意見の交換に終始して、辛うじて会話が成り立っていただけのような気がする。エドマンドはひとえに好奇心に囚われていたし、彼女は友誼のあかしとして、相手からの反応をひたすら求めていたのだから無理もない。女性の情熱に応えるのに男性はたいていそれ以上の情熱を以てすることはないが、エドマンドは違った。それどころか、彼は必要とされればその要望にのめり込む傾きさえあった。他にも理由はあろうが、おそらくこの一事のせいで、かなり奇妙な状況ながら自分の生活が新たな、そして重要な局面を迎えることになったと、彼は今やはっきりと自覚していた。生活はたしかに一新され、心の準備も整って……

次にかかって来た電話における奇妙な変化を言葉で表現しようとすると、例えば「用意周到」、「時間稼ぎ」、あるいは「色仕掛け」などというありきたりの概念がどうしてもつきまとうような気がした。前回の電話以来、ネーラの思わせぶりな態度にエドマンドの心はたしかに乱れつつあった。ところが今回、彼女は打って変わって終始あからさまに会話をリードしつつ、エドマンドを愛しているということを明確に告げたのだ。一方エドマンドは、彼女の発言の一部あるいは全部が冗談ではないかと取りあえずは疑ってみるという手順は踏まず、ほとんど真剣に、「ああ、僕もだ」と答えていた。その後、すなわち一風変わった告白を互いに交わした後も、彼女は自分の住処《すみか》を明かすことを固く拒んだ。もっともこのふたりは視線を合わせたこともなければ、電話での会話にもしばしば齟齬をきたすありさま、それらを差し引いたとしてもエドマンドは彼女の態度には呆れるしかなかったが、強引にはたらきかけると以前は決まってヒステリーを起こしたのに、同じ拒むにしても今日は反応が穏やかなことに気がついた。

「僕は君には会えないってことか？」彼は声を荒らげた。

「そうは言ってないわ」

「じゃあ、いつ会える？」

「あなたが私なしでいられなくなったら」

これにはさすがに二の句が継げなかった。

「こっちから電話していいかな？」

「だめ、だめ、だめ。私からかける」

「いつ？」

「いつでもかけられる時に、ね、あなた、本当よ」

その後のエドマンドの生活は、ひたすらオランダ語を翻訳し、食糧を買い、電話を待つだけとなった。ネーラとの関係という点で決定的な変化をもたらすに至った前回の電話はクリスマス後の最初の日曜日にかかって来たのだが、クリスマスの日には彼女はその電話について何の予告もしなかったし、今後もいつかけるかという約束はできないとはっきり言っていた。それでも考えてみると自分の人生を満たすだけの精神的な満足感は得ていた。絶望的な惰性に代わって欲望への夢想が頭をもたげ、無関心の代わりに積極的かつ止めどない期待が湧き起こってくる。もちろん満足しているばかりではない。これほどまでに自分の心を惑わせた当の本人の姿をまだ目にしていないという事実は絶えず頭の中にあったし、また姿を見られたくないということの裏に仄《ほの》見える何やら危なげな背景の存在も無視するわけにはいかなかった。そういうわけで、単調な彼の生活は一変し、強烈な心の葛藤に苦しむこととなった。

ところが次の電話ではネーラの優しい言葉と以前には見られなかった豊かな表現にエドマンドはすっかり魅了され、心の葛藤もいくぶん和らぎ、彼にとって電話はよりいっそうの至福をもたらしてくれる器具となった。浮浪者にとっての無料食堂《スープ・キッチン》、麻薬中毒者にとっての注射器と同じだ。慣例や自制という最初の壁さえ突破すれば、電話というものに親しむことは驚くほど簡単だった。それも、極めて親密に……

しぜん仕事は遅くなる。エドマンドに翻訳を依頼していた人びとは徐々に苦情を訴え始めた。ある一件では、遅延に加えて出来栄えの悪さも指摘された――この事態は本当にまずい。というのも、翻訳の質まで入念にチェックできる出版社や編集者はごく少数だということをエドマンド本人も承知していたからだ。その苦情の背景には、恐らく何か別の、曰く言いがたい不評も蟠《わだかま》っていることだろう。また、買い物にかける金額や時間もずいぶん減ってきた。以前は味覚への繊細かつ広範囲にわたる欲求を満たすためにあれこれ心を砕いたものだ。それが最近はパンとじゃがいも、それにまったく味気のない、いわゆる「ランチョン・ミート」と称するハムやソーセージの類、これは近所の店に行くとアリババの宝物よろしく頼めばいつでも出てくるのだが、そんなものだけを口にするようになった。

ネーラからの電話は次にいつかかって来るのか、これは常に測り難かった。二十四時間いつでもその可能性があったが、特に宵の口と早朝が彼女の好みの時間帯のようだ。エドマンドは朝から晩まで待機して、仕事も食事もままならない。夕方六時とか七時にかかって来てひとしきり話した後など、それまで無為に過ごした時間を思うと神経にどっと疲れが出て、もう元気も湧かないし物ごとに集中もできなくなる。次はいつかかって来るのかと考え出すと、それがまったく不確実であるがゆえに、こうした症状がさらに悪化するのは言うまでもない。長年にわたって不眠症に悩まされてきたが、ここに至ってついに一睡もできなくなってしまった。朝の三時や四時に電話のベルが鳴ったとしてもすでに目は冴えて神経が張りつめているので、ただむっくりと起き上がって受話器を取る。そのさまはまだ阿片中毒者がパイプに向かうのにも似て、このままだと廃人になりかねないと心の中では危惧していた。

小さなことで気がかりがひとつ、それは電話機のコードが短いことだった。テディは世の女性一般とは違って電話機をベッドの脇に置かず、アトリエの一方の端、大きな北窓の真下の、必然的に床すれすれの低い場所に置いていた。電話機を置くのにはもっとも不適な場所だ。すでに電話の虜になっているエドマンドは早くもそのことに着目した。テディの絵がそこかしこに飾ってあるのでおいそれとベッドも動かせない。

ある時ネーラはもっと長いコードに替えるようにすすめた。

「きっと交換なんて無理だと思うよ」

「私は何年も前に長いのにしてもらったわ。あなたもためしてご覧なさいよ」

だがエドマンドは何もしなかった。コード交換のため業者がアトリエに来ている間にネーラから電話がかかって来たらどうしよう、奇妙ではあるが自分にとって無くてはならないこの会話を盗み聞きされ、後でいろいろ穿鑿《せんさく》されはしまいかと気を揉んだのがひとつの理由だ。あるいは、コードを取り付ける間は回線が一時不通になる、運悪くそこに電話がかかってきたら会話の機会さえ逸する。これは更にまずい。もし一本でもネーラからの電話を逃せばもう二度とかかって来なくなるのではないか、その可能性にエドマンドは四六時中怯えていた。

だが、こういう心配を抱えていることを知られるわけにはいかなかった。彼女からの電話を何時間も、それこそ昼夜を分かたず待っていることすら悟られないように装った。今までいつも電話に出られたのは偶然の産物に過ぎないと思わせようとしたのだ。彼は常に待機していたものの、電話の間隔は不定期で、客観的にみて決して頻繁とも言えなかった。だからこそこの小さな黒い器具に傅《かしず》いていることをどうしても知られたくなかったのだ。肝心な情報を隠し続けるネーラに対抗して、自由に振る舞っているという芝居をエドマンドは演じ続けた。

二月も終わりに近づいたある日を境に、「クロム鍍金《メッキ》株式会社」あての間違い電話がかかって来るようになった。どういうわけか、一日に数回（十二回から十五回に及ぶ日もある）電話のベルが鳴り、受話器を取ってみるとそのほとんどが右の会社あてだ。食べたくもない例の食糧の調達に思い切って出かけた時など、しばしばアトリエに戻る途中、階段の下で電話のベルの音を聞く。アトリエは建物の五階にあり、階下も住宅になっているが、もしそれ以上高い階にあったらここに越しては来なかった。エドマンドは高所恐怖症なのだ。ともあれ、ベルを聞いて石の階段を駆け上がる。栄養不良の体に鞭打つような行為よりもむしろ戦々兢々とした神経の疲れから心臓が高鳴り、北窓の下の床に倒れこんで受話器を取ってみるとそれは例の会社あての電話で、違う場所にかかったことで相手も不機嫌な口調だったりする。これら無数の見知らぬ人びとが指定してくるのはきまって内線二八一番だった。この内線番号が特に多忙なのだろうとは思ったが、その会社が多くの部署を持つ大会社であることは彼も知っており、一連の間違い電話が（と言っても内線二八一番あてだけだが）業務時間後も、時にはひと晩中でも鳴り続けるという事実がそれを裏付けていた。

ひっきりなしにかかる「間違い電話」のせいで、万事受け身のエドマンドもさすがに動かざるを得なくなった。何週間か様子を見た後、電話局の責任者に少々強い文言の手紙を出したが、十日後に謝罪の返信が来た。慎重に選ばれた活字をもちいて印刷され、末尾に手書きの追伸が添えてある。判読し難いがどうやら彼の苦情は受理されて、現在「調査中」らしい。間違い電話は相変わらず続いた。こうして電話との関わりが一歩踏み込んだものになっている間、肝心のネーラからの電話が徐々に、しかし確実に少なくなっていると いう事実にエドマンドは気づかないでいた。ある朝ふと窓外を見やるとプラタナスの木が芽吹いている。それを見て初めて、電話のベルはしょっちゅう鳴るけれども、もう一週間もネーラからの連絡が途絶えていることに思い当たった。途端に電話への集中力が高まり、あらたな緊張の裡にその集中が続くこととなった。灰色の石から成るロンドンの街に春がさざなみのように打ち寄せるなか、エドマンドは内臓を抜かれた鶏よろしく、太いコードで繋がれて鎮座する黒い怪物《モンスター》の僕《しもべ》となって行った。

　ネーラに挑む機会は比較的すぐに訪れた。「間違い電話」はその日もひっきりなしにかかって来たが、その合間に一本、これは間違いではなく、十八世紀の英国について書かれたイタリア語の本はもう翻訳しなくていいという仕事のキャンセルの電話も来た。ネーラは夜の十一時二十五分きっかりにかけて来た。相変わらず魅力的なその声は、エドマンドの心に延々と広がる不毛の荒野にすっと立ち現われた。あのあからさまな彼女の言葉は、声こそ美しいけれどそれ以外に何の飾りもないのに、どうしてこうも自分の心を動かし、こうしてオデュッセイアの船乗り（セイレーンの歌声に心を奪われる。第十二歌）のそれのように変えてしまったのか、つらつら考えても分からない。彼はなげき、かつ懇願した。

　初めのうち彼女は怠慢を責められ窮状を訴えられても軽く受け流していた。電話をかけることが出来なかったと主張していたが、どうやらそうではなさそうだ。不自然で満足のいかないふたりの関係に彼女も業を煮やしていると見たエドマンドは、必死のあまり思わず口走った。

「君なしでは生きて行けないんだ」理由も言わずにどうしても距離を置こうとする彼女に対して、今までこの言葉だけは言うまいと踏ん張ってきたのだが、すでにぼろぼろになった自尊心はもう我慢の限界だった。

「あらまあ」と、彼女。「じゃあ、いよいよあなたに会いに行く時が来たようね」その口調は種子から若葉が芽吹くように嫋《たお》やかだった。

　以前に交わしたあのあやふやな口約束がとうとう果たされることになるとは予想もしなかった。今、自分はどんな顔をしているのか、エドマンドは部屋を見回したが、アトリエを去る当日テディが叩き割って処分してしまって以来、鏡はない。

「そうか」エドマンドは低い声で答えた。「いつでもいい。いつ来る？」

「すぐよ。待ってて。さよなら」

　それ以来ネーラからの電話は途絶えたが、電話自体はいよいよ奇妙な様相を呈し始めた。例の会社あての電話は相変わらずひっきりなしにかかって来る。だが、何とも説明しようのない怪電話がそれに混じり始めた。ネーラが来訪の日時を伝えてくるに違いないと信じ込んでいるので、エドマンドは電話を取りそこなうことに前にも増して恐怖を抱いている。ここに越してきた最初の一週間もそうだったが、万事に手つかずでいるので、何とか気力をふり絞って食糧だけでも玄関口まで届けてもらうよう手配しようとしたが、それもうまくいかなかった。なにしろ蓄えが底をつきつつあり、むろん他から工面する手立てなどあるはずもなく、近所の店につけで買い物しようとしても以前のようには取り合ってくれない。店員の誰かと懇意にしているわけでもなかったし、それどころか自分はどうも嫌悪の対象と見られている憾《うら》みさえある。折しもロンドンは時ならぬ熱波に襲われ、街じゅうの空気がどんよりと澱《よど》んでじめじめしていた。エドマンドは誰にも会わず、ほとんど何も口に入れず、何を期待するでもなかったが、その分いよいよ電話に奉仕する身となって行った。

　時々混じる怪電話というのはこうだ。エドマンドが受話器を取ると、恐ろしい剣幕で非難と呪詛の言葉が立て続けに飛んで来る。それが瀕死のうめき声や亡者の叫び声に聞こえる時もある。あるいは誰か知らない人が、怒鳴ったり詐欺まがいの甘言を一方的にまくし立てたりする。相手がかけた番号を確かめると、ことごとくこの番号で間違いないと言う。こちらから切るとたいていはもう一度かけ直して来て、脅迫したり泣き出したりする。そうかと思うとさまざまな雑音が入り混じって、注意して耳を澄ますと、半ば機械音だが、その他はほとんど意味のない空虚な音、笑い声もしばしば聞こえる。頭蓋骨を突き通すような大声が飛び出してきたことも一度あったが、一瞬静かになったと油断しているると、またわっとがなりたてられる。まるで巨大なポンプが大きな摩擦力に抵抗してピストン運動を全開させている、それを横で聞いているような感じだ。これは単なる雑音よりも恐ろしかった。

ある日、アトリエの呼び鈴が鳴った。ここ数週間で初めてのことだ。さては近所の店が考え直してくれたかと、エドマンドは扉を開けた。そこにいたのはトビーだった。前にも一度来たテディの男友達だ。

「まったく見違えたな、セント＝ジュード。その髭面《ひげづら》は……」

エドマンドが制止する暇もなく、トビーはアトリエに踏み込んで来た。

「着替えも済んでないのに、訪ねて来て悪かったな」

煙草をくれと言わんばかりにきょろきょろしている。

「テディはいつ帰って来るんだ？　連絡はあるのか？」と、慇懃無礼な口調でたたみかけてきた。

「どうやら連絡はあるようだ」トビーはベナレス・テーブルの上に堆《うずたか》く積もった航空便の封筒を手にした。

「何だよ、開けてもないのか」トビーはエドマンドを見つめた。トビーは窓際にいた。エドマンドは入り口付近に立って、トビーが出て行くのを待っていた。

そこに電話が鳴った。

トビーが受話器を取る。

「テイラー＝スミスのアトリエですが」

エドマンドは飢えた獣のようにトビーに飛びついた。

「何だ、この野郎――」

トビーの自由な方の腕が放物線を描き、殴るのではなく押しのけるようにして、エドマンドを床に倒した。

「セフトンって奴からだよ」トビーは受話器を差し出した。悪意はなさそうだが、部屋から出て行こうとはせず、テディの大型アームチェアに腰を下ろし、自分の煙草を探し始めた。

セフトンは言う。「変わりはないか？」

「もちろん」エドマンドは気を取り直して言った。

「君のところの電話だけど、どこかおかしいんじゃないか。ここ何日か、何度もかけたのに。局の管理責任者に言っとくよ」

「すまない」

「ま、いいさ。それはさて置き、ちょっと悪い知らせがある。クウィーニーが亡くなったことは知ってるか？」

「いや、知らなかった。いつの話だ？」

「僕も今聞いたばかりでね。ほら、例の別の友達だよ。何でも半年ほど前だそうだ。旦那さんと同じ病気だったんだろう。君と最後に会った、あの頃だな。妙な巡り合わせだよ。もし君が知らなかったらと思って電話したんだ」

「ありがとう」と、エドマンド。「彼女の電話番号、今の持ち主は誰かなんて、知らないかな？」

「知らないな」セフトンは答える。「気になるなら、交換手に訊いてやろうか？」

エドマンドが電話を切ってもトビーは動かなかった。

「まだ電話に問題があるのか？」風通しが悪い室内に紫煙を充満させつつ脚を組んで、「前に来た時もそうだったよな。覚えてるか？」

「どうしてそんな――」エドマンドが口を開く。

「セフトン君の話が聞こえたんだよ。俺は電話の扱いには慣れてる、君はまだまだだな」

エドマンドは次に電話がかかって来た場合に備えて身構えていた。

「機械は女と一緒で」トビーは続ける。「相手のことを分かってやらなきゃだめだ。理解してやれば最初から自分の思い通りになる。じゃなければ相手の言いなりだ。そうなると後は神頼みしかない」

「帰ってくれないか？」エドマンドは言った。

「帰るよ」と、トビー。「でもその前に管理責任者に電話してやるよ」そう言って立ち上がり、電話機のところへ戻ってダイヤル0《ゼロ》を回した。電話をふたたび取り上げられたのでエドマンドは気が気でない。何とか取り返したいがどうしていいか分からなかった。

「責任者を」

しばし間が空いたが、それもすぐだった。

トビーは番号を告げた。「この番号にかかりにくいって、苦情が多くてね。済まないが調べて、できるだけ早く結果を報告してくれないか？」

向こうの応対は明らかに好意的らしい。

「以上だ」トビーは電話を切りかけたが、エドマンドはそれを制止して、

「僕もひとこと言いたい」

「ちょっと待って」そう告げてトビーは受話器を手渡した。

「ひとりにしてもらえないか？」

「分かった。でもまた改めて来させてもらうよ。テディのことで話があるから、分かってるよな」トビーの視線は手紙の山に落ちていた。「俺だって彼女のことを愛してるんだよ、セント＝ジュード」そう言い残して部屋から出て行った。今回は扉も自分で閉めた。

「もしもし」と、エドマンド。

「何か苦情がおありですか？」と電話の向こうの声。待たされて苛立っているようだ。

「いや、そうじゃなくて、これから言う番号が誰の名義になっているか知りたい」エドマンドはセフトンから聞いた番号を伝えた。忘れようとしても忘れられない番号だ。

「そのようなご質問には答えかねますが」と、いったんは撥《は》ねつけられたものの、「少々お待ち下さい」との声。明らかにトビーの威光が利いている。

それからしばらく待たされた。

「その番号は使われておりません」

「でも、かけると誰か出るぞ」

「使われてない番号に応答がある、と？」

「あり得ることかな？」

「たぶん、幽霊か何かでしょうよ」電話はそこで切られてしまったので、その発言の真意は定かでない。恐らくトビーならこんな扱いは受けなかっただろう。

ところがそれ以来、電話はかかって来なくなった。かつてエドマンドが初めて交換手に苦情を言った直後と同じだ。アトリエは今や昼も夜も澱んだ熱気と静寂

に満たされており、絵の中の子供らはめいめい好き勝手に虚空を見つめている。電話もないが、蓄えも底をついた。ふと気づいたのだが、テディからの手紙も来なくなっている。静かな一週間が過ぎた。エドマンドは意を決して手紙の山の中から日付のもっとも新しいのを選び出して開封した。読んでみて、エドマンドははっとした。音信不通の状態があまりにも長いので、心配したテディは一時帰国するというのだ。医者からは口々に引きとめられたが、そんな忠告は無視して彼女はすでにニューメキシコ州のサナトリウムを発ったという。エドマンドは日付を確かめた。もういつここに戻って来てもおかしくない。

彼は馴染みのあの番号をダイヤルした。どのような形にしろ、何らかの決着をつけないわけにはいかない。受話器の向こうに発信音が聞こえたが、その音は遠くかそけく、長い長い廊下の奥で鳴っているような気がした。すると、発信音はまだわずかに聞こえているのに相手の声がした。

「とうとう来たわね、あなた」

「ネーラ！　今までどこに？」

「厄介な問題が生じたのよ。私たち、新しいチャンネルを見つけなきゃ」

「私たち、って？」エドマンドの耳には、まるで濃い霧に遮られたように、依然として遠くで小さく発信音が聞こえている。

「あなたがここに越して来てから、私、ずっとあなたに近づこうとしてたのよ。気づかなかった？」そう言って艶《なま》かしく笑った。「でも、やっと来れたわ！　もう電話は切っていいわよ」

彼女のこの言葉とともに発信音は鳴り止み、回線上は静かになった。

「切れた」

「あら、もう？」彼女は意に介さない。

「君はどこにいる？」

「この子たち、何て怖い顔してるのかしら。さあ、受話器を置いて。電話はもう切れたんでしょ」

エドマンドは受話器が腰の辺りに来るまでゆっくりと腕を下ろし、窓に背を押しつけた。「君はどこにいるんだ？」

「もう電話は切れたんだから、あなたが受話器を戻そうと戻すまいと、関係ないように思うけど」事態は最悪に近い。なぜなら、さっきから受話器を通して聞いていたのと変わらず、彼女の声は依然としてはっきり聞こえるからだ。魅力的な声ではあるが、交換台を挟んで聞くような効果がまだ残っている。エドマンドは受話器を落とした。床に落ちて大きな音がひびいた。

「いったい全体、君はどこにいるんだ？」

「私はここよ、あなた」声はいくぶん機械音めいて、どこから聞こえるものやら、場所は特定できない。

「あなた、私なしでは生きて行けないって、そう言ったわよね」

「僕には君が見えない」朝日を受けて、コーンフレークを目の前にした時のような顔で壁の子供たちが彼に向かって微笑んでいる。

「もう少し待って。でも、私なしでは生きて行けないって言ったわ」

「どういう意味だ」

「あなた、私なしでは生きて行けないって言ったでしょ」ネーラの口調は明らかに電話特有のもので、例えば交換手が「ご迷惑をおかけして済みません」「番号をどうぞ」などと繰り返す時のそれと何ら違いはなかった。

エドマンドは両手で目を覆った。

「もう私なしでなんて心配しなくてもいいのよ。まだ分からない？　ほら、振り向いてご覧なさい。あなたの肩越しに」

エドマンドは直立したまま身を硬くした。

「さあ、とにかく一度見て」

エドマンドはがたがた震えた。原因は飢えと孤独と、それに恐怖だ。

「見るのよ、さあ」人形劇の人形のような声。それが段々近づいて来る気がした。「あなたに近づくのがどれほど大変だったか、その苦労が分かれば――」

エドマンドは最後の意志の力を振り絞ろうとしている。

「さあ、こっちを向いて」

扉をトントンと叩く音。エドマンドは拳を握り締め、入り口へ走って行った。そして泣きながら扉を開けた。

「パン、持って来ました」

近所の店は彼のことをさすがに哀れに思ったのだった。

もろもろの悪い予感を抱きつつアトリエに戻って来たテディは、エドマンドが入院していてしかも容体が芳しくないことを知った。ともにはるばる大西洋を越えて来た真紅のスモックをすぐさま羽織って病院に見舞いに向かう途中、アトリエにメモを残して事情を知らせてくれたトビーも合流した。病院に行ってみると、エドマンドは信じられないほど痩せ細って、顔は死人のように褐色を呈していた。彼女が近づくといきなりその手をとって、「愛してるよ、ネーラ。許してくれ、ネーラ。頼む、お願いだ」と声を振り絞るようにうめいた。

テディは手を引っ込めた。看護婦がその様子をじっと見ている。

トビーはわけ知り顔で肩をすぼめ、「この名前、聞き覚えある？」

「少しね」と、テディ。だがすぐに話題を変えた。

エドマンドはそれ以上何も言わなかったが、どんよりとした目をしてぜいぜい喘《あえ》いでいる。

「テイラー＝スミスさん、今日はもうこの辺で。ご自身のお体にも障りますから」トビーがあらかじめ看護婦に耳うちしていたに違いない。

「彼、まるで詩人みたい」テディは言った。「よくなるかしら？」

「もちろん私どもは、できる限りのことはいたします」

「トビー、それは違うわ。ありえない。彼女、絵なんて描けないはず。まして私と同じようになんて、とんでもない話よ」絵の子供はみな穏やかに微笑んでいる。トビーはテディの絵の巧拙などにもとより関心はなかった。

「ありえない、ってことはないと思うが。特に、セント＝ジュードのような奴にかぎって」

「でもね、それだけはありえないわよ」彼女はしばし考えて、「いいわ、トビー。私の言うことをそんなに疑うなら、紹介してあげる」

「いいよ。俺はただ、君が大きな間違いを犯すのを黙って見過ごせないだけだ」

「彼女、夕方には家にいるはず」

　同じロンドン市内のネーラ・コンダミンのアパートに向かう途中、トビーはテディに腕をまわして自分の方に抱き寄せた。

「彼女が寂しがっていたことは、私ももちろん知ってるわよ」

「着いたぞ」

「時間なんてお構いなしに私に電話して来たわ。それに、電話ちょうだいっていつも言ってた。仕事場によ。番号はたしか――そう、内線二八一番」

「で、今度はセント＝ジュードが餌食になったってことか。それにしても、あんなに電話を怖がる奴は見たことないよ」

テディは身をよじらせてトビーの腕を振り払った。

「とにかく紹介するわ。あなたも病院で見たでしょ。何とかやめさせないと」

「あれ何？　床の上」

　ふたりはしばらく薄暗い廊下に立って、玄関扉の小さな真鍮製ノッカーを鳴らしあぐねていた。道化師の首をかたどった代物だ。

「電話帳だな」と、トビー。「AからDの巻か。彼女の名前はCで始まるからこれに載ってるはずだ。七月発行だって」

ふたりは顔を見合わせた。

「どこの家にも配られるよ。不在の場合は玄関先に置いて行くんだ」

テディは郵便受けの蓋を上げた。

「トビー！」彼女は男の腕にしがみついた。

トビーは扉に向かって身構えた。「いいかい？」

テディは咳き込んでいたが、力強く頷いた。

扉も鍵も安物で簡単に壊れた。トビーはほどなく中に入って行った。締め切った赤紫色のカーテンを透かして陽の光が淡く靄《もや》のように室内を照らしている。電気をつけた方が手っ取り早そうだ。

明るみに出た室内の様子は酸鼻をきわめた。ぼろぼろに朽ちかけた薄桃色の繻子のパジャマをまとい、絵の教科書に載っていそうではあるがどこか煽情的な裸婦のポーズをとった老コンダミン嬢が長椅子に横たわっている。腐敗が進んではいるが見目よい原形をとどめた手にはパン切りナイフ、このナイフをもちいて電話機をコードから切り離そうとしているのは誰の目にも明らかだったが、いったい何の為か。だが、その異常に長い電話のコードが、首から踝《くるぶし》まで、彼女の体に幾重にも固く巻きついていた。

虎
The Tiger

A・E・コッパード
吉野美恵子訳

幻想小説を集めた代表的な自選短篇集 *Fearful Pleasures*（一九四六）の序文で、コッパードはいきなりこう書き始めている。「私は超自然というものをこれっぽっちも信じていない」

これがコッパードの最大の美質なのだろう。屈託なく幻想と戯れることで、コッパードの作品にはいつも澄みきった明るさがただよっている。たとえどんなに怖い物語を書いたところで、そこには澱みがない。

1

いよいよ虎の登場だ。何カ月も前からさかんな噂の的になっていたもの、なかば伝説的な猛獣が、二十マイル離れた波止場に来ている。ヤク・ペダセンがそいつをつれにゆき、バーナビー・ウルフの見世物動物園は充分に成長したインド虎の加入により、その並ぶものなきコレクションを完成させようとしている。言語に絶する獰猛さ、密林で最近捕まったばかりのやつ、これが初の一般公開とかなんとか。たまたまどれも本当だった。前の日から、デンマーク男ペダセンと下働きの数人の手で、真新しい四頭立ての檻形荷馬車が用意され、血の海に立つ、だれ知らぬ者のない伝説の虎どもを描いたり彫ったりしたその車が――格子まで金ぴかに塗られて――この無敵の獣を新しい主人のもとへ運ぶことになっていた。ショーに虎が登場するまで永らくお待たせしたけれど、ついに美が、どこからどう見てもまぎれもない恐怖が、ショーにくわわることになったのだ。とはいっても、バーナビー・ウルフによって申し立てられることの全部が全部、真実のすべてにして真実のみであると考えてはいけない。興行師というのは、そんな心がけとは無縁の人種なのだから。

ヤク・ペダセンは動物園の調教師で親方だった。長身で金髪、骨ばった体つき、年は三十五ぐらい、自身が放埒な荒い気性の持ち主で、禿げ頭の男にかぎってよくたくわえたりする特別豊かな口ひげ。そう、禿げ頭で、節度がなく、好色で、際限もなくふかすキューバ煙草がいつもその口ひげに大火事を引き起こしそうに見える。コサックのマリーは彼のことが大嫌いだが、その彼女に、ヤクは心底からの猛烈な恋情をかたむけているのだ。なぜコサックのマリーと呼ばれているのか、だれも知らない。彼女はキャニング・タウンの出身だ――それはだれでも知っていることだし、彼女の本名はファスコータ、ミセス・ファスコータ、ショーの設置と大道具と大工仕事一切を取り仕切るジミー・ファスコータの妻である。ジミーが見た目はどうということもなく、実際いたって小柄ときているので、たとえばの話、欲しければその相手がたとえポーランド国王でもほとんどただで手に入れられたはずのマリーが、ジミーという男のどこに惚れたのか、これはだれしも不思議に思わずにはいられないだろう。それでもジミーはショーを支える大黒柱だった。だから、あいつさえもだ、フロックコートにシルクハットのあの若い伊達男だが、アリーナ入口の露台で気取り歩きをしながら、世界の恐怖七不思議を誘惑者の魅力たっぷりに語り、たいがい人にその気がなくてもこんな大ぼら吹いてなかに誘いこんでしまう、もちろん七つ全部見られるともさ、なかにはいりゃ見られるぞ、いますぐ見られるぞ、見なきゃ損だよ、いらはいいらはい――あいつさえも、テントをたたみショーをおしまいにするときがくればジミー・ファスコータの命令に従うのだった。もっとも、あいつの持ち場の移動には、一時的とはいえ変化が、服装と言葉づかいにおけるたまげた変化がともなうのだが。マリーは淑女ではないけれど、とにかくペダセンにぴったりの女というわけではなかった。彼女は職工長か若い兵隊かと思うような言葉で人をののしるし、酔っぱらうとやたらなれなれしくなる。神のお力で彼女は美しく、同じくその恵みぶかいお力により、彼女は貞節だった。彼女の夫はそれを知っていたし、親方ペダセンの恋情についてもすべて知っていたものの、まるで気にかけていなかった。たしかにマリーはライオンの檻で芸当を見せていた。飼いならされてひからびた哀れなよぼよぼの獣に鞭をふるって、輪くぐりとか棒跳びとかその他、幼稚園の遊戯めいたことをやらせていたわけだが、しかし仕方ないだろう、人間だれしも生きていかねばならないし、マリーはそうやって生きてきたのだ。ペダセンはしょっちゅう彼女に言い寄っていた。ときには彼も愛想がよくて親切なこともあったが、不首尾続きでうんざりしてくると残酷で冷笑的になり、その当てこすりにふくまれる毒はマリーを苦しめていたことだろう、もしも彼女が鈍感でなければ、あるいは気にしていられないほどに深傷《ふかで》を負っていたということでなければだが。彼が恋い慕おうと辛辣だろうと、マリーはいつも笑みを絶やさずに如才なく彼をしりぞけていた。

「こんちくしょう！」と彼はうめき声で言うのだった。「つれない女だよ、マリーのやつめ。おれはどうすりゃいい？　彼女に生きたまま焼かれて、スカーイェラク海峡でもおれを冷やすことはできないくらいだ、海峡の水全部をもってしても。ちくしょう！　どうすりゃいいんだよ？　いつか彼女の目をぶん殴ってやるぞ、そうとも、目だ」

このとおり、この男は本気で彼女を恋していたというわけだ。

ペダセンが波止場からもどると、囚われの獣ごと荷馬車はアリーナの空いた一隅に引いてゆかれ、檻の前面の板戸が格子から引き落とされた。すばらしい虎が、その姿を明かした。そいつが一跳ねしてうずくまる姿勢になるとともに、いきなり白日のもとに明らかにされたそのぞっとするような美しさ、そのなめらかな狐色の毛、漆黒の縞模様、雪白の足と腹。少し酒がはいっていたデンマーク男は一声叫んで檻の格子を鞭でたたいた。虎はひるむでもなく、ただ、この世の敵意と獰猛さをすべて目に集め、誇りと冷たい威厳をもって、その顔のとてつもない残忍さをひときわ印象づけるかに見えた。体は動かさないが、密林の下生えのあいだを走る野火のようにひそやかに、体の陰で尾が徐々にこわばりだし、背筋にそって恐ろしい針のように毛が逆立った。ありうることとも思えぬほどほんのわずかだけ唇がふくらみ、虎は悪意に満ちたそのすばらしい目をひたとペダセンにすえた。見世物小屋で働く連中はみな静まりかえり、ペダセンさえもぎょっとした。虎に向かって何度かどなったりののしったりしたが、虎は軽蔑の色のようなものを、それと何か寒けをもよおす不吉なものを目に映して彼をにらんだまま、まじろぎもしない。ペダセンは先のとがった突き棒を格子の隙間からつっこみだしたが、そのとき人垣から出てくる者がいた。それは年寄りの黒人で、こぶになった背中、白い顎ひげ、赤いトルコ帽に淡黄色の木綿の長い上着と青いズボンという格好をしていた。老人は突き棒に両手をかけて非難するように首を振ったが、そのあいだずっと笑顔だった。何も言わなかったが、それは何も言えなかったからだ――彼は口のきけない身だった。

「ほっとけ、ヤク、虎のことはほっとけ、ヤク！」バーナビー・ウルフがどなった。「こいつは何だ？」

ペダセンはなにやら不本意そうに檻から向きなおって言った。「こいつは獣についてきたのさ」

「ほう？」バーナビーが言った。「じゃったら出ていけ。うぢには黒いやつはいらん」

「こいつはしゃべれない――舌がない――消えちまったのさ」

「舌がないだと！　じゃったら仕事をやめさせられたのか？」

「そんなとこだろうよ」調教師は答えた。「飼育係が二人ついてきたんだ、一人は白人だが、ある晩、船から転落してそれっきり見つからない。こいつが餌をやって面倒を見てる。こいつのことは何にもわからん、なにしろ口がきけないし、外国のやつだから一言もわからない。証明書のたぐいは何も持ってないし、金もない、名前もない、行く当てもないときてる。なにしろ口がきけない、だから何にも持ってない、フロート一本しか持ってない。船長が、こいつをつれてってくれと言ったんだ。仕事を見つけてやれ、ちゃんとやりそうだからと」

「何しか持ってないって？」

「フロート」ペダセンは指と唇でもってフルート吹きの動作をまねてみせた。

「おお、おお、ヴルートか！　いや、いまのところショーにヴルートはいらん。それにうちの虎はうちの連中が食わせりゃいいのさ、そうだろ、ヤク？」そして、脂っこいが情味たっぷりのミスター・ウルフ——そりゃそうだろう、なにしろ彼はみごとにまるまると肥えて、髪は繻子のよう、値の張る服を着て、宝石をじゃらじゃらつけているような男だから——は、最初は思惟の笑みを浮かべ、それから同情の目つきで、笑顔をひっこめ体の前にかしこまって手を組んでいる老黒人を上から下まで見まわした。ミスター・ウルフは日ごろから人使いが荒く、こき使われる従業員が声をかけたりしようものなら、ふだんは命令と、ジャガイモ同様の重要さしかないものに相手を格下げしてしまう呪い言葉を浴びせかけて、そいつを酷使される羊の顔つきにさせてしまうのだ。しかし今日は、ミスター・ウルフは親しみやすくて穏やかだった。彼は葉巻を口から抜き取り、灰色の煙を大量にもくもくと吐いた。

「まあよし、一、二日ばかりこいつの面倒を見てやれ」すると若造の一人が、まるで馬を引くように、こぶのある背をした男をひっぱっていった。「来い、ポンプーン」と若造が叫び、そのときから名無しの黒人はその名前で呼ばれることになった。

その日一日じゅう虎はショーの大評判の呼び物となり、檻にかかげられたその獰猛さを示す経歴はペダセンが格子の前に姿を見せるたびに、スリル満点の確証を得たのだった。憎悪の極度の集中はあまりにも激しく、おかげで子供たちは泣き叫び、女たちは震え、男たちでさえ驚き恐れて息をのむほどだった。一日が終わるころ、獣たちに餌があたえられる。大きな塊りにたたき切られた血のにじむ肉が檻の底にさしこまれると、飢えた餌食がとびつき、恍惚としてうなる。だが食うか食わぬかのうちに、それぞれの檻の正面の仕切戸が引き開けられ、そして、檻の奥まったところにひそむ同居の獣が、食欲を満たしてから眠りにつくのだ。見物の衆が帰ってしまうと、照明が消され、アリーナの扉が閉ざされる。外の闇のなかに見てとれるのは、彩色した高い柱を支えとし、縞の粗布で屋根をかけて小旗で飾ったアリーナの、まるみを帯びた大きな長円形のシルエットだけだ。大競技場《コリシアム》のこの極小版の向こうには、ずらりと並ぶ馬車、テント、石油ランプの光、夕食の煮炊きをしているバケツの炎。ショーで働く連中があちこちに寄り集まってすわり、あるいはそこらをぶらつきながら、しゃべったり大きな声で笑ったり、そこへ歌声までまじる。そっと草地を歩いていくポンプーンの姿を目にとめた者はいなかった。口がきけない不運と異国の生まれ、その二つによって二重に孤独地獄につながれた、よるべのない男は、腹がへっていた。その日は朝から何も食べていなかったのだ。それはここの連中の言葉を理解できないのと同じくらい、彼にはわけのわからないことだった。アリーナにもっとも近い、いちばん端の馬車で、静かに歌う女の声が聞こえた。彼はふところからピカピカの金管を取り出したが、歌声がやむまで静かに待っていた。それから、そのメロディーをフルートで実に正確に美しくなぞった。コサックのマリーが緑の絹のタイツに、金色の房飾りのついた長い黒のブーツを履いた姿で戸口に出てきた。その黒いビロードのぴったりした上着《ダブレット》には金色のボタンがいくつもついていた。彼女は大きくてきれいな体つきの女で、黒い髪にすばらしい目鼻立ちをした顔は健康そうに日焼けしていた。左右の耳に二枚ずつの金貨が彼女の動きにつれてチリンチリンと鳴りキラキラ光った。ポンプーンは哀願するように口を大きくあけると、腹に手をあてて、目玉を思いっきりぐるぐるまわしてみせ、そこでミセス・ファスコータは幼い娘のソフィーにスープとジャガイモを入れたボウルを持っていかせた。ソフィーは半分裸のようなもので、裸足のうえに赤いペチコート。黒人がスプーン無しでせいぜいうまく飲んだり、ぽたぽたこぼしたりしているのを、鶏の骨をしゃぶりながらにこにこして見ていた。ソフィーが声を張りあげる。「ほら、この人ったらボウルまで全部食べちゃうよ、母ちゃん!」母親は機嫌よく、「だったらここにある残りものも持っててておやり」と言いつけた。子供はそうしながら途中でときどき立ちどまり、老人が満足そうに目玉をまわすのを見てキャーキャー笑った。あとでジミー・ファスコータが布袋を二枚ばかり見つけてきてやり、ポンプーンは一家の馬車の下でそれを敷いて寝た。老人が最後に見たものは石油ランプをさげたペダセンの姿で、アリーナの小さなドアの鍵を開けてなかにはいり、バタンとドアを閉めるところだった。ほどなく明かりが消えた。

2

一週間して見世物興行の一座は移動し、ポンプーンも一緒についていった。彼にとってはちょっとした幸運だったが、鳥の世話をしているミセス・カヴァノーがロバに腹を蹴られて、病院に残していかれることになったのだ。どうも鳥の言葉がわかるらしいポンプーンに、インコ科のパラキートやボタンインコやその他、緑の苔のような頭にピンクの胸をして、尾羽をゆったりたらしたケツァールや、淡黄色の胸毛と肉切り包丁のようなくちばしのオオハシをふくめて、極彩色の鳥の世話がまかされた。

一座は常に転々と移り歩いていた。小屋をかけたりたたんだりするのは肝心の見世物よりもさらに面白い見ものだ。ジミー・ファスコータの監督のもと、フロックコートの若い男が力仕事にわれを忘れるなかで、半裸のたくましい男たちが一時しのぎの骨組みにわらわらと取りつき、柱や厚板、床板、ロープ、屋根、足場を取りはずす、ボルトや横木を引っこ抜く、目のくらむ高さの狭い板の上を歩く、仲間同士が毒づく、ものすごい荷をかついでよろめき歩く、大量の汗に濡れてアザラシのようになる、信じがたいことに一切合財すべてを荷造りし片づける、旗を巻いて収める、そしてすっかり汚れた天幕を筒に巻くと、さあ、これでよし！　二十マイル先の市場町へと出発だ。

秋には、一年を通して最大の稼ぎどきだが、祭りが開かれる北の大きな町に着くことになっており、そのころには新登場の虎の芸当と命知らずの猛獣使いが大評判を取っているはずと、ミスター・ウルフは皮算用をしていたのだった。ところが、どうしたことかペダセンがそれについてはいっこうに上達していないのだ。一週間二週間と時が過ぎてもなお、小火器や熱した鉄棒といった頼もしい助力があるにもかかわらず虎の檻にはじめてはいるのを先延ばしにするばかり、おかげで虎降伏の見込みはますます遠のくようだった。咆哮や歯ぎしりではなく、じっとしたままでこでも動こうとしない姿勢と、飛び出した爪のかすかな湾曲に虎の憎悪が現われていた。まるで、ペダセンをありうるかぎりもっとも奥底の知れない刺激として、流血への欲求を想像する力が虎にはそなわっているかのように。一週間二週間と時が過ぎ、一座の連中は、ペダセンが、われらのペダセンが、第一人者が、大胆不敵な猛獣使いが、好敵手に出会ったのだということに気づきはじめた。連中はその獣を自慢した。ヤクの禿げ頭を虎は嫌っているのだという説もあったけれど、そうではなくて彼の口ひげだとマリーは断言した。たとえ一ポンドの重さの金《きん》と引換えでも手ばなすつもりはない逸品ちゅうの逸品、たっぷり毛の生えた家具——と、ご本人が称しているあの口ひげ。とにかく何であったにせよ——禿げた脳天か、口ひげか、何もかも全部ひっくるめてペダセンその人か——虎は不思議なほどそれを嫌がって強烈な嫌悪を隠そうともせず、一方、運の悪い調教師は、コサックのマリーに関してそうだったのと同じ程度しか、獣に関しても成功をおさめられずにいるのだった。もっとも、マリーの彼にたいするあしらいにはすくなくとも上機嫌なところがあったのだが、獣の態度には恐ろしいくらいにそれが欠けていた。長いあいだ、ペダセンはすべてを背中にこぶを負う男のせいにしていたものだ。どうにかして彼から虎の敵意の秘密を訊き出してやろうと、檻の前で大きな手ぶり身ぶりをまじえながらやってみたものの、いかんせん両者の疎通をさまたげる高い壁は越えがたく、いくらやっきになって説明をこころみてもポンプーンは悲しげに首を振り、大きな目玉をぐるぐるさせるばかり、そしてとうとうデンマーク男がうんざりして言葉も荒く彼を追い払い、ふと振り返ると、虎と目がぶつかるのだった。漆黒の無情な縞のある、ほの暗いなめらかな皮をした虎の、さらに十倍も高まる敵意を宿してこちらをにらみすえる目。檻の金ぴかの格子のあいだから、とがった突き棒であいつを突き刺してやりたい、真っ赤に焼けた鉄棒で急所に風穴をあけてやりたいと、憤怒にまみれた無力感のなかでどんなに願ったことか。こうしたケースで、まず飢餓と、次に豊富な餌と関連づけられる昔ながらの対処法はことごとくむだな骨折りだとわかった。いつも檻の正面の板戸を夜間ずっと開けたままにしておけば、間近に接することがプラスに働き、獣とのあいだに仕事上の申し合せとでもいったものを確立できるのではないかとも考えた。ペダセンは檻のすぐ外のベンチで眠ろうとしてみたのだったが、獣への恐怖に刺し貫かれて身をそむけずにはいられない。それでもなお強烈な敵意が後ろから頭を突き刺し、彼はどこか虎の目の届かぬところにベンチを探すしかなかった。

その間に、マリーの嘲りはもはや隠しようもなくなり——それどころか露骨にさえなり——彼女とデンマーク男のあいだの古い恋の駆け引きには、いまやそれぞれの勇気にかかわる新たな競い合いがくわわっていた。それというのも、ヤク・ペダセンがあの虎を屈服させることができないなら、そのときはコサックのマリーがそれをやってのけるだろうと、おおっぴらに取沙汰されるわけではないものの、そうみなされるようになってきていたからだ。この状況が日一日と明確になるにつれ、ペダセンの恋情は警戒心と憎しみに変わった。微笑するマリーを見る目が、彼を見る虎の目とそっくりになりだした。

「こんちくしょう！　あんな女は雷が落ちて、こんがり焼けた魚みたいに焼け焦げてしまえばいいんだ！」

だが、まもなくこうした気分は不安に取って代わられた。彼は卑屈にさえなってきた。それから、不思議なことに、マリーの感情に部分的な変化のようなものが起こったのだ。ペダセンを降参させる、負かすチャンスありと見て鼻を高くしたが、おそらくそれは大きな代価をともなうだろう――マリー自身にとって大きすぎる代価を。今度は彼女が必死になってポンプーンの頼りない理解力に働きかける番だったが、その結果、彼があの虎はまったく飼いならすことができないばかりか、神秘的な脅威に満ちていると信じていることがうすうすわかってきた。彼女はあのデンマーク男が恐れておかそうとしない危険をおかさないかぎり、彼に勝つことはできないのだ。そうなると、とてつもなく危険なことだと、それがわかってくるとともに彼女のなかでヤクにたいする一抹の同情心が働きはじめた。なんのかの言っても、二人は同じ運命にあるのではないのか？　だが、同情すればするほどますます彼女は嘲るのだった。どうにかして決着をつけるほかにないのだ。

一方ではバーナビー・ウルフが秋の一大ショーのための大見出しをねらっているから、ことの不首尾はバーナビーとの不愉快な話し合いを意味することになるだろう。話し合いの最後に、バーナビーはおそらくヤク・ペダセンを猛獣ショーから放り出す。いや、ミスター・ウルフがそんな提案をするような粗野な人物だというわけではない。彼も困難さは察しているものの、ペダセンにはプライドがあるからだれにも打ち明けはしないだろう。あの虎はまだ新入りなのだと、ミスター・ウルフは広く主張する。ヤクは用心するべきだ、慎重に取り組むことだ。ミスター・ウルフの口ぶりだと、これはまるで檻を白く上塗りする程度の問題にすぎないかのようだ。不慮の事態などおくびにも出さないけれど、それでもやはり手に負えない新しい虎がいて、猛獣使いのヤク・ペダセンがいるというわけだ――まだいまのところは。

3

ある日、見世物動物園は開園しなかった。興行契約が終了し、ジミー・ファスコータは新たに会場として使える土地の手配をするために別の町へ出かけていた。一座の連中はキャンプ地のあたりで骨休めをしたり、あるいは市場で買物をしたり飲んで浮かれ騒いだりするのを楽しみに町に繰り出したりしていた。ミセス・ファスコータは精一杯めかしたてて一人で馬車のなかにいた。これから町へ出かけようとしていたのだが、そこへ突然ペダセンが無言ではいってきて、腰をおろした。

「マリー」しばらくして彼が言いだした。「あの虎のことはあきらめる。あいつはな、おれをまじないで縛るんだ。催眠術みたいなもんだ」彼は完全に打ちひしがれて両手を膝に落とした。マリーは何も言わず、そこで彼が訊いた。「どう思う、おまえ?」

彼女はひょいと肩をすくめ、茶色い両腕を張って手を腰にあてた。黒い繻子の外套をはおり、とびきり大きな帽子に真紅の鳥の羽を飾って、その姿はまったく堂々たるものだった。

「あんたが虎を信頼できないようだったら」と彼女は言った。「だれができるというのさ?」

「自分を信頼してないんだ、おれは。恥ずかしいこったよ! とにかくあの虎にはまいった、あいつをなびかせる力がおれにはないんだ。残念だったらないぜ、ほんとに残念だ、なあ? 恥ずかしいこった、けど、おれはあいつを負かせない!」彼は激して言い立てた。

「バーナビーは何だって?」

「知るかい、ミスター・ウルフは自分の好きなように考えりゃいいのさ! 勝手にしやがれ、ウルフのやつなんぞ! けど、おれはどうなのかと考えると……おお!」意気消沈のあまり口もきけなくて、しばし沈黙した。「そうさ、みじめなもんさ、ほんとのところ自分が恥ずかしくてたまらねえ、マリー。おまえだってそうだろ、そうさ、おれのことをそう思ってんだろ！」

　彼の声の響きにはほとんど彼女をうろたえさせるものがあった——やだ、こいつったら泣きそうになってる！　たちまち彼女はほろりとして哀れに思い、そして強がりを言った。

「強情な獣はあたしにまかせておきな、ヤク。いったいどうなっちゃったのさ、あんた？　神よご慈悲を、あいつはあたしがやっつけてやる！」

　だがデンマーク男は落ちるところまで落ちこんでいたのだ。敗北を認めるのはいいけれど、彼女のおかげであまりにも敗北の範囲が広がりすぎるのは嬉しくないことだった。

「いや、いや、そりゃおまえはあいつに強いよ、マリー、しかし用心しなきゃいかん。あいつはただの虎じゃないんだ、あらゆるものを超えてやがる、邪悪なんだ——邪悪な心を持っていて、そこには一千匹もの悪魔が巣くってる。おまえがあいつに触れるなんて、とても見ちゃいられない、いや、いや、耐えられるもんか！」

「午後あたしがもどるまで待ってて——いいね、待っといで！」マリーはぎゅっと握った拳を振りあげて叫んだ。「神かけて、あいつをやっつけてやるからね、見ておいで！」

　ペダセンは急に彼女のびっくりするような魅力に気がついた。彼女をぐいと腕のなかに引き寄せた。「いや、いや、マリー！　めっそうな！　そんなことをさせられるもんかい」

「ああもう、お黙り！」いらついた命令口調でそう言うと、マリーは彼を押しのけて踏み段を飛びおり、一人で町へ行ってしまった。

　午後になっても彼女はもどらず、夕方になってもまだもどらなかった。キャンプ地が夜の戸締りをするころになっても彼女の姿はそこになかった。ソフィーは一人ぼっちにされてもまるで平気だった。ポンプーンが馬車の外にすわりこみ、その頭上で最後のランプの炎が弱々しく消えかけている。彼もいまは黄土色のビロードの外套を着ていた。年老いて賢者の風があり、倦みはしないが迷いはあるという様子でしきりに首を振っている。膝に置かれたフルートがきらめき、緑の絹のハンカチで彼が唇をぬぐっていると、赤いペチコート姿で裸足のソフィーがそっと後ろにまわってランプをはずし、彼を闇のなかにおいていった。そのあと彼も、ファスコータ夫婦が見つけてくれた使い古しのテントへと去った。

母親がもどってきたとき、キャンプ地はすでに闇のなかに寝静まり、彼女はぐでんぐでんに酔っていた。ヤク・ペダセンが彼女を捕らえた。ペダセンは彼女をアリーナにつれこみ、厳重にドアを閉ざした。

4

マリー・ファスコータは翌朝、真昼と見まがう明るさのなかで目をさました。アリーナの粗布の天幕の裂け目や破れ穴から降りかかる輝きが、目に美しく映った。外で聞こえる早起きの何人かの大きな声、そして周囲いたるところで檻の獣や鳥のキーキー騒ぐ声、ピーピーさえずる声、吼える声うなる声。彼女は大きなかたまりに束ねられた藁の上にデンマーク男と並びあって寝ていた。男に気づいたときには彼はすでに目をさましていて、面白そうな目つきで彼女をながめていた。

「ヤク・ペダセン！　あたし酔っぱらっていたの？」マリーは起きあがりながら、ぼうっとして、低いかすれた声で訊いた。「いったいどういうことよ、ヤク・ペダセン？　あたし酔っぱらってたかい？　夜じゅうずっとあたしはここにいたの？」

頭の下に両手を敷きこんだ彼は、たっぷりの口ひげに、鼻からも耳からもふんだんにのぞく毛、それらと不釣合いにつるっ禿げの黄ばんだ絶壁頭という、そのだらしない見苦しさをさらけ出して微笑していた。

「返事をしたらどうなのさ？」不運な女は叫んだ。

「これは何のゲームのつもりだい？　あたしのソフィーはどこにいるの、それとジミー——帰ってきているの、あの人？」

今度も彼は答えず、ただ彼女に手をのばして撫でようとした。その隙に、彼の顔をめがけて、マリーが両方の握り拳をたたきつけた。彼もやみくもにまっすぐ拳を突き出し、それから両者もがきつつ立ちあがると、彼女がめちゃくちゃに殴りかかるなか、彼はその豊かな髪の毛につかみかかった。一房の髪がこぼれ落ち、彼はそれをつかんだ。それこそマリーの泣きどころで、彼女は悲鳴をあげた。マリーはまれに見る女だ——ほとんどの男と互角にわたりあう——が、髪をつかまれたら最後、ひとたまりもなく相手の強い手に振りまわされてしまうのだった。口汚いののしり言葉を浴びせかけながらペダセンは金切り声で叫ぶ女を背後から引き寄せ、首に両手をまわし、力まかせにねじって体ごと床に投げ飛ばした。倒れこむときにマリーの手が占い鳥の小さな籠をつかんだ。男に向かってそれを投げつける。だが狙いはそれ、籠が柱に当たって空中に小鳥たちが飛び散った。

「マリー！　マリー！」ヤクは叫んだ。「話を聞け！　聞いてくれ！」

髪をなびかせ、一千の怒りの炎を目に燃やし、今度は斧を振りまわして荒れくるう女の前に、彼は後悔してみずから身を投げた。

「酔っぱらっていたんだ、あたしは！」彼女が金切り声を浴びせる。「それをいいことに、あたしをものにしたんだろ、ヤク・ペダセン？　酔っぱらっていたんだ！」

腕をあげて攻撃を防いだが、その衝撃の大きさ、痛みの激しさにこちらもまた怒りが爆発し、彼は女に躍りかかって目を思いっきりぶん殴った。彼女が膝からくずれ落ち、声も出せずにうずくまったまま、ざんばらの髪が網のように垂れかかる、血の流れる顔を両手で押さえている。その哀れな姿を見ているとふたたびデンマーク男は悲嘆に圧倒されて、彼女の上にかがみこみながら哀訴した。「マリー、愛しいおまえ、マリー！　聞いてくれ！　そりゃちがうんだ！　神に誓って、善良な女よ、そりゃちがう、そんなことがあるもんか！　神に誓って！」激して気もくるわんばかり。「神に誓って！」突然彼は言葉を切ってハッと息をのんだ。二人は虎の檻の前にいて、ペダセンはその恐ろしい凝視に射すくめられたようになっていた。虎はその獣皮から逆立った毛の一本一本にいたるまで憎悪のかたまりと化し、白熱光を発するかに見える敵意を目に映してそこに立っていた。石化したようにじっとしたまま様子を見ていたマリーが、そろそろとデンマーク男から離れだす、ひそやかに、ひそやかに。突然、思いもよらない敏捷さで虎の檻の踏み段を駆けあがり、掛け金の金属棒を引き抜いて扉をさっと開けると、くるったような叫び声をあげて中に飛びこんだ。彼女がそうしたときには檻は早や空《から》だった。直後に、ペダセンが愚かにもしゃがみこむのが見えたと思うと、次の瞬間……。

姿の見えない獣たちが惨劇の発生を本能で知って、いっせいに騒ぎだし、吼えくるった。マリーの目も心も、その恐怖の光景にさらされた。指で耳に栓をして悲鳴を張りあげたが、その大混乱の狂騒のなかで彼女の声はただのウエハースのようなもの、溶けて消えてしまうものでしかなかった。だれかがアリーナの通用口のドアをたたき割る大きな音が聞こえてきたが、そのあと彼女は檻の床の上で気を失った。

ようやく掛け金が留め具からはずれ、簡易ドアが開かれて戸口にポンプーンが、老いたるポンプーンがただ一人、赤く燃えるランプと鉄の突き棒をかまえて現われた。彼が前に出て薄暗がりに踏み入ったとき、虎が、何かをくわえて引きずりながら、もとの檻に飛びこむのが見えた。

壁
The Wall

ウィリアム・サンソム
佐々木 徹訳

海外小説を読みだしたころ、レイ・ブラッドベリ編の*Timeless Stories for Today and Tomorrow*（一九五二）というアンソロジーに出会った。この名アンソロジーとの出会いが、わたしの趣味をある程度決定したような気がする。すでに言及したジョン・キア・クロスの「義眼」もそこで読んだ。そして、火事を題材にした奇妙な物語「目撃者」の作者である、ウィリアム・サンソムという作家の名前を憶えたのもそこだった。

その晩三つめの仕事にかかっていた時だった。

それまでは順調にきていた。榴散弾や、ご機嫌伺いに落ちてくる爆弾が少々、それに大きな火事がいくつかあった。しかし、これらは特別なものではなく――日付も時刻も形もなしに――空襲時の光景として、私の心の奥底にぼんやりと潜む、炎と騒音と水と夜からなるのっぺりした迷路の中に今ではないまぜに溶け込んでしまっている。

私たちは疲れ切って震えていたはずだ。午前三時はきつい時間だ。ホースの冷たい水が襟首から滴ってシャツの裾に溜まり、びしょ濡れになっていたと思う。真鍮製の重いホースの連結部は、間違いなく、金属製の氷から作られたような感じがした。ポンプの大きな振動音のおかげで頭上の敵機の不機嫌そうなブーンという音は掻き消されていたにちがいない。そして確かに、至る所にある炎の明かりのせいで、街路はオレンジ色の舞台装置のように浮かび上がっていた。そこ、ロンドンのシティ区の狭い道には黒い水溜りが出来ていたはずだ。私たちの手や顔もその水と同じような色をしていただろう。焼け焦げた柱を斧で除去する作業で黒くなったのだ。毎晩お決まりの、取るに足らない事柄だった。これらの出来事を忘れることはなかった。そもそも記憶することすらなかったからだ。

しかし、それが三番目の仕事だったのは覚えている。私たち四人――レン、ロフティ、ヴァーノ、それに私――は他に何も考えず、ただ、背の高い倉庫の壁面に向かって十五メートルの放水を行なっていた。最初の何時間かを過ぎれば、何も考えなくなるものだ。単に噴射された水の柱が火の中に消えるのを眺めるだけで、頭の中には何もない。時折水を別の窓に向ける。オレンジ色の炎が黒に変わる――その時でも、氷のように冷たいノズルを握る手を少し緩めるだけで、窓の中へ無頓着に水を撒き続ける。火はまだ何時間もおさまらないと分かっているからだ。しかしその晩は、ぼんやりと待っているだけの不確定な空白の時間に、ある奇妙な音によって鋭い邪魔が入った。突然、煉瓦とモルタルの砕ける音が長く響いて、その瞬間をつんざいたのだ。それから、件《くだん》の五階建ての倉庫の上半分が私たちの方に傾いてきた。そして倒れかかってくる直前、時を超越した一瞬の間、そこで静止した。私はそれまで何も考えていなかったが、次の瞬間ありとあらゆることを考えていた。

まさにその刹那、私の頭脳はあたりのすべての事物を克明に記録していた。目が頭の横に新しくできて、前方の大きな建物と私の両側面にある狭い道路を含む、半球状のパノラマ写真を頭の中で撮影した。

私たちの左側は、うなり声を上げて必死で震動している、ずんぐりした牽引式のポンプがふさいでいた。水が流出バルブや、ホースや、連結部の小さい隙間から吹き出ていた。切れ目なく流れる水は道路の両脇の灰色の溝の中に流れ込む。にもかかわらず、太い鉄の排気管は、濡れた消火ポンプの中心部で真っ赤に輝いていた。ロフティの顔がちょうど視界に入っていた。彼は寒さのため、手を両脇の下にたくし込むようにして、制御盤をじっと眺めていた。ロフティは何も考えていなかった。片方の目の上に黒ダイヤのような煤がついており、白い目の黒人を写真に撮ってその陰画《ネガ》を見たような趣だった。

右側には道が伸びていた。〈キャトー&ヘンリー〉という看板が上の方で揺れている。一体何の店だろう？　古切手商か？　道には何の障害物もない。ぺしゃんこになった、死んだホースが暗く光る舗道の上に二本とぐろを巻いている。焼け焦げたがらくたが片側の溝を堰き止めている。生きたホースからは水が細い線になって噴出している。防空壕の青い灯りの下に砕けた笠石が見える。その隣は窓のない煙草屋で、開いたカートンの模型がよく見えるように置いてある。道には何の障害物もない。

　私の後ろでは、レンとヴァーノが水圧で強く後方に引っ張られるのに対抗しながら、二人でホースを支えていた。私はただ、「ホースを捨てろ」と叫んで、走り出せばよかったのだ。生きたホースを放り出して、それがくねりながら水を吐き出すままにしておいたって構わなかったのだ。レンもヴァーノも私も、右側の道へ走って逃げ込めたはずである。しかし私は動かなかった。「ホースを捨てろ」とも、何とも言わなかった。あの長い一瞬の間、催眠術にかかったようで、ゴム長は舗道に張りついていた。頭上に覆いかぶさる何トンにも及ぶ赤く焼けた煉瓦の下で、私には行動を起こす力がなかった。思考だけは可能だった。だが動くことは出来なかった。

　ほんの五メートルほど前に炎に包まれたビルが建っていた。一分前なら、楽しそうに燃え上がっている他のヴィクトリア時代のくすんだ色の醜い建物と、そのビルとを区別して考えるようなことは決してしなかったであろう。今や、私はその微細な点までも瞬時にして把握していた。ビルは五階建てだった。上の四階は激しく燃えていた。室内は赤い炎が席捲していたが、黒い外壁には何の損傷もなかった。だから、照明のついた夜行列車の車両のように、黒と赤の四角が交互に見え、窓と窓の間隔が完全に一定であることがはっきりと強調されていた——長方形の窓の一つ一つが、暗い壁面に整然と並べられた朱色のパネルのようだった。各階に十、合計で四十の窓があった。横一列に十、縦もきっちりと並んで、赤と黒の強いコントラストの中、炎上する窓は厳格な隊列をなし、気をつけの姿勢で立っていた。長方形のビル、長方形の窓、長方形の間隔。紅蓮は黒の枠組みからはみ出してくるかのようだった。それは固体としての厚みを持っていた——頑丈な黒い四角のオーブンの中で焼き上がり、膨らんだゼリーのように。

燃え上がる三十の窓、黒い煉瓦から成るそれらの枠、百トンものヴィクトリア時代の硬い、三階分の分厚い壁が私たちの方に向いて折れ曲がり、道の上に平らに覆いかぶさった。倒れかかってくるその壁が本当に途中で止まったのかどうかは分からない。たぶんそんなことはなかったのだろう。たぶん止まったように思えただけだろう。たぶん私の目は壁の動きをその初期の段階に、傾き始めたあと惰力がつく前に認識したのだろう。

ビルの大きな塊が私たちの上にのしかかったので、夜は暗さを増した。煙の霧に包まれた炎の輝きを通して、月の光は家々の屋根越しに路面まで届いていたのだが、今はそれが倒壊しつつある壁によって一部阻まれた。壁は折れた庇《ひさし》のように月光を遮った。頭上の光は細い一本の線へと絞り込まれた。それは私が生まれてこのかた初めて信じた光明だった。その輝きは希望の輝きだった。しかし、それは消え入りつつある希望だった。なぜなら、私の視界に入るすべては静止していたように見えたが、今にも何かが起ころうとする気配が全体に漂っていたからだ――おそらくは実際には動いていたからだろう。頭の中のカメラのシャッター・スピードよりも速く、私の深層意識はその動きを捉えていた。あたりの光景は表面的な感覚、目と大脳には静的に映ったが、それらの認識を超えたところで見えない動きがあったのだ。

その瞬間には時間が存在していなかった。私はたくさんのことに気づく余裕があった。例えば、正面の少し左側にある鉄製の起重機は私には当たらないだろうと分かったし、この壁から突き出した起重機の鋭さや硬さを、まるでその表面をなぞったかのように感じることが出来た。また、それには三十センチの鉤《かぎ》、一つ八センチの鉄輪から成る鎖、二本の横棒、そして私の頭二つ分はあろうかという輪《りん》がついていたことまで見て取れた。

壁の倒れ方にはいろいろある。一方に傾いて倒れることもあるし、倒れ始めた時点でばらばらに砕けることもある。崩れないでそのまま平らに倒れることもある。いま目の前にあるこの壁もパンケーキみたいに平らに落ちてきた。水平になるまで九十度移動する間、壁の形を完全に保っていた。それから折れ曲がった部分で建物から離脱し、私たちの上に倒れかかってきたのだ。

折れ曲がった部分における煉瓦とモルタルの断末魔の抵抗は、自動小銃のような音を立てた。その激しい音のせいで私たちの耳は一瞬聞こえなくなったが、同時にみんなはそれで我に返った。私たちはホースを捨て、身をかがめた。後になってヴァーノが言うところでは、私は爵位を授けられる者のように、ゆっくりと片膝を立ててひざまずき頭を垂れたらしい。そう、確かに私は授けものを受けた。ものすごい大音響――耳の中に押し込めれた雷鳴――そして、焼け落ちてきた煉瓦やモルタルが顔に当たった。

一人離れてポンプのそばにいたロフティは死んだ。レン、ヴァーノと私は救助隊に掘り出された。私たちの上にはわずかの煉瓦しかなかった。幸運だった。私たちはあの整然とした列の、長方形の窓があった部分にすっぽり入ったのである。

棄ててきた女
The Girl I Left Behind Me

ミュリエル・スパーク
若島 正訳

ミュリエル・スパークは意地悪なおばさんで、人を驚かせるのが大好きな作家だ。良識ある読者が眉をひそめたり、面食らったりすることを、書いている本人が充分に予測しながら楽しんでいる、そんな様子がありありと目に浮かぶ。だから、スパークの愛読者は、作者スパークといわば共犯者になって、驚きの現場に一緒に立ち会うことが求められる。ちょうどこの短篇「棄ててきた女」のように。

会社を出たのはちょうど六時十五分。

「ラランランラン」またあのメロディが、頭の中でぐるぐるまわっている。一日中、レター氏はうるさい電話や、ぼんやりした会議のあいまに、いつも口笛でその曲を吹いているのだ。ときどき《そっと、そっと、鍵をまわそう》を吹くこともあるけれど、たいていはホーンパイプを吹くように快活なテンポで《棄ててきた女》を吹いている。

わたしはバス待ちの列に並び、疲れはてて、いったいマーク・レター（ネジ釘）株式会社に我慢して勤務するのも後どれくらいだろうと思った。もちろん、長期療養の後では、勤務はつらい。しかし、レター氏のあの口笛、突然陽気な気分になっては、また突然に無気力な様子になるあの変わりよう、あの砂色の髪にきたない歯が、わたしの怒りをめざめさせる。とりわけ、会社を出てから時間がたっても、あのメロディが頭の中でぐるぐるまわるときが。まるでレター氏を家に連れて帰るようなもの。

バス停ではみんなわたしに知らん顔をしていた。それも不思議じゃない。そこに知り合いなどいなかったからだけど、その夕方、通勤客にまじっていると、わたしは妙に匿名の人間みたいな感じがした。みんなの視線は、わたしを突き抜けていく。歩いていても、わたしの中を通り抜けていくみたいに思えるほど。晩秋には空想も悲しいものになるのだろう。会社のビルの高いところにある蛇腹では、ムクドリたちが群れ集まって寝じたくをしている。そのとき、靄のような不安の中で、何かとても大切なもの、何かやり残した仕事を会社に忘れてきたという、強い確信がわいてきた。

金庫の鍵をかけ忘れたか、それとももっとごく些細なこと、それが気になってしかたがない。疲れているけれども、念のために戻ってみようか、そんな気になりかけた。ところがそこへバスが来て、わたしはみなと一緒にすし詰めになった。

いつものように、坐れなかった。手すりをつかみ、揺られて他の乗客とぶつかりあうがままに身をまかせた。男のひとの足を踏んでしまい、「すみません」とあやまった。しかし相手がなんの返事もしないで目をそらしたので、ますます落ち込んだ。そしてますます、何かとんでもなく大切なものを会社に忘れてきたという気分になった。「ララランラン」——帰宅途中のずっと、不安の奥に、あのメロディがついてまわった。わたしは今日一日の仕事を頭の中で思い返してみた。というのも、何か手紙を書いて、帰り道の途中で投函するはずだったのではないか、という気がしてきたからだ。

その日の朝のこと、出勤したら、マーク・レターが仕事に精を出しているところだった。思い出したように、彼はときどき朝八時に出勤して、机にかじりつき、わたしが出勤するころには、もう五、六通の不必要な電報を発信している。そしてわたしがコートを脱ぐ前に、早口に合わせてしみだらけの手をひらひらさせながら、まる一日分の仕事を指示するのだ。この癖にはいつも辟易させられた。おもしろいところは一つだけ、それは彼が一項目ごとに指示を出しながら、「手紙《マーク》には緊急と書く《・レター・アージェント》ように」とよく言うことだった。マーク・レターがそう言うのは妙におかしく、彼がそういう気分のときに、わたしはよく彼のことをマーク・レター・アージェントと心の中で呼んでいた。

バスの中で揺られているあいだ、わたしはその朝のマーク・レター・アージェントの精力旺盛な様子を思い出していた。彼はいつもにまして急いでいたので、その急ぎぶりのせいで、わたしには今でもうんざりした気分がつきまとっていた。いったい何をやり残したのか、手がかりを見つけ出そうと必死に記憶をあさっても何も出てこないので、まだ二十二歳なのにひどく歳を取った気分になってしまう。何か忘れたものがある。バスに揺られて会社からどんどん離れていくにつれて、恐れはますますたしかなものになった。べつに仕事熱心なわけではないが、レター氏のあわてぶりは伝染しやすく、そうなるとこちらまで一日中いらいらがおさまらないのだ。帰宅すれば気分が良くなるはずだと自分を慰めてみても、やはり不安は消え去ってくれない。

正午になって、レター氏も多少はおちつき、わたしが昼食に出かけるまでの一時間ほど、ポケットに手をつっこんで会社の中をのそのそ歩きまわり、きたない茶色の歯のすきまから、《棄ててきた女》という船乗りの歌を口笛で吹いていた。「ラララン、ラン、ララ……」というリズムを吐き出すバスとともに、わたしはよろけた。昼食から戻ってみると会社の中は静かで、レター氏は外出したのかと思っていたら、そのとき突然に、彼の専用オフィスから、またあのメロディが流れてきた。低くてテンポの速いハミングで、しだいに消えていく。また午後の白昼夢にふけっているのだな、と気がついたのはそのときだ。

そういう夢うつつの状態になったときの彼を、わたしはときどき狭い箱みたいな彼のオフィスで見かけることがある。彼は机のむこうで、回転椅子に坐っている。たいていは、脱いだコートが椅子の背に掛けてある。右肘をデスクについて、顎を支え、左手はネクタイをぶらぶらさせている。彼はそのネクタイをじっと見つめている。それが瞑想の主な対象なのだ。その日の午後、書類を取りに彼の部屋に入っていったとき、彼はネクタイを見つめていた。唇を半開きにして見つめているので、子供の乳歯ほどの大きさしかない、小さくて、ばらばらで、色のきたない歯がのぞいていた。そのすきまから、得意のメロディを口笛で吹いている。昨日は《そっと、そっと、鍵をまわそう》だったが、今日は別の曲だ。

わたしはいつもの停留所でバスを降りた。料金はまだ手に握ったままだった。うっかり切符だと思って、あやうくその小銭を投げ捨てそうになり、はっと気がついた。わたしは存在しないのも同然ではないか。バスの運転手でさえ、あわてていたのか、わたしをそのまま通してくれたのだから。

マーク・レターは二時間半も夢を見たままだった。わたしがやり残した仕事は何だったのだろう？　彼がようやくオフィスから姿を現わしたとき、何と言ったのか、どうやっても思い出せない。わたしが紅茶をいれたのはたぶんそのときだったと思う。レター氏は、必死になっているときでもぼうっとしているときでもなく、ごくふつうでおしゃべりなときに、決まって紅茶をほしがる。話すのは趣味のこと、雷文細工だ。レター氏に家庭生活というものがあるとは思えない。四十六歳にもなって未婚だし、ローハンプトンにある家で独り暮らしをしている。小道を歩いて下宿に戻る途中で思い出したのは、レター氏が紅茶で一息入れようとやってきたとき、彼はまだネクタイを手でぶらぶらさせていて、ボタンをとめていないカッターシャツからのぞいた喉元は白く、「ラララン ラン」が歯のすきまから洩れていたことだった。

ようやくわたしは帰宅して、鍵を差し込んだ。そっと、そっと鍵をまわそう、とわたしはつぶやいた。やれやれ、やっと家に帰れたわ。下宿の女主人が、皺だらけの手に塩と胡椒の小壜を持って、廊下を台所から食堂の方へと歩いてきた。新しい下宿人が入ったらしい。「うちのお客」と女主人はいつもそう呼ぶ。女主人にとっては、新しいお客が古くからのお客よりも優先する。わたしはどうしようもない気分になった。階段を上がっていってわたしの部屋で体を洗い、新しいお客と一緒に茶色いスープを飲みにまた下りてきても、女主人は彼らの世話ばかり焼いて、わたしを無視するだろう。そんなことにはとうてい我慢ができない。わたしは元気を取り戻そうと、玄関ホールの椅子にしばらく腰を掛けていた。どれほど若くても、一年病気をしたらすっかりやつれるものだ。突然、茶色いスープに嫌気がさしたのと、会社での心配事のせいで、決心がついた。階段を上がって部屋に行くのはやめておこう。いったい何を見落としたのか、会社に戻ってみないと。

「ラララランラン」——わたしは神経がおかしくなっているのだと自分に言い聞かせた。姉はよく、夜に寝床に入ってから、ガスの元栓をぜんぶ閉めたかどうか、玄関も裏口もドアはぜんぶ鍵をかけたかどうか、亭主に下りていって調べさせたもので、わたしはそんな姉を笑ってやったことが何度もある。まあいいわ、わたしのばかさかげんも姉といい勝負じゃないの。それでもわたしは姉の心配性がよくわかった気持ちになり、ふいっとドアを開けて家の外に出て、疲れてはいたが、とぼとぼとバス停へ、会社へと戻っていった。

「マーク・レターのために、どうしてこんなことしなくちゃいけないの?」とわたしは自問した。しかし、実際のところ、会社に戻るのは彼のためではなく、自分のためなのだ。こんなことをしているのは、やり残したという感じを払拭するためで、頭の中ではあの歌がまるで金魚みたいにぐるぐるまわっていた。

見慣れた道順に沿ってバスが進んでいくあいだ、もしマーク・レターがまだ会社にいたらどう言おうかと考えた。彼はよく残業している。とにかくよく遅くまで残っているのはたしかで、何をやっているのかは知らない。ネジ釘の商売はそんなに遅くまで働く必要がないはずなのに。あの薄汚い建物に愛着があるのだろうとわたしは思った。最後に見たときのように、手にしたネクタイをぶらぶらさせ、わたしの机のそばに立っている、レター氏のあの姿に出会うのではないかと心配になってきた。もし出会ったら、忘れ物をしたのだとすぐに言ってやろう。

バスを降りたとき、ちょうど時計が七時十五分を打った。わたしはまた料金を払わなかったことに気づいた。一瞬、ばかみたいにわたしは手の中の小銭を見つめた。それから、もうこうなったらどうでもいいという気分になった。「ラララランラン」——知らないうちにハミングしながら、会社へと向かううら寂しい脇道をさっさと歩いていった。興奮で、心臓が喉から飛び出しそうだった。そっと、そっと、と口ずさみながら、わたしは外のドアの鍵をまわした。さっと、さっと、階段をかけ上がる。会社のドアのところまで来て、ようやく立ちどまり、鍵束から鍵を探しているときに、この姿を姉が見たら変に思うだろうなと考えた。

ドアを開けると、悲しさが一気に消え去った。残してきたものが何だったかを知って、わたしは大喜びした。それは床の上に転がっている、絞殺されたわたしの死体だったのだ。わたしは自分の死体にかけよって、まるで恋人のように抱きしめた。

テーブル
The Table

ウィリアム・トレヴァー
若島 正訳

断言しておくが、トレヴァーは現役で世界最高の短篇作家である。娯楽小説しか読まない読者が、純文学作家と考えられているトレヴァーには手を出さないとしたら、それはずいぶんもったいない話ではないだろうか。トレヴァーの読者層をひろげるために、あえて本選集に彼の作品を入れてみた次第である。

この「テーブル」という短篇は、トレヴァー最初期の作品。トレヴァーは書き始めたころからもうトレヴァーだったのか、と驚かされる。

公立図書館で、《タイムズ》紙のしかるべき欄に実務的に目を通しているとき、ジェフズ氏はハモンド家の広告に出くわした。そこに記載されている電話番号を紙切れに書きとめて、彼はその日のうちに電話してみた。

「ええ」とハモンド夫人はおぼつかない口調で言った。「まだそのテーブルは売れていないと思いますけど。ちょっと見てきましょうか」

　ジェフズ氏は夫人が見に行くところを思い浮かべた。太りぎみの中年女性で、髪は薄く青みがかり、細い靴から恰好のいい足が出ている。

「実を言うと、夫が取り仕切っているんですの」とハモンド夫人は説明した。「たぶんそうなんだろうと思います。でも厳密に言うと、そのテーブルはわたしのものなんですけど。うちの祖母が遺してくれたもので。ええ、まだありますわよ。きっと、まだ買い取りの申し込みはきていないはずです」

「だとすれば――」とジェフズ氏が言った。

「夫が申し込みを受けたかもしれないとか、売ってしまったかもしれないなんて、そんなことを考えたわたしもまったくどうかしてますわ。わたしに相談なしにそんなことをするはずがないんですもの。なにしろ、わたしのテーブルなんですから。広告の文面を考えて、新聞に載せたのは夫ですけど。まだよちよちの娘がいるもので。くたくたになることがよくあって、広告の文章を考えるなんてとてもとても」

「幼いお嬢さんですか。いいですねえ」と言いながら、天井を見つめているジェフズ氏の目は笑っていなかった。「お忙しいんでしょ？」

「テーブルに関心がおありでしたら、こちらにいらっしゃったらいかがですの？　本物だし、よくお褒めにあずかるんです」

「そうさせていただきます」とジェフズ氏は言って、時間を告げた。

受話器を置いてから、小男で家具商を営むジェフズ氏は、ハモンド夫人の声を考えてみた。あれは骨董家具に通じている女性の声だろうか。太りぎみの中年女性を想像したのはまったくの間違いだった。よちよちの子供がいるとすればまだ若いし、くたくただと話していたところから、彼が今度思い浮かべたのはやわらかいスリッパをはいて、額に髪の毛が垂れている姿だった。「教養のある声だな」とジェフズ氏はひとりごとを言ってから、ハモンド家は金があり、くたくただと愚痴をこぼしていても、メードを一人か二人は雇っているのだろうと推測した。そうした気になる細部に対する注意力のおかげで、ちょっとした財産をこしらえたジェフズ氏は、ヴィクトリア朝風の邸宅でむきだしの床の上を歩きまわり、空気の匂いをかいで、また新たに考え直した。彼のまわりには、購入したばかりの家具があちこちに積まれ、転売されるのを待っていた。

意識の中で彼の声の余韻がやむと、たちまちハモンド夫人はジェフズ氏のことを忘れてしまった。記憶に何も残らなかったのは、ジェフズ氏とは違って、電話で話しているときに相手の姿を思い浮かべなかったからである。彼女はジェフズ氏のことを店員だと思った。食料雑貨の注文に対して聞き返してくるような声、リバティの宝石売り場で耳にするような声だと。指定された時間にジェフズ氏がやってきたことを、住み込みの家事手伝いウルスラが告げると、ハモンド夫人ははてなという顔をしてこう言った。「ウルスラ、あなたきっと名前を間違えてるわよ」ところが間違いではないと言う。ウルスラはきっぱりとした態度で女主人の前に立ち、ジェフズさんという人は約束があって来たのだと繰り返した。「あらまあ！」とハモンド夫人はようやく言った。「わたしってなんてばかだったのかしら！　その人って、窓拭き掃除に来た新人よ。すぐとりかかるように言ってちょうだい。台所の窓から先にしてもらってね。まだくたびれないうちに片づけられるように。なにしろあなたの靴より黒いんですもの」

そういうわけで、ジェフズ氏はスイス中部出身の娘によってハモンド家の台所に通され、べつに意図的ではなかったものの、いきなり窓を拭くようにと言われた。

「はあ？」

「台所を先にしてほしいってハモンド夫人がおっしゃってます。そこがいちばん汚れてるからって。蛇口はお湯が出ますから」

「違いますよ」とジェフズ氏は言った。「テーブルを拝見しに来たんです」

「わたしもそのテーブルをごしごし拭いたことがありますわ。その上にのぼるんだったら、足下に新聞紙を敷いてくださいね」

ジェフズ氏はまた何か言おうとしたが、そこでウルスラはジェフズ氏を置き去りにした。窓拭きなんかとおしゃべりする気にはなれない。そんなことのためにこの家に雇われたのではないのだ。

「あの人、おかしな人ですよ」と彼女はハモンド夫人に報告した。「テーブルもきれいにしたがってました」

「ジェフズと申しますが」黒のかたい帽子を手にして、戸口に立っているジェフズ氏が言った。「コンソール・テーブルの件でうかがいました」

「変ねえ！」とハモンド夫人がつぶやき、まったくの偶然で、ちょうど今ジェフズという男が台所の窓を拭いているところなんですの、と付け足しかけた。その代わりに、「あらまあ！」と夫人は叫ぶはめになった。「まあ、ジェフズさん、とんでもないことをしてしまいまして！」

この取り違えというか、愚かな勘違いは、ぜんぶわたしの責任ですとハモンド夫人は謝った。ジェフズ氏にテーブルを譲ろうという気になったのは、その負い目のせいである。帽子を手にして立っているジェフズ氏は、その心理的な弱みを握って、相手に気づかれないようにしながらそこにつけこんだ。ハモンド夫人は、表面的なふるまいはともかく、心の中では彼が侮辱されたと思わないかと心配しているのを、彼は見抜いた。夫人はいい女だと彼は思った。肉を買う人間が、この肉はうまいと判断するように。いい人間だから、きっと商売相手としては楽勝でいちころだ、と。この推測は当たっていた。ハモンド夫人の顔には、ちくちくと痛む罪悪感が浮かんでいる。事の真相にはっと気づいて、彼が骨董商であり、ロンドン在住のユダヤ人らしい顔立ちと訛りなのを記憶にとどめたとき、その罪悪感が表情に現われたのを彼は見て取った。反ユダヤ主義者だと思われるのを恐れているんだろう。そう思ってジェフズ氏はおおいに納得した。そこで低い価格を提示したら、すぐに受け入れられたのである。

「うまくやったわよ」とハモンド夫人は夫に言った。「コンソール・テーブルをジェフズさんという小男に売ったんだけど、ウルスラとわたしは最初のうち、その男のことを窓拭きだとばっかり思っていたの」ジェフズ氏はテーブルにチョークでしるしを付け、それをノートにメモした。彼は大邸宅の台所に坐っていて、ポリ袋に入れて調理した燻製ニシンを食べている。顎が少しずつゆっくりと動き、機械のように魚を嚙み砕いた。口の中の味は気にしていない。考えているのは、もしこのテーブルをアンドルー・チャールズ卿に売りつけることができたら、利益一〇〇パーセント以上はかたい、ということだった。

「《田舎の日々》の時間です（BBCで放送された長寿ラジオ番組）」と古いラジオから声が流れて、ジェフズ氏は立ち上がると、食べ終わった皿を流しへ運んだ。彼はテーブルクロスで手を拭いてから、階段をのぼって電話口に行った。

女が言うには、アンドルー卿はアフリカにいて、一《ひと》月《つき》戻らないかもしれないという。いつ戻ってくるのかまったくわからないが、少なくとも一月はかかるそうだ。ジェフズ氏はそれ以上なにも言わずにうなずいた。しかしアンドルー・チャールズ卿の家にいる女は、得心がいったというこのしぐさを知らずに、こちらが話しているのに相槌を打たないなんて礼儀知らずだわと考えた。

ジェフズ氏はまたノートにメモして、六週間先にアンドルー卿に電話すること、と書きとめた。ところが、たまたまそのメモは不必要になった。というのも三日後に、ハモンド夫人の亭主が電話してきて、まだテーブルはそちらにあるかとたずねたからである。ジェフズ氏は探すふりをして、しばらくしてから、たぶんあると思いますと答えた。

「それなら、買い戻したいんだがね」とハモンド夫人の亭主が言った。

ハモンド氏は、そちらに出向いていくからと言う。そして辻褄の合わないことに、テーブルがほしいのは本当は自分の友達で、もしジェフズ氏さえよければ、その友達も一緒に連れていくと言うのだ。

「どなたをお連れいただいてもかまいませんよ」とジェフズ氏は言った。なんとも面倒なことになったものだ。ハモンド氏かハモンド氏の友達に対して、テーブルの価格は三日で倍になったと言ってやらなければならない。そういう言い方はできないが、要するにそういうことだとハモンド氏にはわかってもらわないと。

ジェフズ氏が台所で紅茶を飲んでいるとき、二人がやってきた。彼はもったいないことをするのが嫌いなので、紅茶を手つかずのままにしたくはなくて、フーフーとさました。そしてほとんど飲んでしまうとテーブルクロスで唇をぬぐった。呼び鈴がまたなったので、ジェフズ氏はあわてて玄関に行った。

「わたしが張本人だったんです」とハモンドと一緒に立っていたヨール夫人という女が言った。「テーブル一つで大騒ぎになった、その原因はわたしなんです」

「ヨール夫人はまだそれを一度も目にしたことがなくてね」とハモンドが説明した。「彼女も広告を見て連絡してきたのに、きみがもうお宝につばをつけていたというわけだ」

「どうぞお入りください」とジェフズ氏は言って、テーブルが置いてある部屋へと案内した。そしてヨール夫人の方を向いて、片手で示した。「ほら、あれですよ、ヨールさん。お買いになるのはまったく自由ですが、ただ他の方のために取り置きしてありましてね。アフリカにいるお得意さんがちょうどあれを探しておいでで、とんでもなく高い値段で買っていただけるんです。それだけは念のために申し上げておきませんとね。不公平ですから」

しかしジェフズ氏が胸算用をしている値段を口にしても、ヨール夫人とハモンドはびくりともしなかった。ハモンドは小切手帳を取り出して、すぐに小切手を書いた。そして「配達してくれるかね?」とたずねた。

「そんなに遠距離じゃないならかまいませんよ」とジェフズ氏は言った。「ただし、運送中の損害保険などを含めて、配達料を少し頂戴しますが。四ポンド四シリングです」

ジェフズ氏はオースティンの小型トラックを運転して、ハモンドに教わった住所へ向かった。その途中、この配達で儲けはどれくらいになるか考えてみた。ガソリンが四分の一ガロンで一シリング三ペンス。それを四ギニーから引き算すると、残りは四ポンド二シリング九ペンスになる。ジェフズ氏は手間賃を計算に入れなかった。それはたいしたことではない。その四十五分を自由に使ったところで、大邸宅の中でぼんやり立っていたり、血行を良くするために体操したりするだけのことだ。儲けとしては悪くないぞ、と彼は思った。そして、ヨール夫人とハモンドのこと、自分を窓拭きと間違えたハモンド夫人のことを考えはじめた。ハモンドとヨール夫人は何かたくらんでいるのではないか。ただそれにしても、骨董物のテーブルを買って配達させるというのは、何かたくらんでいるにしては妙だ。

「きっと浮気してるんだな」とジェフズ氏はつぶやい

た。「テーブルを売りに出したのがきっかけで出会って、それで今ごろになってそのテーブルがロマンチックに思えてきたんだ」彼はその場面をはっきりと思い描いた。美人のヨール夫人がハモンド家にやってきて、テーブルの件でおうかがいしましたと説明する。たぶんそこでちょっとしたいざこざがあって、ヨール夫人はすでに電話したことと、そのときにどうぞいらしてくださいと言われたことを、ハモンド夫妻に念押しする。

「それなのに、もうテーブルが売却処分されているなんて」とジェフズ氏の空想の中でヨール夫人が言う。

「それなら電話で知らせてくださればよかったのに。わたしも忙しいんですから」

「まあどうぞお入りください、ヨールさん、ブランデーでもいかがですか」とジェフズ氏の空想の中でハモンドが声をあげる。「どうやってお詫びしたらいいのか」

「ぜんぶわたしの責任ですの」とハモンド夫人が説明する。「わたしって、まったくどうしようもなく間が抜けてましたわ。あのすてきなテーブルを、ユダヤ人商人の手に渡してしまうなんて。ジェフズ氏とかいう人で、うちのウルスラが、なにしろ外国人でよく知らないものですから、台所の窓をきれいにしてくれって命令してしまったんです」

「あのテーブルはまったく疫病神でしたよ」と、ブランデーをたっぷり注ぎながら、ハモンドが言う。「さあどうぞ、ヨールさん。それにナッツでも。さあさあ」

「あのテーブルをぜひにって、心に決めてましたの」とジェフズ氏の空想の中でヨール夫人が言う。「涙が出そうなほど残念ですわ」


「ヨール夫人にテーブルをお届けにきました」とジェフズ氏は、ちょうどアパートから出ていくところの、買い物かごを手にした女にたずねた。

「それで？」と女が言った。

「何階でしょうか？　ここの住所だと聞いているんで

すが」

「そんな名前の人はいないよ」と女が言った。「ヨールなんて聞いたことがない」

「新しく入居したのかもしれませんし。空き室はありませんか？　この呼び鈴のどれがそうだか、なにも書いてないので」

「勝手に教えるわけにはいかないんだよ」と女の声が甲高くなった。「ここの住人のことについて、勝手に情報を漏らすわけにはいかないんだ。あんたみたいな、何を積んでるのかわからないトラックの運転手にはね。まったく見ず知らずの他人だから」

この女は雑役婦だとジェフズ氏は見て取り、後は無視した。それでも女は段のところに立ち、すぐそばで彼の一挙一動を眺めていた。呼び鈴の一つをならすと、中年女性がドアを開け、ジェフズ氏がたずねると、みな新しい入居者ばかりで、だいいちアパートじたいが新築なのだという。彼女は愛想良く、いちばんてっぺんの呼び鈴を押すようにと教えてくれた。明らかに、小さな屋根裏部屋二室につながっている呼び鈴だ。

「あら、ジェフズさん」としばらくしてから美人のヨール夫人が言った。「お着きになったのね」

ジェフズ氏はトラックからテーブルを降ろして、段の上まで運んだ。雑役婦はまだそこにいて、もしよかったらいつでも一時間六シリングでそこを掃除してあげるよ、とヨール夫人に話していた。

ジェフズ氏は屋根裏部屋二室のうち、小さい方にテーブルを置いた。巻いたままのカーペットと、標準的なスタンドをのぞけば、部屋は空っぽだった。二つめの部屋のドアは閉まっている。そこにはベッドとワードローブ、それからベッド脇のテーブルにはブランデー・グラスが二個置かれているのだろう、と彼は想像した。やがて、ここはすっかり豪華な部屋になるはずだ。「愛の巣か」と彼はつぶやいた。

「お疲れさまでした、ジェフズさん」とヨール夫人が言った。

「申しわけありませんが、もう一ポンドお支払いいいただきませんと。たぶんご存知ないと思いますが、ヨールさん、骨董商組合の規定によれば、階段を使って商品を運搬した場合には一ポンドということになっているんです。少額でもこのご請求をしないと、除名処分になるかもしれませんので」

「一ポンド？　たしかハモンドさんが――」

「階段のせいでしてね。わたしは骨董商組合の規定を遵守しなければなりません。個人的には、そんな規定など破ってもどうということはありませんが、まあその、二年に一度の免許更新も控えておりますし」

ヨール夫人はハンドバッグを見つけて、五ポンド紙幣を一枚渡した。お釣りはこれだけしかありませんのでと言って、彼は三ポンドと十六シリング返した。

「あらいやだわ！」とヨール夫人が叫んだ。「わたしてっきり、あの掃除婦があなたの奥さんで、荷物運びを手伝いにきたのだとばっかり思ってましたの。その人が、一時間で六シリングだとか突然話しかけてきて、なんのことかさっぱりわからなくて。でも、ちょうどいい人が見つかってよかった」

ハモンド夫人が住み込みで雇っている家事手伝いの娘が、窓拭きと勘違いしたような話だなとジェフズ氏は思った。ただしそう思ってもそれを口にはしなかった。彼はヨール夫人が後になって、このエピソードを事こまかにハモンドに語っているところを想像した。二人はもう片方の部屋のベッドで横になり、煙草を吸っているか、抱き合っている。「あたし、その女が小男のユダヤ人の奥さんかと思ったのよ。てっきり夫婦で働いているのかと思って、ほら、ああいう人たちってよくそうしてるじゃない。掃除のことをもちかけてきたとき、あたしそれはもうびっくりしちゃった」

当然ながら、ジェフズ氏はこれで一件落着だと考えた。ルイ十六世様式のコンソール・テーブルは、かつてハモンド夫人の祖母の所有物だったが、現在では彼女の夫の愛人の所有物、あるいは夫と愛人の共同所有物になったわけだ。ジェフズ氏にはどっちだかわからなかった。実に興味津々ではあるものの、他にも考え事はいろいろある。他にも家具を集めて、タイミングを見計らって売却しなければならない。なにしろ生活がかかっているんだから、と彼は自分に言い聞かせた。

ところが、ヨール夫人にテーブルを配達して一、二日たってから、ハモンド夫人から電話がかかってきた。

「ジェフズさんでいらっしゃいますか？」とハモンド夫人が言った。

「ええそうですが。ジェフズです」

「わたくしハモンドです。憶えてらっしゃいますでしょうか、テーブルをお売りした」

「もちろん憶えていますよ、ハモンドさん。勘違いでおかしかったことがありましたね」ジェフズ氏は笑い声のように聞こえるつもりの音をたてた。実際には、にこりともせずに天井を見つめていたのだが。

「おたずねしたいんですが」とハモンド夫人が言った。「もしかして、あのテーブルをまだお持ちでいらっしゃいますか？　もしそうなら、直接におうかがいしてお目にかかりたいと思ったものですから」

ジェフズ氏の頭の中には、また別の屋根裏部屋の光景がいきなり浮かんだ。ハモンド夫人がそこにいて、テーブルやらなにやらの家具を手当たり次第に飾りつけている光景である。ハモンド夫人が通りを歩いていて、店のウィンドウにあるベッドやカーペットをのぞきこんでいる。彼女の肘を握っているのは、亭主ではない男性だ。

「もしもし、ジェフズさん」とハモンド夫人が言った。「聞いてらっしゃいます？」

「ええ」とジェフズ氏は言った。「ちゃんとここにいて、聞いていますよ、奥様」

「それで？」とハモンド夫人が言った。

「テーブルは残念ですが」

「売れたっていうの？　もう？」

「そういうことでして」

「あらまあ！」

「他のテーブルならございますよ。傷みのない品を奉仕価格でご用意しております。お越しいただいてもおそらく時間の無駄にはなりません」

「違う、違うの」

「ふだんはそういう商売の仕方はしていないんですが。お客様にうちの家にお越しいただいたりするのは。ただしあなたの場合だと、お互いによく存じておりますし――」

「そういうことじゃないんです。つまり、あなたにお売りしたテーブルにだけ、興味があるんです。ジェフズさん、それを買い取った人の名前と住所を今すぐに教えていただけないでしょうか？」

この質問に不意打ちされて、ジェフズ氏はすぐに受話器を置いた。しばらくして、考える時間を作ってから、またハモンド夫人の声に耳を傾けた。彼はこう言った。

「電話が切れましたね、ハモンドさん。どこか回線がおかしいようです。けさも、アンドルー・チャールズ卿がナイジェリアからかけてきた電話が二度切れました。申しわけありません」

「わたしが言ってたのは、ジェフズさん、テーブルを買い取った人の名前と住所がほしいということなんです」

「それはお教えできません、ハモンドさん。そういう情報漏洩は骨董商組合の規定に反することになりますので。そんなことをしたら除名処分になるかもしれません」

「まあ。まあ、ジェフズさん。だったらわたしはどうしたらいいの？　答えを教えて」

「そんなに重大なことでしょうか？　だったら手段はいろいろあります。たとえばですね、わたしがあなたの代理人を務めるのはどうでしょう。そのふりをしてテーブルの所有者に接触して、最善を尽くしてみますが」

「そうしていただけるの、ジェフズさん？　なんてご親切な方」

「ただ、代理人としての通常の料金はいただきます。申しわけありませんがね、ハモンドさん、組合ではそう決められていますので」

「ええ、ええ、もちろんですわ」

「その料金についてお教えしておきましょうか？　その仕組みとか、だいたいの金額を。たいしたものじゃなくて、歩合《ぶあい》制になっています」

「それは後で相談しましょう」

「ええ、結構ですよ」と言ったジェフズ氏は、歩合を三三・三パーセントと言う腹づもりをしていた。

「お売りした価格の二倍までならかまいません。もしそれ以上という話になりそうなら、電話で指示を仰いでいただけると助かります」

「ふつうそうしておりますよ、ハモンドさん」

「でも、できるだけ値段は抑えてくださいね。当然のことですけど」

「ご連絡さしあげますよ、ハモンドさん」

血行を良くしようと体を揺すって、家のあちこちを歩きまわりながら、近ごろじゃテーブルが恋人たちのファンタジーに一役買っているのだろうか、とジェフズ氏は考えた。そこを調べてみるのは利益につながりそうだ。どういう種類のテーブルを集めればいいか、どういう広告を打てば飛びついてくるか、わかるのだから。彼はさらに考えてから、トラックに乗り込み、運が良ければ会えるかもしれないと思って、ヨール夫人の屋根裏部屋まで運転していった。

「あら、ジェフズさん」とヨール夫人が言った。

「ええ」とジェフズ氏が言った。

好奇心を引きずりながら、彼女は部屋まで案内した。また別の商品を売りにきたと思っているのだろう、と彼は考えた。しかし、もしそうではなかったとしたら、ゆすりにやってきたとしたら、出て行ってくれと言うのも辞さないつもりだろう。

「それで、ジェフズさん、ご用件は何ですの？」

「ルイ十六世様式のテーブルに、いい値を付けていただいた方がいましてね。相当いい値になるか、とんでもなくいい値になる可能性もあります。わたしが申し上げていること、おわかりでしょうか？」

「でもあのテーブルはわたしのものなんですのよ。買い戻したいとおっしゃるんですか？」

「まあそんなところでして。付け値を耳にして、これはただちにお知らせしないといけないと思いましてね。ヨール夫人の代理人を務めよう、とわたしは心に決めました。買い値の一・五倍でなら売却してもいい、と万が一思われた場合には」

「まあ。でも結構です、ジェフズさん」

「ご興味はないと？」

「ええ、ちっとも」

「もし先方が二倍出すとしたらどうです？　あなたはどう思われますか？　それともハモンド氏はどう思われますかね？」

「ハモンド氏？」

「実のところ、あの品物の所有者はだれなのか、よく存じあげておりませんので。だからあの方の名前を出したわけです。もしかするとあの方にご連絡をさしあげたほうがよかったのかもしれません。なにしろ、小切手を書いたのはハモンド氏ですから」

「あのテーブルはわたしのものです。贈り物なんです。ハモンド氏には連絡を取らないほうがいいと思いますわ」

「まあ、それはそれとしておきましょう。ただ、この件ではあなたの利益になるようにと思って行動いたしましてね、ヨールさん、値が付いたとき、一刻の猶予もなくご報告申し上げなければと思いまして、出張費などがかさむのにもかかわらずこうして出向きましたような次第で、申しわけありませんが、代理人としての通常料金をお支払いいただきたいのです。こういう場合に料金を頂戴するのは、骨董商組合の規定になっておりまして。おわかりでしょうか？」

　ヨール夫人はわかりましたと言って金を払い、ジェフズ氏は出て行った。

　自宅に戻ると、ジェフズ氏はさらに一時間考えた。そしてようやく、ハモンド夫人に電話をかけて、亭主の勤務先の電話番号を聞き出すことにした。彼は紙切れを手にして通りに出た。その紙切れには、口と耳が不自由なので、だれか代わりに緊急の電話をかけてくださいと書いてある。彼はそれを年配の女性に渡し、公衆電話を指さした。

「ご主人の勤務先の電話番号を教えていただけませんか？」とその女はハモンド夫人に言った。「緊急の用件なんです」

「でも、どちらさまですの？」

「ミセス・レイシーと申しますが、アフリカのアンドルー・チャールズ卿の代理でお電話さしあげているんです」

「その名前なら聞いたことがありますわ」とハモンド夫人は言って、夫の勤務先の電話番号を教えた。

「きみはヨール夫人に会いに行ったと言うんだね」とハモンドが言った。「それで彼女はどう言った？」

「どれほどの金額の話か、夫人にご理解いただいたとは思えないんですが。どうも話が伝わらなかったみたいで」

「あのテーブルは、わたしがヨール夫人に贈ったものだ。いまさら返してくれとは言えんな」

「いい値が付いてるんですがねえ、ハモンドさん」

「なにもそれに文句をつけてるわけじゃないよ」

「あなたならヨール夫人に影響力を行使していただけるのではないか、そう思ったまでのことでして。もしたまたまお会いになる機会があれば」

「またこちらから電話するよ、ジェフズさん」

ジェフズ氏は礼を言って、それからハモンド夫人に電話をした。「交渉は進行中です」と彼は言った。

しかし二日後、交渉は決裂してしまった。ハモンドが電話をかけてきて、テーブルはヨール夫人の所有物のままになると言ったのだ。ジェフズ氏はがっかりして、ハモンド夫人のところに出向いて話を打ち明け、わずかな取り分を集金しようと心に決めた。話をすれば、それで本当に一件落着だ。

「申しわけありませんが、壁にぶちあたってしまいましてね」と彼は報告した。「まことに残念です、ハモンドさん、それでお手数ですがちょっとした後始末をお願いします」

そこで彼は金額を口にしたが、ハモンド夫人はちゃんと聞いていない様子だった。涙が頬をつたわり、化粧した顔にその跡を残した。夫人はジェフズ氏におかまいなしで、体を震わせて泣き、涙がまた目からこぼれ落ちた。

しまいにハモンド夫人は部屋を出ていった。ジェフズ氏はじっとそのままだった。もちろん、取り分を集金するまで待たねばならないからだ。そこに坐ったまま家具を値踏みして、ハモンド夫人があれほどまでに激しく泣きつづけていたのは妙だなと考えた。家事手伝いの女性が紅茶のトレイを持って入ってきた。それを置くときに顔を赤らめたのは、窓のことで命令したのを思い出したからにちがいない、と彼は想像した。彼は紅茶を注ぎ、バタークッキーを二切れほおばった。部屋の中はひどく静かで、まるで葬儀が行なわれたようだ。

「あなただれ？」と五歳くらいの小さな女の子がたずねた。

ジェフズ氏は女の子を見て、なんとか笑みを作ろうと歯をむきだしにした。

「ジェフズって言うんだよ。きみは？」

「あたしエマ・ハモンド。どうしてうちでお茶飲んでるの？」

「親切にも運んできてもらったからね」

「その口どうしたの？」

「もともとこういう口なんだよ。きみはいい子かい？」

「でもどうしてここで待ってるの？」

「おかあさんがあげようと準備しているものをもらうためさ。ちょっとしたお金を」

「ちょっとしたお金？　おじさん、貧乏なの？」

「そのお金はおじさんのものなんだ」

「むこうへ行きなさい、エマ」と戸口からハモンド夫人が声をかけた。子供が行ってしまうと、夫人はこう言った。

「ごめんなさいね、ジェフズさん」

夫人は小切手を書いた。彼はその姿を眺めながら、大きなアパートの最上階にある屋根裏部屋に、ハモンド氏とヨール夫人とテーブルが勢揃いしている図を想像した。いったいこの先どうなるのだろう。ハモンド夫人があの子と一緒に置き去りにされる。たぶんそこでヨール夫人がハモンドと結婚する。たぶん二人はこの家に戻ってきて、テーブルも運んでくる。ヨール夫人が強い愛着を持っているからだ。そしてたぶん二人はあの家事手伝いを雇うことになり、たぶんハモンド夫人と一人娘はあの屋根裏部屋に住むことになる。みな同じ穴の狢《むじな》だ、とジェフズ氏は決めつけた。あの一人娘ですら、大人たちの気取った態度に毒されている。でも、どちらかの側につくとしたら、彼はハモンド夫人がいちばん気に入っていた。女性がそういう状況に置かれると気が狂い、自殺することもあるという話を彼は聞いていた。ハモンド夫人がそんなまねをしなければいいのだが。

「何もかも話させて、ジェフズさん」とハモンド夫人が言った。

「いや、もういいんですよ」

「あのテーブルはもともと祖母のもので、亡くなったときに遺言でわたしに遺してくれたんです」

「おちついて、ハモンドさん。すべてまるくおさまったんですから」

「あれは不恰好だと思っていたんです、夫もわたしも。それで売却することにしたんです」

「不恰好だって、ご主人が思われたんですか？」

「ええ、そう。でもわたしのほうがもっと。夫はたいして目ざといほうじゃありませんから」

ヨール夫人がこの家に初めて足を踏み入れたとき、ハモンドは目ざとくヨール夫人に目をつけたではないか、とジェフズ氏は思った。ハモンド夫人は体面を保とうとして、口から出まかせを言っているんだ。テーブルがどこにあるかも知っている。最初からずっと知ってたくせに。泣いたのは、祖母の不恰好なテーブルが不倫の現場に置かれているという、そのことを想像しただけで耐えられないからだ。

「そこで広告を出したんです。反応は二件だけでした。あなたと、それからある女性と」

ジェフズ氏は立ち上がって、辞去しようとした。

「ごらんのとおり」とハモンド夫人が言った。「こんな場所にあんなテーブルを置ける部屋なんてありませんわ。合わないいんですもの。ね、おわかりになるでしょう」

ジェフズ氏はしげしげと夫人を見つめた。瞳の中をのぞきこんだのでもなければ、顔を見つめたのでもない。緑色のウール地でできた夫人のドレスを、穴があきそうなほど真剣に見つめたのである。夫人はこう言った。

「でも、売り払ってからすぐ、ひどく後悔しました。あのテーブルは、一生の思い出なんです。祖母があれをわたしに遺してくれたのは、ひとつには気前がよかったせいですが、愛情のこもったふるまいだったんです」

祖母が住んでいた家には、玄関の大広間にテーブルが置かれていたのだなとジェフズ氏は思った。ハモンド夫人は子供のころ、部屋から締め出しをくらい、大広間のテーブルのそばに立っていなさいと命じられて、そこでわあわあ泣いていた。テーブルは少女時代をあざけり、それがまたしても、屋根裏部屋で静かに見守りながら、夫人をあざけっている。ヨール夫人とハモンドの二人が、大きな球根形のブランデー・グラスをテーブルの上に置き、互いに近寄って軽くキスをするところを彼は思い描いた。

「いったんあなたに売却してしまってから、もうあのテーブルのことばかり気になって。祖母がいつも、これはおまえにやるよって言ってたのも思い出しました。わたしが子供のころ、やさしくしてくれたのは祖母だけだったんですよ、ジェフズさん。その祖母から受けた愛情を、そっくり投げ返したみたいな気分になったんです。あれを売ってから、毎晩ひどい夢ばかり見るようになって。わたしがどうしてあれだけ動揺したか、これでおわかりになったでしょう」

　祖母は残酷だったんだ、とジェフズ氏は思った。孫娘を一日中いじめたおして、その独裁者のような魂を思い起こさせるものとして、あのテーブルを遺した。どうしてハモンド夫人は真実をありのままに話せないんだろう？　死んだ老婆の魂がテーブルに乗り移り、その魂とテーブルがヨール夫人の部屋で腹をかかえて笑っていると、なぜ言えないんだろう？　女がこれほどまでにくどくどと弁解するなんて、とジェフズ氏は思った。その女に、一時的ではあっても自分が好意を抱いたなんて。

「こんな打ち明け話をしてしまって、ごめんなさいね、ジェフズさん。さぞかしご迷惑だったでしょう。あなたは親切そうなお顔をしてらっしゃるし」

「わたしはユダヤ人の商売人です、奥様。いかにもユダヤ人らしい鼻だし。ハンサムでもなければ、笑いもしません」

　夫人がおべっかを言っていると思って、彼は腹をたてた。夫人はまだ嘘をついていて、突然その嘘に彼を巻き込もうとしたのだ。顔のことを口にしたのは、侮辱以外のなにものでもない。だいたい、彼の欠点や弱点をわかっているのか？　よくそんな口がきけたものだ。

「テーブルはわたしからわたしの娘へと受け継がれるはずでした。この家に代々伝わるはずだったんです。それに気がつかなくて」

　ジェフズ氏は目を閉じることにした。そこに坐って、次から次へといくらでも嘘をついているがいい、と彼は思った。そのあいだ、一人娘は隣の部屋で無邪気に遊んでいる。あの子もきっと嘘つきになるのだろう。大きくなって、受けた屈辱を隠し、外見を装い、虚飾に生きる女になるはずだ。

　目は閉じたまま、彼の声が響く空想の中で、ジェフズ氏はヴィクトリア朝風の大邸宅で一人つくねんと立っている自分の姿を思い浮かべた。その邸宅では永久に残るものなどなにもなく、一片の家具ですら一月ととどまることはない。売ってはまた買うだけ。カーペットは敷かず、そのつもりもない。所有しているものはと言えば古いラジオ一台で、これは一文にもならないとだれかに言われたからだ。

「どうして嘘ばかりつくんですか？」とジェフズ氏は叫んだ。「どうして本当のことを話せないんですか？」

彼は自分の声がハモンド夫人に向かってその言葉を投げつけるのを聞いた。そして自分の姿が自宅のむきだしになった床板の上で静かに立っているのを見た。他人をどなったり、巻き添えになったり、嘘はやめにしてほしいと思ったりするのは彼らしくない。こういう連中は自分勝手だ。気にしないでおこう。自分の飯は自分で作る、他人に迷惑はかけない。

「あなたのおばあさんは死んで葬られてるじゃありませんか」とジェフズ氏は言って、自分でもびっくりした。「生きてるのはヨール夫人でしょう。彼女は服を脱いでですね、いいですかハモンドさん、そこへご主人が入ってきて、ご主人も服を脱ぐんです。そしてテーブルがそれを見てるんです。あなたがずっと知っているテーブルが。子供のころからのテーブルがその一部始終を目撃して、あなたはそれに耐えられない。どうして正直になれないんですか、ハモンドさん？　ずばりと言ってしまえばいいじゃないですか。『ユダ公、このヨール夫人と取り引きして、わたしの子供時代を取り戻してきてちょうだい』って。あなたのことはよくわかりますよ、ハモンドさん。なにもかもわかります。わたしはこの世にあるものはなんだって売り買いしますけどね、ハモンドさん、それはよくわかるんです」

部屋にふたたび沈黙が訪れ、ジェフズ氏の視線がそこをさまよっているうちに、ようやくハモンド夫人の表情をとらえた。その顔はゆっくりと左右に揺れていた。ハモンド夫人が頭をふっていたからだ。「知らなかった」とハモンド夫人は言っていた。夫人の頭は揺れるのをやめた。夫人の姿はまるで彫刻のようだった。

　ジェフズ氏は立ち上がり、深い沈黙の中をドアへと向かった。そしてふり向いて、また戻ってきた。ハモンド夫人の小切手を忘れてきたからだ。そのふるまいに夫人は気づいていない様子で、彼は別れの言葉をかけないほうがいいかと思った。そして家を出ると、オースティンのトラックのエンジンをかけた。

　車で立ち去るときに、彼にはこれまでの場面が違って見えた。ハモンド夫人が頭をうなだれ、彼は嘘をつくのもわかりますよと言っていた。ハモンド夫人にいささかの慰めを与えることもできただろう。やさしい言葉をひとことふたことかけるか、肩をちょっとすくめてみせて。その代わりに、不器用な彼は、平手打ちをくらったようなショックを夫人に与えてしまったのだ。置き去りにされたままの姿で、夫人がじっとそこに坐っているところを彼は想像した。表情は真っ白で、身体は悲しみにうずくまっている。そんな姿でじっと坐っているところへ、亭主がどこ吹く風という様子で帰ってくる。そして夫人はどこ吹く風の夫を見つめ、こう言う。「ユダヤ人の商売人がやってきて、出て行ったわ。あの椅子に腰掛けて、ヨール夫人があなたのために愛の巣をこしらえたって教えてくれたの」

　ジェフズ氏は運転をつづけた。悲しみには気づいていても、ハモンド夫人とその亭主、そして美人のヨール夫人が、頭の中からゆっくりと消えていくことにも気づいていた。「自分の飯は自分で作る」とジェフズ氏は声をあげた。「おれは腕利きの商売人だし、他人に迷惑はかけない」慰めを与えられたかもしれないなんて、そんなことを期待する権利は彼にはない。そんな責任を引き受けて、自分とハモンド夫人とのあいだに心の通い合いが生まれたかもしれないなんて想像するのは、まったくお呼びじゃない。

「自分の飯は自分で作る」とジェフズ氏はもう一度口にした。「他人に迷惑はかけない」その後は黙って運転して、まったくなにも考えなかった。ひんやりとした悲しみも消え去り、犯した過ちも訂正できない事実のように思えた。夕闇がせまっていることに彼は気づいた。そして帰ってきた自宅は、これまで一度も暖炉の火をつけたこともなければ、暗がりに浮かびあがる家具がほほえみかけてもくれないし、だれも涙を流さず、だれも嘘をつかない場所だった。

詩　神

The Muse

アントニイ・バージェス

佐々木 徹・廣田篤彦訳

『アメリカ小説における愛と死』や『フリークス』で知られる批評家レスリー・A・フィードラーに、*In Dreams Awake*（一九七五）と題するSFのアンソロジーがある。編者がフィードラーだけに破天荒な選集なのかと思ったら、案に相違して手がたいセレクションだったが、その中に入っていたのがバージェスのこの作品だった。バージェスがSFを？　と首をかしげながら読んでみると、なるほどたしかにSFでした。

「本当にやる気なんだな?」とスウェンソンはしつこく念を押した。彼の手は制御台の五つの鍵盤の上をさまよい、足はそれと交錯するリズムでペダルの上を踊った。彼はかなりの老人だったが、若返り薬のおかげで肌は艶々していた。一世紀の経験を持ったこの知恵者は、傍にいる二十五歳の文学史家ペイリーと同じくらいの年齢に見えた。ペイリーは相変わらず辛抱強くにやりと笑いながら言った。

「ええ、やる気です」

「お前の思っているようなものじゃないんだよ」とスウェンソンは答える(これも何度も繰り返された言葉だった)。「全く同じというわけではないのだから。予期していないところで驚くことになるだろう。ホィーラーをあの時代に連れて行ってやったが、やっこさんはてっきり自分が本で読んだ十四世紀に行けるものだとばかり思い込んでいた。ところが全然違う世の中だった。藁葺き屋根の家や、教会に荘園、美しい大聖堂なんかは確かにあった。だが、そこの封建制度を支配していたのは頭がいくつもあって触手を持った怪物だった。ホィーラーの話では、その怪物は中世のノルマン・フランス語を実に流暢にあやつっていたそうだ」

「彼はどのくらいの間行っていたのですか?」

「三日もしないうちに信号を送ってきたよ。しかし、可哀そうに、救出される前に一年辛抱せねばならなかった。やつの覚えた十四世紀の英語が怪しまれたかなんかで、牢にぶちこまれたんだ。帰りの船に乗せた時は髪の毛もすっかり真っ白で、わけのわからない言葉をつぶやいていた。なんでも、牢番は三本足の心霊体《エクトプラズム》だったそうだ」

「それはB303システムではなかったんでしょう？」

「決まってるだろう」スウェンソンは老人らしい不機嫌を見せて答えた。「二年ほど前のことだぞ。B303システムは当時すでに擬エリザベス朝のめでたいとは言い難い統治下にあった。今でもそうだが」

「そうでしたね。僕が馬鹿だった」

「お前たち若者は」スウェンソンはモニターの画面が並んだ制御盤の方に歩み寄りながら言った。「時間というものはどうにでもなると考えているようだ。歴史的時間にも他の時間と同じように可塑性があって、微視的流動と巨視的流動が制御可能だから、それと同じ理屈で――」

「いや、どうも、本当にすみません。ちゃんと考えてなかったもので」しかし、他に気がかりが多かったのだから、太陽時や時計で計測された時間といった退屈な現実に一瞬注意が回らなかったといって何の不思議があるだろう？

「それが若者の困るところだ」それからスウェンソンは満足気に言った。「よし、切り替え成功」舌が音素領域の間を移動するような滑らかさで、時間回路が空間回路に変換された。地球とB303システムの間の気が遠くなるような距離は、彼らの宇宙船にとっては大西洋の往復横断ほどのものでしかなかった。そして今、このもう一つの地球――それは目もくらむほど遠方に位置し、歴史的にはより初期の段階にあるが、彼らの地球と同じものだった――への接近に際して、ヴェドマム質によって彼らは、まるで一つの夢からまた別の夢へ移行するように、固体が存在し続けることのできる世界へと滑り込んだ。これは彼らのものとは余りにも異なるためにかえって馴染みがあるような、宇宙の法則が極限にまで曲げられながら残存している世界だった。スウェンソンは時間と空間が交換可能であるという認識に基づいた教育を受けていたが、それでも連続性《ナーハアイナンダー》が並存性《ネーベンアイナンダー》へといともたやすく変換される奇跡にはいまだ驚異の念を抱かざるを得なかった

（やはりこれを表現するにはドイツ語が一番だ！）。今のところ、モニターの画面には何も映っていなかったが、制御塔中央部にある透明なコリグノン機からテープが音を立てて吐き出され始めた――彼らが進入しつつある太陽系に関する冷厳とした正確なデータだった。スウェンソンは頷きながらそれを読みあげた。化学の力によって与えられた若さで輝く、北方の松を思わせる男。ペイリーは隔壁にもたれながら、彼の背の高さと節くれだった力強さを羨望のまなざしで見つめた。しかし、スウェンソンは食糧事情が今ほどよくなかった時代の人間に化けることは決して出来ないだろう。彼自身は遥か昔ブリテン島黎明期に存在したシルリア人と同じように小柄で色黒であったので、現在彼らが接近中の擬エリザベス朝英国にも異国人だとは気づかれずに入り込めるはずだ。

「実際、変化の種類は驚くほど少ない」とスウェンソン。「宇宙には限界がある。形式の転換の可能性も情けないほど小さい――」

「またまた」とペイリーは微笑む。

「昔の音楽家がわずか十二の音階で出来たことを思えば――」

「人間の頭は真っ直ぐにものを考えられるけれど、宇宙は曲がっていますからね」

　スウェンソンは波打つテープの山から目をそらし、五つの鍵盤のある制御盤が幸せそうに順調に点滅しているのを認めると、計器パネルに近寄っていった。そのレバーはオルガン弾きよりは鍛冶屋の筋肉を必要とした。「右舷に十五度八分。重力調整」彼は強くレバーを引いた。モニター画面には光の帯が徐々に上昇しながら次から次に現われていた。「これでよしと――」彼はレバーの上、肩の高さにあるパネル上の微調整ダイアルを回した。「お次は惰性飛行で降下」

「すると、我々は引き寄せられているのですね」

「その通り。で、本当に最後までやる気なんだな？」

「あなたも僕と同じくらいよくお分かりでしょう」ペイリーは忍耐強く微笑んだ。「行くところまで行かねばなりません。学問のために。沽券にかかわる問題なんです」

「沽券ね」とスウェンソンは鼻で笑い、それからモニターのほうを見て、「やっと何かが映ったぞ」と言った。

霧、渦を巻く雲、そして蒸気の粥《かゆ》から時折顔を出す陸地。ペイリーが近寄って覗き込む。「地球だ」と驚嘆の声。

「彼らの地球さ」

「我々のと同じですよ。アメリカ、アフリカ――」

「若干配置が違う。見てみろよ、そこの南端の――」

「僕には違うようには見えませんが」

「マダガスカルがうんと小さいだろ」

「雲がまたかかってきました」ペイリーは目を凝らした。信じられない光景だった。

「考えてみろよ」とスウェンソンが親切な口調で言う。「進化が全く同じパターンをたどるのを見るのは、どれだけ多くのシステムの存在があって初めて可能になることか。お前さんが不思議がるのは、数え切れないほど多くの世界が我々の世界とは同じではないということが想像できないからなんだ」

ある考えが浮かんだので、ペイリーは質問した。「星は――つまり、彼らがあそこから、例えば、彼らのロンドンから見る星は――我々のと同じ星なのですか？」

スウェンソンは肩をすくめた。「おおよそ、だな。大体は同じさ。だが、はっきりしたところはまだ分からない。何と言っても、旅行するのはお前さんがまだ十人目か、十一人目なんだ。しかし、結局のところ、昔のことだろう？　どうしてまた過去なんぞに行きたがるんだ、未来に行こうと思えば行けるのに？」彼は偉そうに鼻を膨らませた。「G9システム、あそこへは何度も旅行した。あとまだ二十年生きられるってのを知るのはいいもんだ。ロストロン・プレイスの記念銘板に『G・F・スウェンソン（一九六三－二〇八四）を偲んで』と書いてあるのを俺ははっきり見てきたからな」

「我々は歴史を検証しなければなりません」とペイリーは少々口ごもりながら言った。彼自身の研究はちっぽけなものに思えた。これだけの設備、これだけの専門知識が動員されるわりにはいかにも瑣末な探究ではなかろうか。「僕はシェイクスピアが本当にあれだけの芝居を書いたのか知りたいのです」

ペイリーの思ったとおり、スウェンソンは軽蔑の意を表した。「結構な調査目的だな。今年二〇六四年はシェイクスピア生誕五百年だろう。で、お前さんはお祝いをする値打ちなんて何もないことを証明しようとしてるわけだ。まあ、別にどうでもいいけどな、俺にとっちゃ。文学なんぞにはとんと興味がないんでね。おっと」彼はペイリーとモニターの間に頭を割り込ませて、画面を覗き込んだ。地図のページが変わって、ヨーロッパの詳細図が浮き出てきた。「さて、ここで完全に正確なコースの設定をしておかないと」とスウェンソンは言い、ダイアルをいじり回し、顔をしかめるかと思えば楽しそうに鼻唄を歌い、それから眉を上げ、「そろそろ準備をしておかなくていいのか？」と尋ねた。

大宇宙を股にかける間を怠惰に過ごし、目的地に近づいてから慌てることになったので、ペイリーは顔を赤らめた。彼は上下つなぎの作業服を脱ぎ、ロッカーから仮装用のエリザベス朝の衣装を取り出した。シャツ、半ズボン、股袋、胴衣、羽飾りのついたフランス帽、切れ込みの入った靴――服は昔の織物を模した合成繊維で出来ており、靴は良質の革を使った手作りのものだった。そして、二重底になった頭陀袋《ずだぶくろ》。この底には双方向性の信号機が隠されていた。もっとも、困難に陥った時にそれが役に立つというわけではない。スウェンソンは一年後に迎えに来るという厳命を受けていたからだ。信号機は単にペイリーの位置を、彼がまだそこに、過去への訪問者として（実際は密航者として）存在していることを示すだけのものだった。スウェンソンは更に宇宙空間の旅を続ける予定になっていた。ＦＨ28システムでシミンズ教授、Ｇ210でグアン・モウ・チャン博士を回収し、その帰途にペイリーを乗せる段取りである。ペイリーは信号機をテストし、隠さずに頭陀袋の上部に入れてある品物を確認した。まず、シェイクスピアの戯曲台本。これらは初期の作品ではない。Ｂ303システムにおける一五九五年現在ではまだ書かれていない六本の戯曲である。これらは第一・二つ折《ファースト・フォリオ》本のファクシミリ版から当時の書体をかなり正確にまねて書き写されたものだ。紙もエリザベス朝の劇作家たちの用いたきめの粗い、硬い紙をまずまず巧妙に模してある。あとは小さな袋入りの、粉をまぶしたコンドームと、それから、これが一番大事なものだが、現金――まっさらのエンジェル金貨とターレル銀貨が数枚ずつ、そしてポルトガル金貨が一、二枚。

「さて」スウェンソンは興奮をかすかに伝える声で言った。「いよいよ英国到着だ」ペイリーは彼にとっては馴染みの川を見下ろした。ティーズ、ハンバー、テムズ。生唾を飲んで、これからの行程を手早く反芻する。「秒読み開始」とスウェンソン。左舷の壁から聞こえてくる機械の声が三〇〇から数え始めた。「では、このあたりでさようならを言っておいた方がいいようですね」ペイリーは再び唾を飲み、デッキにあるトラップを開けた。それは一人が入ればいっぱいになるような小さいジェット機動の船体につながっていた。

「テムズ河口に着陸するはずだ。挨拶は『さようなら』ではなく、『ではまた』だろう。お前さんの学説が証明されることを祈ってるよ」二〇〇、一九九、一九八。ペイリーは下に降り、座席に腰掛け、単純な計器をチェックした。待つのはひどく長く感じられた。エリザベス朝人に扮した自分が二十一世紀のミニ・ジェット機の操縦桿を握っている姿を見て彼は苦笑した。六〇、五九、五八。エリザベス朝の発音を点検。架空の履歴の確認。僕はノリッジからロンドンの演劇界に打って出ようとする青年だ（「これなる台本は我輩の傑作の一つ」）。機械の声が小さなキャビンの中で大きく響く。四、三、二、一。

　ゼロ。ペイリーは母船の腹部から離脱した。突然落ち着いた気持ちになり、それから高揚感が訪れた。月光の下で緑の田園は眠り、川は華やかな銀色に輝いていた。コースはあらかじめスウェンソンによってセットされていた。ペイリーにコントロールできる範囲は限られていたが、滑らかな着水に成功した。次は岸に静かにたどり着くことだ。小さなモーターが静かな音を立て、月明かりの中で彼は舵を取った。このあたりは川幅が広く、水と空しかない世界にいるようだった。岸が近づいてきた。木々と藪と草の茂み。人気《ひとけ》は全くない。他の船舶も見当たらない。もしこの飛行船を見たら、ここの人々はどう思うだろうか？　しかし、その点についての心配はなかった。翼をたたむと小さな飛行船は、遠くからなら、ありきたりの艀《はしけ》にしか見えなかった。カモフラージュは万全だった。だが、念のために、草の茂みの中に隠さねばならない。そして、彼が船を下りる前に時限装置をオンにする。これで、彼が上陸した後に船体の金属部に高圧電流が流れ、もし誰かが勝手に乗り込もうとしたら撃退できる。即死になるのは気の毒だがやむを得ない。きっかり一年の後にはスイッチが自動的にオフになる。その間、好奇心に駆られて飛行船を調べてみようとした者や、たまたまそれを発見した者によって、どんなとんでもない話が作られるだろう？　どうせ洗練されたロンドン市民にはとても信用されないほら話だろうが。

　さて、いよいよロンドンとの対面だ。


　その夜ペイリーは岸辺を歩いて川上へと向かった。楽な道程だった。月明かりが野原の道や回り木戸を照らしていた。あちらこちらで小さな農家が眠っていた。一度、遠くで誰かが口笛を吹いているのが聞こえたような気がした。町の大時計が時を知らせるのを聞いたようにも思った。いったい今が何月何日の何時なのか見当もつかなかったが、季節は晩春で、夜明けまでは三時間ほどであろうと推測された。スウェンソンによれば、一五九五年であるのは間違いなかった。時間はここでも本当の地球と同じように流れていた。二年前、スウェンソンは男を一人モスクワに運んだ。あそこではキリスト教暦を使っていたが、それが一五九三年だった。歩いて空気を胸いっぱいに吸い込むのは心地よかった。しかし、時々見慣れない星座の形を見ると不安になった。「カシオペアの椅子」はある。シェイクスピアの名前、ウィリアムの頭文字Wの歪んだ形だ。だが、彼の全く見たこともない星座もある。エリザベス朝の人々が信じていたように、星は歴史を変える力を持っているのだろうか？　だとすると、このエリザベス朝のロンドンの空には本当の地球では知られていない星があるのだから、ここは今では書物からしか知ることの出来ないあの別のロンドンと、はたして同じ場所なのだろうか？　まあ、それはじきに分かることだ。

ロンドンは、灰色の石の怪物然として突如出現、というような真似はしなかった。それは徐々に、優しく、野原と木々の間にある家々、裕福な人たちの涼しげな郊外という形をとって現われた。それから、沈みつつある月の下で、あたかも弱音器をつけた喇叭《らっぱ》に導かれるかのようにロンドン塔が登場し、次に、まだ熟睡している密集家屋が姿を見せた。ペイリーは初夏のロンドンの空気を吸い込んだが、それは決して良い香りではなかった。ぼろ服と脂肪と汚物が混じり合っていた。彼がボルネオに飛んでジャングルの周縁部をこわごわ探検した時と同じ匂い——なぜか密林を想い起こさせる匂いだった。この印象を裏打ちするかのように、遠くで叫び声が上がった。だが、これは犬の遠吠えだった。この宇宙の果てにも、人間の親友たる犬はいた。限りなく広大な宇宙の果ての仲間に呼びかける吠え声。続いて人間の声、道路の丸石を踏むブーツの音。「四時。いい朝だよう」彼は本能的に路地に身を潜め、湿っぽい壁に磔刑のように体を押しつけた。名乗りをあげるのはまだ早い。時を知らせる夜回りの声の母音の発音をじっくりと味わう。現在のイギリスの英語よりはアメリカの発音に近い。ようやく今の時刻が分かると、習慣で、普段なら手首につけているはずの腕時計（それは航行中に止まってしまっていたが）を探りながら、夜が明けるまで何をしようか考えた。終夜勤務の受付がいるホテルなどない。三カ月たくわえた顎鬚を引っ張り、学術調査の開始は早ければ早いほどよいとの結論に達すると、シアター座のあるショーディッチまで歩くことにした。それは演劇を毛嫌いするシティ区議会の管轄外にあり、歴史の本によれば、新しい、美しい建物であるはずだった。研究者としての熱意、実物を見てみたいという欲望にとらえられ、吹き始めた朝の冷たい風も気にならなかった。二十一世紀のロンドンについての知識は、方角を知る上でほとんど役に立たなかった。とにかく北に向かって歩いた。マイノリーズ、ハウンズディッチ、ビショップゲイト。歩いている途中、どぶの悪臭で一、二度思わず吐き気を催した。行く手にはさらにひどい、強烈で、汚い、不潔そうな匂いがある。その源はフリート・ディッチだろうと彼は推測した。胃の調子を整えるために、頭陀袋から一握りの粉薬を取り出して、それを舌の上にのせる。

道にはねずみ一匹見当たらなかった。やがて、漂う銀色の雲の下に彼は見た――シアター座だ。しかし、がっかりさせられた。その建物は木杭の上にそびえる粗末な木小屋で、屋根の藁葺きはぼさぼさになっていた。現実は常に期待していたよりも小さく、平凡なものである。中に入れるのだろうか、と彼は思った。番をしている夜警の姿はなかった。詩神の神殿と言うよりは、屋外便所を思わせる入り口に近寄る前に、月明かりに照らし出された光景を彼はしっかり目に焼き付けた――貧相な家々、道路の丸石、あたりを覆う、予想していなかった、驚くほどの緑。その時、初めて生き物が視界に入った。

ねずみ一匹姿を見せない、と彼は思ったのではなかったか？　しかし、この長い尻尾を持った生物はどぶねずみに間違いない。三匹のどぶねずみが劇場の入り口から遠からぬところで、何かのご馳走をかじっている。彼が用心深く近づくと、ねずみは細長いひげを月光にきらめかせながら即座に逃げ出した。それは意地の悪い目と太く肉付きのよい尻尾を持った、彼のよく知っている（と言っても、大学の実験室で見ただけなのだが）ねずみと同じ動物だった。しかし、彼はこのねずみが食べているものを目にしてしまったのだ。

ごみの山から引っ張り出されたのは人間の腕だった。このような出来事に対してペイリーに心の準備がなかったわけではない。テンプル・バーで売国奴の首が晒されていたり、罪人の遺骸がテムズ川岸で潮に洗われ、腐るままに放置されたり、タイバーン（彼の時代のマーブル・アーチ）の刑場で切られた手足がそのままハゲタカ（いや、トビだ。しかし、今の時間はトビはねぐらで寝ているだろう）の餌として無造作に放置されたり、という図はいやというほど見て知っていた。先ほど飲んだ薬のおかげで胃はおさまっていたから、彼はそのかじられた物を冷静に眺めた。肉はまだあまりたくさん食いとられてはいなかった。朝餉《あさげ》は開始早々に中断されたようだ。手首のあたりにどろっとした何かの引きちぎられた断片があり、これにはペイリーも顔をしかめた――人間の体の一部としてはたしかに見覚えがあるが、普通は腕に付いているものではない。一瞬それは眼窩のように見えた。眼球は取られていたが、その奥の柔らかい部分はまだ残って完全に食い荒らされてはいない。いや、そんなはずはない。ペイリーは笑ってその考えを打ち消した。笑うのは困難ではあったが。

彼はその人体の名残りに背を向け、入り口のほうに真っ直ぐ歩いて行った。驚いたことに、鍵はかかっていなかった。戸はきしんだ音を立てて開いた。一五九五年の世界、なじみがあるようでないようなその世界への歓迎の音だった。そして、そこにあの劇場があった――踏み固めた土間の土（これを平土間の客がさらに踏み固めるのだ）、舞台脇のボックス席、張り出し舞台、今はカーテンのかかっていない奥舞台、二階舞台、旗竿のついた塔。彼は神妙な気持ちで深く息を吸い込んだ。これがシェイクスピアの劇場だ。と、その時――

「おい、捕まえたぞ！」

心臓が、収まりの悪い入れ歯のように、口から飛び出るかと思われた。振り向くとそこには彼がはじめて見るエリザベス朝人がいた。助かった。外見は汚いが、一応まともな人間のようだ。不恰好な靴に、鵞鳥の糞のような色をしたズボン、悪臭ぷんぷんの上着というでたち。酔っ払っているのだろうか、ふらふらとした足取りで、ペイリーの顔を覗き込もうと近寄って来た時には安酒の強烈な匂いがした。男の目はガラス玉のようだった。そして、匂いでペイリーの正体を知ろうとするかの如く、彼は鼻から息を勢いよく、深く吸い込んだ。飲み過ぎて頭もぼんやりしているのだろう。ペイリーは軽蔑を覚えた。それにしても、人の匂いを嗅ぐとは失礼な奴だ。母音の発音に注意しながら彼は口を開いた。

「我輩はノリッジの歴《れっき》とした紳士で、たった今当地に着いたところだ。下がれ、下郎め。身の程をわきまえるがよい」

「身の程ったって、こっちはお前さんが誰だか知らんし、何でこんな時間にここにいるのかもわかりゃしねえ」

男はそう言いながらも、後ろに下がった。ペイリーはこの小さな勝利で顔が紅潮するのを感じた。これは言うならば、一度もロシアに行かずに習ったロシア語をモスクワで話してみて、それが完璧に通じた時に味わうのと同じ勝利であった。

「お前さん？　お前さんだと？　お前のような下郎にお前さん呼ばわりされる謂れはない。バーベッジ殿（シアター座の創設者・経営者）と話したいのだ」

「どっちのバーベッジさんだい？　息子の方かい、それとも、親父の方？」

「どちらでも良い。劇を執筆したのでお見せしたいのだ」

明らかに番人に違いないこの男は、またペイリーの匂いを嗅いだ。「あんたは紳士かもしれないけど、まっとうなキリスト教徒らしい匂いがしないな。それに、キリスト教徒にしちゃあ変な時間にうろついているじゃないか」

「着いたばかりだと、今言っただろう」

「馬も連れてないし、旅行外套も着てない」

「それは——両方とも宿屋に置いて来たのだ」

「でもあんたは着いたばかりだといったじゃないか。信じられないな」と番人はつぶやいたが、くすくす笑って、同時にあたかも祝福するかのように右手をペイリーの方にそっと差し伸ばした。そして、含み笑いをしながら、「わかったぞ。鐘突きだね。お前さん、ゴーンゴーンの約束だろ。どこぞのかみさんかい。それが松の箒だったんだろ」ペイリーには男が何を言っているのかよくわからなかった。男は続けて「来なよ。先立つもん持ってるなら役に立ってやるよ」と言ったが、ペイリーは呆然としていた。「寝るところが欲しいのならってことさ」と男がもっと大きな声で言った。これはペイリーには理解できたし、開いた掌と擦り合わされた指が意味することも理解できた。金だ。ペイリーは頭陀袋の中を探ってエンジェル金貨を取り出した。男はびっくりして口をぽかんと開けたままそれを受け取り、帽子に手をやりながら、「ありがとうございます、旦那」と言った。

「実を言うと、宿屋を締め出されてな。出先から戻るのが遅くなって、いくら扉を叩いても主人が起きなかったのだ」

「ふん」と番人は言って、指を小鼻の脇に持っていった。万事心得ていることを示す、地球と同じしぐさだ。ついで金貨で頬を掻き、腰紐につけた小さな財布にしまう前にそれを胸の前で一、二回左右に振って「ついて来て下さいよ、旦那」と言った。

番人はよろめきながらも早足で外に出た。ペイリーは胸をどきどきさせながら続く。「それで、どこへ行くのだ?」と聞いたが答えはなかった。月は既にほとんど沈み、夏の早い夜明けが訪れ始めていた。風に当たってペイリーは身震いした。こっちで買おうなどと横着に考えず、外套を持って来ればよかった。もし本当にベッドのあるところに連れて行ってもらえるなら嬉しかった。温かい毛布にくるまって一時間かそこら眠れるなら、ノミがいようとかまわない。通りには動くものは何もなかった。ただ、本物の地球と同様、骨の折れる求愛とその後に続くさらに骨の折れる交尾のために、遠くで猫が鳴き交わしているのが聞こえたようだった。ペイリーはビショップゲイトから脇に入った暗く悪臭のする細い路地を番人の後について歩いていった。さっき飲んだ薬の効果はもう消えていて、前と同じように胸がむかむかした。しかし、悪臭はさっき嗅いだものとは微妙に違っていた。どういう具合かわからないが、悪臭の元素が自分で勝手にかき混ざり、再び拡散しているのではないか、という奇天烈な考えが浮かんだ。今度の臭いは全くいやなものだった。薄く消えかかっている星を見上げると、ピアノの上に砂の入った皿を置いて激しく弾くと砂が動くように、星も微妙に位置がずれて新しい星座を作っているのだと確信された。

番人はとある家の前まで来ると、さっさとノックし、「ここです。いい娘《こ》がいますよ」とウィンクをして見せた。しかしウィンクをしたまぶたの奥の瞳はガラス玉のようだった。番人がまたノックをした時、ペイリーは言った。

「もうよい。人をベッドから引きずり出すには遅すぎる、いや、早すぎる時間であろう」若い雄鶏が近くで時をつくったが、下手くそだった。まだ一人前ではない。

「遅いも早いもありませんや。身体で稼ぐっていうのはそんなもんです」男が再びノックをする前にドアが開いて、不機嫌な、眠たそうな顔をした女が現われた。汚らしい寝巻きの胸元からユリの花のように見えるものがのぞいた。女は苛立たしげにそれを中に突き戻した。三十八歳くらいだろうか。この白髪混じりのエリザベス朝の老いぼれ女は「なんだい？」と叫んだ。

「客を一人連れて来た。紳士様だそうだぜ」番人は財布から金貨を取り出して、女の前にかざした。良く見えるように女がろうそくを持ち上げると、ユリの花がまた頭をのぞかせた。満面に笑みを浮かべた女はお辞儀をしてペイリーに中に入るよう促した。

「床《とこ》さえあればよい」二人はこれを聞くやいなや笑い出した。「床《とこ》だってさ」

「ノリッジからの長旅ですっかりくたびれているのだ」と彼は付け足した。

おかみは、より深く、前よりもはっきりとからかっていることがわかるお辞儀をして、しわがれ声で、

「藁布団でも、床板でもない、本物のベッドを用意いたしましょう。ノリッジから来られた紳士だからね。あそこじゃあ牛がお粥《ポリッジ》を食べているんでしょ」と言った。番人はにやりと笑った。こいつは目が見えないんだ、とペイリーは確信した。男の右手の親指で何かがたっぷりウィンクしたように見えた。男が出て行った後ドアが閉まり、ペイリーとおかみは嫌な臭いのする玄関に残された。

「ついていらっしゃい、さあ」とおかみは言い、きいきい音のする階段を先にたって昇り始めた。東から薄明かりが差し込み、彼女が手に持ったろうそくが作る影を薄くしていた。階段の吹き抜けの壁には額に入った絵がかかっていた。一つは、殉教者が木に吊るされ、その下で炎が燃えている場面をぞんざいに彫った木版画だった。微笑んでいる殉教者の口からは吹き出しが出て「それでもモウグラドンは生命を授ける」と書かれていた。別の絵には王冠をかぶり、十字架の付いた宝珠と王笏を持ち、額に第三の目が付いた王が描かれていた。「あの王は誰だ？」とペイリーがたずねると、おかみは驚いた様子で振り向いて彼を見て、「ノリッジの衆は何も知らんのだな。主があんた方をお守りくださいますように」と言った。ペイリーはそれ以上何も訊ねず、さらに別の絵の前を通り過ぎた時には驚きを口にしなかった。「Q・ホラティウス・フラックス

（古代ローマの詩人）の肖像画」とあったが、描かれているのは頬髯を生やしたアラブ人だった。これはアヴェロエス（十二世紀の哲学者イブン・ルシュドのラテン名）ではなかったか？

おかみは階段の一番上にあるドアを大きな音を立ててノックして、「ベス、ベス。上客だよ。しかも身ぎれいな男前だ」と叫んだ。そして振り向いてペイリーに微笑みかけると、「すぐに来ますよ。きっと花嫁みたいに飾り立てているに違いない」と言った。寝巻きの胸元からはまたユリの花が首を覗かせ、その花びらにくるまれて一つの目が瞬きしているのが見えたように思えた。彼は恐怖を覚えて身震いし始めた。それは未知のものというより既知のものに対する恐怖であった。彼は自分の乗ってきた飛行船を絶対安全な状態に置いて来た。この世界の者には触ることは出来ないはずだ。しかし、この世界の方もまた、彼のやり方とは異なる何らかの方法によって別の世界の干渉に対して保護されているとしたらどうなるのだろう。彼の頭の中では「秩序を乱す者は必ずや罰を受けざるを得ず」という声がはっきりと鳴り響いていた。ドアが開き、ベスと呼ばれた若い女が職業的な微笑を浮かべながら現われた。おかみの方もまた微笑みながら、「ほら、こんなにきれいに飾り立てたご馳走は見たことないだろう」と言って、手を広げて金を要求した。困惑したまま、ペイリーは頭陀袋の中に手を突っ込んで鈍く光る一握りの硬貨をちゃりんと音を立てて摑みだした。一枚を手にのせたが、女はまだ手を引っ込めずに待っていた。もう一枚、さらに一枚と数えて渡すと女は満足した様子を見せた。しかしこの満足はどうせ一時的なものだということがペイリーにはうっすら分かっていた。「ワインがあるけど、持って来ましょうか」と聞かれたがいらないと断わった。白髪混じりの髪が逆立ったが、おかみはお辞儀をして引き下がった。

ペイリーはベスの後について、警戒しながら寝室に入った。天井は脈動しているように波打っていた。着ていた一枚きりの服を胸から引き下ろすとベスはしわがれ声で「可愛い人」と言った。乳房が揺れ、乳首がペイリーに流し目を送った。予期していた通り、乳首には目が付いていた。納得したという体《てい》で彼はうなずいた。もちろん、こうなってはベッドに入ることは問題外であった。「ねえ」とベスが喉をごろごろさせて言うと、乳首に付いた目がぐるりと動いた。同時に長いまつげが色っぽくまたたいた。ペイリーは頭陀袋をしっかりと引き寄せた。もしこのひずみが――それはますます悪化すると予測できたが――もしこの知覚データの混線が、この世界によそ者が侵入したときにいつも立ちはだかる障壁だとしたら、なぜ地球にはそれに関する情報がもっとなかったのだろう？　他の時間旅行者たちは怪我もせずにちゃんとした記録をたくさん持ち帰って来たではないか。いや、待てよ。本当にそうだったのか？　誰にわかると言うのだ。スウェンソンはホィーラーが中世で三本足の心霊体《エクトプラズム》の一団に牢屋に入れられたと言っていたではないか。「帰りの船に乗せた時は髪の毛もすっかり真っ白で、わけのわからない言葉をつぶやいていた」と。スウェンソンが自分の将来について見てきたことはどうだ？　彼の生年と没年を記した記念銘板は？　おそらく未来は過去からの侵入を気にしないのだろう。でも（ペイリーは正常な思考を取り戻すため、酔っ払った時のように頭を振った）これは過去と未来の問題ではない。現在、存在している別の世界の問題だ。現在＝過去は完結したものだし、現在＝未来も完結したものだ。あの、ブライトンのロストロン・プレイスにある、二十年ほど先のスウェンソンの死を記した記念銘板、多分あれは幻影なのだ。恐怖よりも満足を与えはするが、それでも既に出来上がった秩序への干渉を思いとどまらせるための仕組みだろう。「余り時間がない」とペイリーは突然、エリザベス朝のではなく、二十一世紀の発音で口に出した。「シェイクスピア氏の家に連れて行ってくれるなら金をやろう」

「誰ですって？」

「シェイーールクスペーーイル」

ベスの耳は大きくなり、ペイリーを見つめた。その後ろの壁面には映画の戦闘シーンのモンタージュ画像が次第に大きく映し出されていた。「あんたはあっちの趣味じゃないでしょう。女好きだって顔しているわよ」

「急ぐ用事なのだ。早く。彼はビショップゲイトに住んでいるはずだ」とペイリーは言った。ここの防衛システムに打ち負かされる前に調査を済ませねばならない。その後は？　何とか生き延びるだけだ。信号を出しながら一年が経つまで、どこか静かな場所で正気を保つ。スウェンソンに信号を送り、確認の返事を受け取る。ひょっとしたら――本当にどうなるかなんて誰にわかるだろう？――時間的にも空間的にも遠く隔たった所から自分は予定の日より早く連れ帰ってもらえると連絡があるかもしれない。地球からの新たな指示。予定の変更……。

「誰のことを言っているのかわかっているだろう？　シアター座の役者のシェイクスピア氏だ」

「ああ、はい」ベスの声は急に不明瞭になっていった。どれだけの感覚データを取り入れるかは自分次第なのだ、この娘の胸には目が付いていないし、顎の下に出来ているように見える口は本当はあそこにはない。ペイリーは自らに言い聞かせた。こうして抑え込まれると、幻影は揺らめき、一時的に消え去った。しかし、幻覚の力は強かった。ベスは素肌の上に簡単な服をまとい、古びたマントを洋服ダンスから出して、「きねをまちにかだいちよ」と言った。ペイリーは必死で幻影を押し返した。混乱が調整され、「先にお金をちょうだい」という言葉が聞き取れた。ペイリーはポルトガル金貨を一枚やった。

彼らは爪先立ちで階段を下りた。ペイリーは階段の吹き抜けに掛かっている絵をしっかりと見ようとしたが、それらの絵が何を本当に描いているものかはっきりさせる時間はなかった。油断した隙に階段が二十一世紀のエスカレーターへと変わったので、ひっぱたいて、ぐらぐら揺れる階段に戻さなければならなかった。ベスも彼の心臓を石に変えることの出来る怪物に変身するのは間違いないとペイリーは思った。早くしなければ。彼は苦労して暁を空に引き止めた。通りには二、三人の人がいたが、ペイリーには彼らを見る勇気がなかった。「遠いのか？」と彼は聞いた。近くでたくさんの雄鶏が時をつくった。今度は経験を積んだ雄鶏たちだった。

「遠くないわ」というのがベスの答えだったが、この狭苦しい、今にもひっくり返りそうなロンドンでは遠いなどということはありえなかった。ペイリーは神経を張り詰めて、正気を保っていようとした。汗が額から滴り落ち、その雫が、腹が痛い時のような格好で彼がしっかりと抱きしめている頭陀袋に落ちた。しばしば足下の丸石に躓きながら、彼はそれをじっくりと眺めた。毛穴から落ちた一滴の塩水。これはこの異世界のものなのか、それとも彼が来た元の世界のものなのか？　もし髪の毛を切ってここに放置しておいたら、あるいは、もし、今ちょうど三つ頭のある女が出て来た、そこのおぞましい野外便所で糞をしたら、このB303システムのロンドンはそれらを拒否するのだろうか？　ちょうど人体が移植された腎臓に拒絶反応を起こすように。それには多分自然の摂理ではなく、システムを司る神のようなものが関与しているのだろう。悪魔さえ味方につければ、その神には勝てるのだろうか？　彼が逆らっているのは何かより深遠な内在的必然性ではなく、神が定めたクラブの規約にすぎないのだろうか？　いずれにしろ彼はがんばり続け、銀色に輝く夜明けを迎えたエリザベス朝のロンドンは安定し、動揺し、そしてまた安定し、落ち着いた。しかし、この闘いは非常な緊張を要した。

「ここよ」ベスはペイリーをみすぼらしいドアの前へ連れて来た。ドアはペイリーがそのままの形を保つようしっかり摑んでいなければ、水に変わって道路の丸石の上を流れて行きそうに見えた。「お金をちょうだい」と彼女は言ったが、金はもう十分に与えていた。彼は相手を睨みつけ、首を振った。ベスが握りこぶしを突き出すとそれはまばたきする、髭の生えた男の顔に変わり、ペイリーを脅した。彼は手を挙げてベスに平手打ちを喰らわせようとした。彼女はべそをかきながら走り去った。彼は挙げた手を握りドアをノックした。返事はしばらくなかった。後どれだけの間この世界を死に物狂いの努力でちゃんと保っておけるだろうか。もし眠り込んだら何が起こるのだろう？　全てが溶解して、目が覚めたら寒い宇宙空間で泣き喚いている、というようなことになるのだろうか？

「ああ？　何だい？」と異形の男が言った。ボタンなしのシャツからはだけた男の胸には一列に並んだ輝く目が瞬いていた。これはウィリアム・シェイクスピアではない。そんなことはありえない。ペイリーは注意深く正確な発音をする能力が自分にあるのか訝りながら、「シェイールクスペーイル殿にお目にかかりたいのだが」と言った。男は不機嫌にペイリーを招き入れ、肩をぐいと突き出して、どのドアをノックするか示した。これが運命のドアだ。ペイリーの心臓は肋骨に当たるほどどきどきしていた。彼はノックした。ドアはしっかりした樫材で出来ていた。液状化する心配はない。

「はい？」という返事が聞こえた。明るい、気持ちのよい声だ。寝起きの不機嫌な様子はない。ペイリーは息を飲んでドアを開け、中に入り、うろたえて周りを見回した。入ったのは寝室だった。ベッドの上には服が散らかっていた。紙の載ったテーブルと椅子が一脚あり、しっかりと閉まった窓から朝の光が四角く差し込んでいた。ペイリーは、たぶん向こうにもう一部屋あり、声はそちらから聞こえてきたのだろうと思いながらテーブルのところまで行き、一番上に載った紙を読んだ。そこには「あの乱暴者が再び騒ぎ立てないようそれを与えよ」と書いてあった。今度は彼の後ろから、「紳士の私的な書類を許可なく読むのは品の良いことではないな」という声が聞こえた。

飛び上がって振り返ると、ドルーシャウトによるシェイクスピアの肖像画（第一・二つ折本のタイトルページを飾る）の複製が空中に浮遊していた。四角い額縁に入り、唇は動いていたが、目には生気がなかった。ペイリーは呼びかけようとしたが声が出なかった。口をきく木版画が近づいて来た。「粗野で礼儀知らずなだけか？　それとも枢密院のスパイか？」肖像画の真っ直ぐな縁がどんどん膨らみ、木版画の顔立ちが崩れた。そして黒い線と空間からなる丸形のものが、一所懸命三次元の肉体になろうとしていた。ペイリーはただ呆然としていた。余りに驚いて動けず、目を閉じることさえ出来なかった。それは動物の形をとった。筆舌に尽くしがたいほどいやらしく、醜悪なものだった。おぞましい知性を持ち、うなずき、笑っている、とても大きな、針の突き出たウニのようだった。ペイリーはそれがより人間の姿に近いものになるように強いた。そして目の前に「ウィリアム・シェイクスピア」と呼ばれる架空の人物、つまりその役を演じている役者が立っているのを見ると、恐怖は全く感じなかったが、非常な落胆を覚えた。どうして彼はそのもの自体、カントの言う「実体」と接触することが出来なかったのだろう？　いや、そこが問題なのだ。そのもの自体はそれを見る者によって時間的・空間的感覚が規定するどんな「現象」にも変えられてしまうのだ。彼は勇気を奮い起こして、「これまでにあなたはどんな劇を執筆されたのですか？」と訊いた。

シェイクスピアは驚いたように見えた。彼は「そんなことを訊くのはどこの誰だ」と問い返してきた。

ペイリーは答えた。「こんなことを言ってもなかなか信じられないだろうと存じますが、私は別の世界から来た者です。私たちの世界ではシェイクスピアという名前は良く知られていて、尊敬されております。私はウィリアム・シェイクスピアという名前の役者がいた、いや、いると信じています。でも、その役者が、シェイクスピア作とされている芝居を本当に書いたということが信じられないのです」

目の前のシェイクスピアは、下手くそな彫刻家がシェイクスピアの似姿として彫った像のような格好をした獣脂の塊へと溶け崩れながら、「では、我々はどっちも不信心者だというわけかね。私は何でも信じるがな。お前は今自分で言っていた別世界から来た幽霊なのだろう。もしそうなら本当は雄鶏が時をつくると共にお前は消えてしまわなければならなかったはずだ（『ハムレット』一幕一場）」と言った。

「私に許された時間は幽霊に許された時間と同じくらい短いものかもしれません。今この瞬間まであなたが書いたと言える芝居にはどんなものがあるのですか？」とペイリーは二十一世紀の英語で言った。目の前のシェイクスピアの様子が変わった。輪郭が崩れ、別の姿に変わろうとしていた。しかし、その目はほとんど変わらなかった。狡猾な、知性を宿した目、それは現代人の目だった。

「書いたと言えるだって？『ローマ皇帝ヘリオガバルス』、『ぽんびき撃退法』、『ハロルド一世の哀れな治世』、『ダリッジの悪魔』。それから、まだまだあるぞ」

ペイリーは気が重くなった。これが現実なのか、それとも悪い冗談なのか。この男は本当のことを言っているのか、からかっているのか。これは与えられた事実や感覚情報を制御してそれに意味を与えようと死に物狂いになっている、彼自身の心が作る幻なのか？テーブルの上には紙の山があった。「どうか。どうか、少し見せてください」と彼は懇願した。

シェイクスピアは「見せろと言うのなら、お前が何者か証明するものを見せてみろ。いや、いい。自分で見る」と言うなり、愉しげにペイリーに近寄って来た。その目はきらきらと奇妙に不吉な輝きを湛えていた。「なかなか可愛いい坊やではないか。彼奴ほどではないがな。しかし、夏の朝の戯れの相手としては悪くない」

こんな状況で昔風の言い方にこだわるのは愚かなことだと思いつつも、ペイリーは「寄るでない」と言いながら後ずさりした。近付いて来るシェイクスピアの姿はひどく醜くなった。首が膨れ上がり、差し出された両手の甲には目が光っていた。顔は象の鼻のようになり、巻きつこうとしながら、あたりを探る。吸盤が二つ三つその先端から突き出し、やみくもにペイリーの方に向かって振り回される。ペイリーは邪魔になる頭陀袋を床に落とした。化け物の言葉は濁り、うなり声まじりの呂律《ろれつ》の回らないものになった。テーブルの角に押し付けられた時、インクの汚れだらけの紙がペイリーの目に入った。（シェイクスピアは「一行たりとも書き直したりしなかった」と言われていたのではなかったのか？）

私の居るこの~~牢屋~~牢獄を~~地球~~世界に
いかにして譬えようか~~苦労してきた~~　~~努力してき~~
~~た~~　努めてきたが、
とにかく（『リチャード二世』五幕五場の冒頭部分）

ペイリーの学者根性は失われていなかった。身体の方は十本指の巨大な手から逃れていようと苦闘していたが、探究心は明晰さを保っていた。ペイリーの中の学者が『リチャード二世』！　今『リチャード二世』を書いているのか？」と叫んでいた。

　実験医学の祖クロード・ベルナールと比べうる地位を文学研究において欲するペイリーには、『リチャード二世』が一五九五年にシェイクスピアによって書かれていたという報せをスウェンソンに届けるためにはどんな危険も冒さなければならないと思えた。彼は突然さっと床に屈み込み、頭陀袋を摑んで裏地ごしに送信機のキーを打ち始めた。シェイクスピアは突然抵抗が止んだのにびっくりした様子で両手を突き出したが、摑むものは何もなかった。汗が目に入って目が見えないまま、あえぎながら、ペイリーは「WSのR2」とキーを打った。その時ドアが開いた。

　むき出しになった胸に目が一列に並んだ異形の男が入って来て、「音がしたんでな」と言った。男の姿は、音のしない透明なハンマーで叩かれているかのように、何の前触れもなく刻々と変化し、ますます醜くなりつつあった。「こいつ、あんたに襲い掛かったのか？」

「金めあてではないようだ、トムキン。十分に持っているからな。ほら、見てみろ」さっき急いで投げ落とした時に頭陀袋の口が開いて、金貨が床にこぼれ落ちていた。ペイリーはそのことに気付いていなかった。金貨は移しかえておくべきだった。

トムキンと呼ばれた生き物は「ほう、金か」と言いながら、それを強欲な目つきで見つめていた。「前に来た連中は金なんか持って来なかったがな」

「金もその男も持って行け」とシェイクスピアは無頓着な様子で言った。「どっちもお前の好きなようにしていいぞ」それを聞いたトムキンはペイリーの方へにじり寄って来た。ペイリーは叫び声をあげて、頭陀袋を摑んだ手で弱々しくトムキンを殴りつけたが、相手は鉤爪で易々と頭陀袋をひったくった。

「中にもっと入っている」とトムキンはよだれを垂らしながら言った。

「私のところで働いていると良いことがあると言っただろう？」とシェイクスピアは言った。

「紙もある」

「ああ、紙か」と言ってシェイクスピアはそれを取り上げた。「式部官殿のところへ連れて行け。城門の中に入り込んだ外国人だ。おかしな話し方をする。前に来たドイツ人みたいだ。錯乱している、と言うべきかな。気が狂っているってことだ。式部官殿ならどうすれば良いかご存知だろう」

「待ってくれ」シャベルのような両手で摑まれたペイリーは金切り声をあげた。「私は紳士なんだ。ノリッジから来た。あなたと同じ劇作家だ。見てみろ。今あなたが手に持っているのは私が書いたものだ」

「はじめは幽霊で、今度はノリッジからと来た」と、また肖像画——紙を握った肖像画——になって宙を舞いながらシェイクスピアは言った。「うせろ。この世界と似た別の世界があって、そこにはここに来る魔術があるんじゃないのか？　そんな話を前に聞いたことがあるぞ。あるドイツ人が——」

トムキンが引っ張るのに抗いつつ、「私が言ったことは本当だ。本当なんだ」とペイリーは自分の言い分と部屋のドアの両方に必死でしがみつきながら繰り返した。「あなたはこの時代のもっとも賢い男なんだから、想像できるはずだ」

「それに、まだ生まれていない詩人たちのこともな。ドライゼン、とか何とか言う名前の奴、テニスボール卿、それに酔っ払いのウェールズ人にP・S・エリオットか（ジョン・ドライデン、テニソン卿、ディラン・トマス、T・S・エリオットを指す）？　前に来た奴のようにお前もちゃんと面倒見てもらえるだろう」

「でも本当なんだ」

「こっちに来い。正真正銘の狂人だな」とトムキンは唸り、ペイリーを部屋から引きずり出した。ペイリーは床に崩れ落ち、口からは泡を吹き、わめき散らした。

「お前たちはみんな本物じゃないんだ。お前たちの方が幽霊で、本物は私のほうなんだ。これはみんな間違いだ。放せ。説明させてくれ」

「変な話をする奴だぜ」とトムキンは唸って、ペイリーを引きずり出した。

「ドアを閉めてくれ」とシェイクスピアが言うと、トムキンはそれを蹴って閉めた。叫び声が、どしんどしんという足音にかぶさりながら、外の廊下を降りていった。まもなくまた、ゆっくり座って物が読めるほど静かになった。

　これらは良く書けた芝居だ、とシェイクスピアは思った。奇妙なことに、一本はどうやらユダヤ人の高利貸しについてのものらしい。このノリッジから来た男は明らかにマーロウを読んで、ロデリゴ・ローペズ（エリザベス女王暗殺の陰謀に加担したとして処刑されたユダヤ人医師）風の悪党を登場人物にした劇の可能性に気付いたに違いない。彼自身もこんなような芝居を書こうと思ったことがあった。しかし、ここにもう完成品が使ってくださいといわんばかりに用意されている。期待できそうな歴史劇も一つ二つある。ヘンリー四世についてのものだ。そして、これは『空騒ぎ』という題の喜劇だ。神からの贈り物だ。彼は微笑んだ。シュライエル博士とかいう名前のドイツ人が、この狂人同様、芝居を持って来たのを思い出した（でもあの男は本当に狂っていたのか？　狂人がこんな芝居を書けるのか？　「狂人、恋人、そして詩人」〔『夏の夜の夢』五幕一場〕という見事な一行がシュライエルが持ってきた妖精たちについての劇の中にあったな。可哀そうにシュライエルの奴は黒死病で死んでしまったけれど）。シュライエルが持ってきた芝居も良かったが、たぶん、ここにあるものには及ばない。

　シェイクスピアは誰もいないにもかかわらず、こそこそと十字を切った。詩神について詩人たちがかつて語った時、彼らは、今、外の通りで弱々しく叫び声を上げているあの男や、シュライエルや、それから、拷問にかけられても自分はアメリカのヴァージニアから来たとか、アメリカにはオックスフォードやライデンやウィッテンバーグと同じくらい、いやもっと良い大学があると言い張ったあの男のような訪問者たちのことを言っていたのだろうか？　彼は肩をすくめた。天と地の間には計り知れないことがある云々〔『ハムレット』一幕五場〕、とはよく言ったものだ。まあ、あの連中が何者であれ、芝居を持って来てくれる限り大歓迎だ。シュライエルが持ってきた『リチャード二世』には、今やっているような手直しが必要だろう。でも、あれより前の芝居は『ヘンリー六世』からずっと客の入りが良い。彼は白いものが混じった赤褐色の顎鬚をしごきながら、手に入れたばかりの一束の一番上のページにきれいな灰色の目を走らせた。ため息をつくと、テーブルの上に載っていた自分の芝居を読んで丸めた。だめだ。リズムが悪い。魔術の要素が過ぎる。

紳士諸君、考えてみたまえ。
地上に生きているものが全て、自分に似たものを
海中に見つけるように、
遠い空の下で、我らの人生は真似られている。
あらゆるものが双子を持ち、あらゆる行いに双子
が存在する。
双子にはまた双子が限りなく存在し、
これらの星々にさえも双子がいるのだ。

このインジェニオ公爵の台詞など余りに空想的だ。これではだめだ。彼はそれをごみ箱に投げ入れた。後でトムキンが空にするだろう。彼は新しい紙を取り出して、達筆で写し始めた。

『ヴェニスの商人』

そして写し続けた。一行も書き直すこと無く。

パラダイス・ビーチ

Paradise Beach

リチャード・カウパー
若島 正訳

わたしはSFに熱中していたころ、《ファンタジー・アンド・サイエンス・フィクション》誌を定期購読していた。そのときに彗星のごとく出現した新人作家が、リチャード・カウパーでありジョン・ヴァーリーだった。そういうわけで、この「パラダイス・ビーチ」も初出の雑誌掲載時にリアルタイムで読んだ、懐かしい一篇である。新人だとばかり思っていたら、後で知ったのだが、カウパーはこのときすでに五十歳だったとは。

「だれって？」とテレビ電話のスピーカーから聞こえる声がたずねた。その一方で、画面に映っている顔は、まさか信じられないという表情のパロディにゆがんだ。

「ケチャップ？」

「ケツコフよ。イゴール・ケツコフ。そんな名前聞いたことないなんて言わないでちょうだい、マーゴット」

「聞いたことないわよ」スクリーンの顔がそう言って笑った。そして態度をやわらげながら、こうたずねた。

「ゼフ、その男って、いったい何をやってみせるの？」


「騙し絵。壁画よ。ほら」

「ああ。レックス・ホイスラーみたいに？」

「レックス・ホイスラーとは大違い。まあ、多少は似てるかも。イゴールが使うのは――ちょっと待ってね、どこかにあったはずだから――『超微粒子化した、固体状の、立体蛍光技術により、現代の奇跡とも呼ぶべき多次元アナモルフォーシスを作り出している』」

「アナ――って？」

「モルフォーシス。とにかく、ここにはそう書いてあるわ」

「それってどういうこと？」

「さあね。幻覚じゃないの。とにかく、マーゴット、大切なのはね、彼がわたしたちのためにやってくれるってこと」

「わたしたち？　ということは、ヒューゴが同意したってわけ？」

「ヒューゴが依頼したのよ！　イゴールは〈アートファクス〉というなんだかよくわからない美術会社と契

約を結んでいたの。それをSアンドLが二月に一括買収の一部として手に入れたというわけ。ヒューゴがようやく残務整理に手をつけて、いらないものを選り分けていたとき、たまたま〈アートファクス〉とイゴールに出くわしたらしいの」

「なるほど。それでも、ちょっぴり驚きだってことは言っておかないとね、ゼフ。つまり、ヒューゴ卿がまさか芸術の後援者だなんて、思ったこともなかったわ」

「ここだけの話だけどね、彼は芸術をどちらかというと投資の対象として見てるのよ。ところで、十日に開かれる特別公開にあなたを招待してあげるわ」

「あら！　興味津々になってきたじゃないの！　ヒューゴのお行儀のいい資産家たちが全員集合して、ぽかんと口をあけて見とれ、それから大あわてでロンバード街（銀行などが集まっているロンドンの有名な金融街）へ戻って、うちの会議室にもぜひとイゴールのアナなんとかを注文する。〈アートファクス〉の株価はうなぎのぼり、シャーウッド・アンド・ラザルス投資銀行は濡れ手で粟という筋書きね。違う？」

「あなたって皮肉屋ね、マーゴット」

「わかってるわよ。それもわたしの魅力のうちだもの、ゼフ」

ゼファー・シャーウッドが笑った。「それじゃ、十日に。七時半。忘れないで」

「来るなと言われても行くわよ」

ヒューゴ卿とシャーウッド卿夫人による特別公開のために、W1地区にあるアストラル・コートに集まった人々の中には、ゼファーの元恋人が少なく見積もっても五人と、それに投資銀行の盟友を代表する面々が含まれていた。マーゴット・ブライアリーが冷静に査定したところでは、そのわずか六人分の基本的資源を合算してみると、一九九二年制定の新制度では五百万新ポンドを優に超える——つまり五十億旧ポンドである。そう思っただけで、彼らには本来備わっていない魅力が加わったように見えるのだ。幸いなことに、ゼファーはそこに彩りを添えようと、数え切れないほどの友人や知人の中から選び出した才能の持ち主たちをふんだんに散りばめていた。マーゴットが気づいたのはテレビ電話で活躍中のスタアたち三人や、ヨーロッパ全土で同時配給されているファッション記事の執筆者、びっくりするほど奇抜な衣裳をつけた服装倒錯者、それからとんでもなく毛深い若手のサッカー選手で、この男はたしか、最近あるクラブから別のクラブへ記録的な契約金で移籍したばかりだった。（ひょっとして、この人がゼファーの現在のお相手かしら？）

人食い植物よろしく触手を伸ばすロンバード街の有象無象たちから逃れ、マーゴットは人混みの中を抜けて、ゼファーが崇拝者たちに取り囲まれているところへ行った。ゼファーはロココ風のブランコに乗り、ゆっくりと前後に揺れている。それを途中で制止して、マーゴットは言った。「さあ、早く。どの男が彼なの？」

「どの男がだれだって？」

「イゴールなんとかに決まってるじゃない」

ゼファーは巡回中の自動執事を手招きして、空《から》になったシャンパングラスのお代わりを差し出されたトレイから受け取り、宝石をはめた手で客の一群の方を指し示した。彼女がそこに見つけたのはヒューゴ・シャーウッド卿だけだった。「イギーって、ちっちゃなペットみたいで、口髭生やしてるの」とゼファーが言った。「ひょっとしてヴェトコンかしら？」

当のちっちゃなペットが、ちょうどその瞬間に、女主人の方に視線を向けた。彼の歯が宇宙光線のように光った。ゼファーが指をひらひらさせたのに応えて、彼は小走りで彼女のそばにやってきた。

「イギー、紹介するわ、こちらがマーゴット・ブライアリー」とゼファーが言った。「すごく知的な探偵小説の作家よ」

「光栄に存じます」とイゴールは言い、まるで時計仕掛けのように靴の踵をぴたりとつけて深々とお辞儀をした。そして姿勢を正すと、マーゴットの全身をくまなく撫でまわすように眺めた。「いやはや」と彼は息をついた。「しかし、たとえあなたでも、わたしなら永遠不滅にしてさしあげますよ、奥様！」

マーゴットはドレスのファスナーがまだとめてあるか、手探りでたしかめてみたいという衝動を抑えて、くったくのない笑みを返した。「ぜひお訊きしたいと思っていたんだけど、そのアナモルフォーシスというのは何なのか、えーっと……」

「ケツコフよ」とゼファーが含み笑いをした。「ケツコフに似た名前」

「いや、ごく簡単なことで」とイゴールは愛想良く言った。「その言葉じたいは語源がギリシア語でしてね。『形を変える』という意味なのです。ルネサンスの芸術家たちは、歪んだ鏡に映るものを忠実に再現すれば、ヴィジョンを暗号化できることを発見しました。そのヴィジョンの暗号を解読するには、最初に見たのと同じような鏡を作品の前に置けばいいのです」

「ナショナル・ギャラリーに展示されている、ホルバインの絵みたいなものかしら？」とマーゴットが顔を輝かせて言った。「ほら――男が二人と、リュートがあるやつ」

「『大使たち』でしょう、奥様」といかにも感心したようにイゴールが言った。「ただ、わたしはそれほど狭い意味でその言葉を使ってはおりません。わたしが用いる鏡は、まさしく観察者自身の念力場に他なりません。どの二人として、同じケツコフを見ることはないのです。変化は無限で、際限なく微妙なのです」

「おまけに、際限なく高価じゃないの？」

「たしかに安くはありませんな。しかし、その一つ一つが、所有者の個人的な心理情動的閾値をもとにして、個別のスタイルと構造を持っていることを、ぜひご留意いただかないと。それには精妙な技巧が要求されるのです」

「イゴール、もう準備はできたかな？」ヒューゴ卿がゼファーのブランコのそばに現われ、マーゴットにににっこりほほえんで、問い質すように眉を吊り上げた。

「準備万端整いました。スイッチを入れる前に、主照明が暗くなるようにもしておきました」

「結構。わたしはみんなを階下に案内して、一言挨拶する。それからきみの出番だ」銀行家は腕時計を見た。「今から五分後にキックオフでいいかな？」

イゴールはうなずき、マーゴットとゼファーに軽く会釈してから、狭い階段を小走りに中二階まで降りていった。そこの長い壁は、プラム色をしたビロードの緞帳が下ろされていて、見えなくなっている。

「彼のことどう思う？」とゼファーがたずねた。

「さあね」とマーゴットは考え込んだ。「何かちょっと気味の悪いところがあるわね」

「イギーが気味悪いですって？　やめてよ！　あんなの、ただのペットじゃない」

「しつけはしてあるのかしら？」

ゼファーは鈴のような笑い声をたてた。「さあ。いちばんいい席を取ろうと思ったら、早く降りていかなくちゃ」


ヒューゴ卿のスピーチは簡にして要を得たものだった。カメラが発明されてからこのかた、百五十年のあいだ、絵画芸術と科学技術はお互いに相手と折り合いをつけようと苦闘をつづけてきたが、はかばかしい成果は得られなかった。この両者の関係はまさしく愛憎関係で、双方が相手を支配しようとしてきたのだ。芸術家の深い不信感に根ざしているのは、機械が一度生産したものを何度も再生産できるのに対して、芸術家のヴィジョンというものは一回きりのものだという認識である。新しいアナモルフォーゼ術の発明は、この昔からのジレンマをついに解決した。これが二十一世紀における究極の芸術形態であることを、彼は信じて疑わないものであり、イゴール・ケツコフは必ずやカンディンスキーおよびピカソと並び称されるであろう。その当否は、ここにいらっしゃる皆様がたが各自ご判断いただきたい。

照明が急に暗くなり、停電したような状態になった。かすかな音をたてながら、緞帳が左右に開いた。そしてそのとき、神経にぴくりとさわるような閃光の衝撃とともに、壁からどっと光があふれだした。集まった客たちから一斉に、あっと息を呑む音が聞こえた。まばゆいばかりの光をさえぎろうと手がかざされた。そして、「すばらしい！」「信じられない！」「すごい！」といった叫びに混じって、拍手大喝采が巻き起こった。

マーゴットにとって、その幻覚はまったく驚くべきものだった。まるでちょうど、幅五メートル高さ二メートルの部分がペントハウスの壁からそっくり切り取られ、その代わりに曇りのない窓ガラスがはめこまれたみたいで、そこからは湾曲するカリブ海の浜辺が見晴らせたのである。左手には、背が高くて羽根をひろげた棕櫚《しゅろ》の木がかすかなそよ風に吹かれてなびき、黒い影のカーペットを斑模様に織りなしながら、入り江の銀白色の縁に沿って、目が痛くなるような無限の彼方へと続いている。なだらかな棚をなす砂浜の上では、すみきったさざ波がまるで眠くなった子猫のように戯れてはまた引いていく。はるか沖で、きらめく波飛沫のつらなりが表わしているのは、海中の環礁が大西洋の大波の力を吸収している場所だ。それは幻覚として完璧だった――あまりにも完璧すぎるのだ！　きっと現実に違いない！

ためらいがちに前に進みながら、マーゴットが手を伸ばして触れてみると――そこにはなにもなかった！　ちょうどあたかも、くっきりと見える砂浜と彼女の手を隔てていた透明な障壁に触れた瞬間、あらゆる肉体感覚がショートして、たしかなメッセージが指先の末端神経から脳へと流れなくなったようだった。彼女はすっかり方向感覚を失い、目を閉じて後ずさりした。猫だったら総毛立っているところだ。震えが激しくて、手にしていたグラスももう少しで落としそうになった。

「ふーん」とゼファーがつぶやいた、「これは本物の力業だと評価しないわけにはいかないわね、そうじゃない？」

マーゴットはうなずいた。「場所はどこのつもりかしら？」

「グレナダ島のパラダイス・ビーチ。ねえ、あれをじっくりとご覧なさいよ！」

マーゴットはもう一度パノラマの方を向いた。輝く砂浜はしだいに細くなり、波に運ばれて紺碧の彼方へ消えていく。遠く離れた、平和で美しい世界。「じっくり何を見ろっていうの？」と彼女はたずねた。

ゼファーは前景の左手にあるどこか一点を食い入るように見つめている。ほとんど嫉ましいといってもいいような好奇心の表情だ。「まったく、まいったわね」と彼女はつぶやいた。

「何が？」とマーゴットは食い下がった。

「あの二人よ」とゼファーは言い放った。「ねえ、彼ってほんとに男らしい男じゃない？」

マーゴットがどれほど目をこらしても、見えるのはクモガニが餌を求めて遠くの浜辺を横歩きしている姿だけだった。「いったい何の話？」と彼女は言った。

「『男らしい男』って誰のこと？」

ゼファーの頬が、かすかな指紋をつけたように赤くなった。目が輝いている。「すごい！」と彼女は小声で言った。そしてもう一度、「すごい！」

マーゴットは他の客たちをすばやく見まわした。そのうちの数人はアナモルフィックのあの一点この一点を、まるで催眠術にかけられたように見つめている。

その瞬間、聞き憶えのある声が耳元でささやいた。

「奥様、言ったとおりでしょう？　どの二人として、まったく同じケツコフを見てはいないのです」

はっとふり向くと、そこにイゴールがいて含み笑いをしていた。「それじゃ何を見てるっていうの？」と彼女はたずねた。

イゴールは肩をすくめた。「わたくしにたずねても仕方ないでしょう。わたくしはキャンバスと額縁を提供しているだけです。みなそこに好きな絵を描いているのです」

「それじゃヒューゴ卿はどうなの？　つまり、結局のところ、これは彼のものなんでしょう？」

「もちろんそうですとも。ここのポケットに入っている小切手がその証拠です」

「それで、いったい彼にどんな得があるの？」

イゴールは鼻で笑った。「彼にはプロスペロ役を演じる権利があるんですよ。結局のところ、奥様、あれは彼の島なんですから」彼は歯を見せて満面の笑みを浮かべた。「それじゃ、でかい魚がどれくらい食いついているか、見てこないといけませんから」彼はささやいた。「またお会いしましょう、奥様」


「ゼフ！　この何週間もあなたをつかまえようとしてたのよ！　いったいどこ行ってたの？」

「ブラジルよ、もちろん。決まってるじゃない」

「どうしてブラジルなの？」

「まあ、ばかなこと言わないで、マーゴット。ちょっと考えてみたら？」

「コーヒー？」

「ワールド・カップよ、ばかねえ」

「サッカー？　いったいいつから……あっ、そうか！」

テレビ電話の中の美しい顔が、唇をなめながら、すましてにやりと笑った。「マーゴット、サッカーってすごくおもしろいのよ。最高のスポーツじゃないかな」

「あらそう？」

「まあ、二番目に最高ということにしておくわ」

「それで勝ったの？」

「わたしはプレーしたわけじゃないのよ。観戦してただけ。準決勝で負けちゃった。審判員が買収されてて」

「あなたに？」

「そうか、早くその手に気がつけばよかった！」

「きっと次回はそうするんじゃないの。ところでヒューゴは？」

「いつもどおり、銀行のお仕事に精を出してるわ。ヒューゴってそういう人だから」

「ゼフ、彼は気にしてないの？」

「気にするって、何を？」

「知ってるくせに。あなたの婚外生活のことよ。球技だとかなんだとか」

「まあ、当然のことだけど、それについて彼と論じ合ったりしないようにしているわ、おあいにくさま」

「でも、彼は知ってるはずよ、ゼフ」

「銀行家の妻にはちょっとした趣味が一つ二つ必要なものなの」

「一つ二つ？」

「まあ、一つじゃすまないわね」とゼファーはうなずいて、いつもマーゴットを歯ぎしりさせる、あの鈴のような小さな笑い声をたてた。「それで、あなたはどうしてたの？」

「書きまくってたわ」とマーゴットは言った。「キャロウェイ刑事物の新作の第一稿をちょうど完成させたところ。仮題は『三重殺』」

「やったじゃない。どこかパーティに行った？」

「二度ね。退屈なのと、まあまあなのと。そうそう、その片方で、イゴールにばったり出会ったわよ」

「イゴール・ケツコフ？」

「あなたの知り合いにイゴールが何人いるっていうの？　彼の話では、新しい依頼が三件あったそうよ。とても満足してる様子だった。ところで、〈パラダイス・ビーチ〉はどう？」

「わたしが家にいなかったあいだに、ヒューゴが書斎に移動させてしまったの。中二階をふさぎすぎるって言って。まあそうかもしれないわ」

「へえ、あれを移動できるの」

「〈アートファクス〉がぜんぶやってくれたわ。ただ、とんでもなく高くついたんじゃないかな。ねえ、忘れないうちに言っとくけど、あなた金曜日空いてる？」

「金曜日？　そうね、空いてると思うけど。たいした用事は入っていないわ。なぜ？」

「一緒にヒックステッドに来てくれないかと思って」

「ヒックステッドですって！　なんでまた？」

「障害飛び越しよ、ばかねえ」

「障害飛び越しですって！　あなたには馬の前も後ろもわからないと思ってたわ」

「ここだけの話だけど、たしかにまだ、よく考えないとわからないの。でもね、サンパウロで出会った男がいて、その人は日中ずっと馬に乗ってるっていうものだから」

「ゼフ、あなたってまったくビョーキじゃない！」

「違うわよ、ちょっと好奇心が強いだけ」


「マーゴット、あなたがめちゃくちゃに忙しいのはわかるけど、数分だけ親友とつきあってくれない？」

「まあ、ゼフ！　どこからかけてるの？」

「コンチネンタル・クラブよ。フレドリコがロイヤル・ショー（英国最大の農業見本市。馬術競技も行なわれる）に出るのでここに予約を取ったの」


「フレドリコ？　ああそうだったわね、思い出した。ゴンザレス大尉。たしかヒックステッドで会ったんだっけ？」

「そうよ。ねえ、マーゴット。わたしはごく沈着冷静なタイプだと思うでしょ？」

「ええ、相当にね」

「ありもしない妄想を抱くような癖がないと？」

「わたしが知っているかぎりではね。どうして？」

「実は、どうも変なことが起こってるの」

「変って？」

「つまり、まったく筋道の通った理由があるはずなんだけど、わたしにはどうしてもそれが何だかわからないの」

「何の理由なの、ゼフ？」

「ヒューゴのふるまいよ」

「ヒューゴ？　いったい彼がどうしたって？」

「わたしがそれを知りたいの」

「ちょっと待ってよ。もっと最初から、身を入れて説明してくれないと」

「どうしてそんなこと言うの？」

「わたしが何を言ったって、ゼフ？」

「身を入れるって話」

「話についていけないって言っただけじゃないの！　どうも変なことが起こってるみたいだって、いきなり言うんだもの。それから、それがヒューゴに関係してるって言うんでしょう。いったい話はどうなってるのか、ちゃんと説明してほしいって言ってるだけよ」

「ごめんなさいね。どうもわたし、ちょっと気が立ってるみたい。どこまで話したかしら？」

「ヒューゴがどうも変だっていうところまで。でと、それはいったいどういうこと？」

「彼が日焼けしたの」

　マーゴットは何も言わなかったが、表情は雄弁に物語っていた。

「信じてくれないの？」

「もちろん信じるわよ、ゼフ、でも正直な話――」

「ボンダイ・ビーチ（オーストラリアのシドニーにある有名な海水浴場）の監視員みたいに日焼けしたの」

「ということは、日焼けサロンに日参してたのね。それがどうして変――」

「行ってないわ。調べたもの」

「なぜそんなことしたの？」

「どうしてもたしかめたかったのよ、マーゴット」

　二人の視線はお互いの画面上で真正面からぶつかった。「紫外線ランプ？」とマーゴットはためしに言ってみた。

「いいえ」とゼファーが言った。

「まあ、屋根の上で寝そべって日焼けしたということもないわね。この一カ月ほど、ロンドンじゃほとんど日が照らなかったし」

「日照時間は五十二分、そのうち六分を除いて、みな銀行業務の時間帯」

「へえ！　よくそこまで！」

「気象庁で調べたもの」

「あなた本気で心配してるのね」

ゼファーはうなずいた。「最初はそうでもなかったけど、そしたら砂を見つけて」

「えっ？」

「ヒューゴのベッドに」

「砂がヒューゴのベッドに」マーゴットは弱々しく繰り返した。

「こまかくて、白い砂なの、マーゴット。サンゴ砂よ！」

マーゴットは思い切りくすくす笑いたいという衝動をこらえた。「分析してもらったの？」

「そんな必要はなかったわ。すぐにわかったもの」

「ふーん」

「何が言いたいのかわかる？」

「ねえ、ゼフ。そうずばりとたずねられると、どうしても――」

「〈パラダイス・ビーチ〉よ！」

「まあ、ゼフ！ なんてことを！」

「わかってるわよ。信じられない話だって」

「でも、きっと彼にたずねてみたことがあるんでしょ？ それで彼は――」

「マーゴット、わたしにそんなことできるわけがないじゃない」悲痛な叫びだった。「つまり――わたしたち二人とも、そんなことがありえないってわかってるもの！」

そこそこに敏感な女性であるマーゴットは、どうしてゼファーがこの一件に知らん顔できないのか、ぼんやりとわかるような気がした。シャーウッド卿夫人がどれほど錨鎖を自分勝手に長くしたところで、ヒューゴ卿は彼女が錨を下ろす千歳の岩なのだ。ゼファーにとって、ヒューゴは絶対の信頼を持てないと困る男だった。ところが、結婚生活十年にして初めて、その信頼が揺らいだのである。彼女の世界は根底から揺らいでいた。知らないうちに、彼女にとってはどうしても耐えられない場所、すなわち外にいたのだ。「それは自業自得というものよ、あなた」と言いたくなる気持ちをぐっとこらえ、マーゴットはなるほどとうなずいてから、こうたずねた。「じゃあ、これからどうするの？」

ゼファーは相手が絶好のカードを出してきたと言わんばかりの表情になった。「あしたの朝、コーヒーでも飲みにこない、マーゴット？　十一時ごろでどう？」

「アストラル・コートに？」

「もちろんよ」

「わかったわ」

ゼファーは安堵のためいきをついて、スペイン語で言った。「とても感謝するわ」

「どういたしまして」とマーゴットも負けずにスペイン語で返した。

翌朝、アストラル・コートのドアを開けたとき、シャーロット卿夫人の出迎え方は、通常の場合ならいささか奇矯と思われたかもしれない。彼女が後ろ手に取り出したのは、琥珀色の靴紐みたいに見えるようなもので、それをマーゴットの鼻先でふってみせたのだ。

「海藻よ！」と彼女は芝居がかって声をひそめた。

「今朝。シャワーの中で」

「オカガニはまだ？」とマーゴットは弱々しくたずねた。

ゼファーが震えた。「ベッドの下を見る勇気がなくて」

二人はハイド・パークを見晴らすバルコニーでコーヒーを飲んだ。ゼファーの提案で、五つ星のナポレオン・コニャックを二人とも一杯ずつ、士気高揚にぐっと飲んだ。それからゼファーは、スポコレッツリ製の部屋着のポケットからぴかぴかの新しい鍵を取り出し、ヘスター・ベイツマン製のトレイの上にある、ポール・ラマリー製のクリーマーのそばに置いた。

マーゴットはのぞきこんだ。「つまり、ヒューゴが書斎に鍵をかけてるってこと？」

ゼファーがうなずいた。「わたしがブラジルから戻ってきたときから」

「その理由を、彼はどう言ったの？」

「〈アートファクス〉がどうとか、再配線がこうとか言ってたわ。実を言うと、あまり気にしてなかったの」

「でも、ゼフ、それって一カ月も前の話でしょ！」

ゼファーは肩をすくめた。

「それで、中に入ったら何見つけたの？」

「中に入ったことがないのよ――まだ。この鍵は昨日の午後にやっとできたところなの。あなたに連絡した後で」

「だったらどうしてその鍵がぴったり合うって知ってるの？」

「今朝、ためしてみたから」

「でも中に入らなかったのね？」

ゼファーは頭を横にふった。「どうしてもできなかったの。一人じゃ」

「でも、こんな話ってあるかしら」とマーゴットは言った。「行きましょう」

彼女はわざと先頭に立って階段を中二階までのぼり、回廊に沿って並んでいる寝室を過ぎ、ヒューゴ卿の書斎のドアの前で立ちどまった。「あなたが先に入りたい？」と彼女は言った。「それともわたしが先に？」

「あなたから」とゼファーが小声で言った。

マーゴットは耳をドアに押し当て、息を殺して、多少ばかげてはいたが、ノックしてみた。応答はなかった。彼女は鍵をロックにさしこみ、ぐっとねじり、磁器製のハンドルをまわして押した。

ドアは音もなく開き、二人の女は部屋の中をのぞきこんだ。「とにかくオカガニはいないみたいね」とマーゴットは言って、しゃっくりをするような神経質な笑い声を出した。

「見て！」とゼファーがささやいた。「あそこの、デスクのそばの椅子に」

「何？」

「彼のビーチローブよ」

つかんでいたノブを放して、マーゴットは書斎の中に進んでいき、ローブを手にとって調べてみた。かすかに湿っている。衝動で彼女はそれを顔に近づけて、においを嗅いでみた。すえた汗のにおいだった。しかし、他のにおいもしないだろうか？　つんとするかすかなヨウ素のにおい？　それともオゾン？　塩の香り？　彼女はローブを椅子の上に戻し、部屋をぐるっと見まわした。「たしか、こんなに暗くなかったはずなんだけど」と彼女は言った。

「もちろん、そりゃそうよ」とゼファーが言った。「アナモルフィックを据え付けるために、彼が三つめの窓をふさいでしまったんだもの」

厚地のアフガン・カーペットの上を歩いて、イゴール・ケツコフの傑作が隠されている閉じたカーテンのところまで行こうとして、マーゴットは何かをちょっと踏んづけてしまった。かがんで指を厚いウール地に突っ込んでみたら、出てきたのは小さな貝類のつぶれた残骸と、相当な量のこまかい白砂だった。

「何なの？」とゼファーがたずねた。

「何でもないわ」と、身体を起こしてカーテンをつかみながら、マーゴットは言った。「スイッチはどこかしら？」

「あそこの壁だと思うけど」ゼファーは指し示した方向へためらいがちに行きかけて、また立ちどまった。「お願いするわ、マーゴット」

三歩でマーゴットはスイッチパネルまでたどりついた。そしてそのいちばん上のボタンを押した。カーテンがかすかな音をたてて開くと、現れたのは、五×二メートルの矩形をした、不透明でビロードのような暗闇だった。「いい？」と彼女は言った。

ゼファーが黙ってうなずいた。

「いくわよ」とマーゴットは言って、二番目のボタンを押し込んだ。

ロンドンの日光と競ってはいても、まだアナモルフィックは二人が息を呑むほどの力を発揮していた。まるでスイッチを押しただけで、奇跡のように瞬時にして、二人は大西洋を越えて五千マイルも西に運ばれたようだった。幻覚はまったく不気味なまでに完璧だった。しかしそれでも、二人がいわば魔法にかけられたように金縛りになったのは、パノラマの見慣れた驚異のせいではなかった。むしろそれは、砂浜を横切って水際まで行き、それからまたアナモルフィックの枠のすぐそこまで戻ってきている、小刻みでいかにも意味ありげに外向きにつけられた、二列の裸足の足跡のせいだった。

二人の女は、魅惑されて茫然と黙ったまま、潮に押し出されたさざ波がその足跡を一つまた一つとゆっくりなめ尽くしていくさまを眺めた。十分後、驚いて見守っている二人の目の前に残っているものはといえば、波に洗い流されてなめらかな銀色に光る礁地と、光り輝く、はかり知れない海原だけだった。

その瞬間、激しく不愉快な声をあげて、ゼファーが泣きはじめた。

自宅に戻ってマーゴットが最初にしたのは、テレビ電話でイゴール・ケツコフに連絡を取ることだった。やっとのことでつかまえたら、イゴールが彼女のことを忘れていたのを知って、マーゴットは多少憤慨した。記憶を新たにしてやると、彼はいつもの缶切りの音を聞きつけた猫みたいな、期待にあふれてはいてもどこか不審そうな表情になった。「もちろんそうでしたよね!」と彼は叫んだ。「マーゴットさまでした! 現代のアガサ・クリスティー! 光栄至極に存じますが、何の御用でしょうか?」

「テレビ電話で説明するのはどうも具合が悪いのよ、イゴール。もしかして、今晩夕食でもどうかしら?」

イゴールの眉が一瞬ぴくりと動き、それから一条の光が射したように笑みが輝いた。「奥様、ぜひとも喜んで! それで場所はどちらに?」

「アンゴスチュロの店をご存知?」

「ええもちろん」

「すぐに席を予約しておくわ。八時でどう?」

「結構です」

　彼が弁解たらたらでやってきたのは三十分過ぎで、もうそのころにはマーゴットは二杯目のマティーニの底に残ったオリーヴをじっと眺めていた。彼はさっと彼女の両手を取って唇に押し当て、それをまるでプレッツェルみたいにこねくりまわした。「本当に本当に申しわけございません、奥様」と彼は哀れっぽい声を出した。「悲しみの極みです」

「こっちは空腹の極みよ」とマーゴットは言った。

「わたくしも」とイゴールは相槌を打ち、乱暴に指をならして給仕を呼んだ。「奥様にマティーニのお代わりを」と彼は命令した。「それからわたしにはパスティスを一杯」そう言ってから向かい側の席にかけ、身を乗り出して、声をひそめ、意味ありげにこうたずねた。「テレビ電話で説明するには具合悪い話とは、いったい何でしょう？」

「『複雑すぎる話』と言っておけばよかったわね」とマーゴットは答えて、招待の目的を彼がほぼ間違いなく誤解していることをほのめかした。

「しかし、ケツコフは複雑さを滋養にしておるのです」とイゴールは乙《おつ》にすまして言った。「生まれたときから、それを母親の乳首で吸っていました」そして説明に付け加えて、「わたくしはアルメニア人でして」

　マーゴットの目は大きく見開かれた。「アルメニア人で、しかも天才なのね」と彼女はつぶやいた。

　イゴールは猫撫で声になった。「もしかして、わたくしをモデルにしたいとお思いでは？」

「かまわないの？」

　イゴールは笑った。「マーゴットさま、わたくしはあなたがとても気に入りました。あなたには気品があります。そしてわたくしにも気品があります」

「それじゃシャーウッド卿夫人は？」とマーゴットはついたずねてみた。

　黒い瞳に影がさした。「いいえ」と彼は言った。「熱意は、あります。派手さも、あります。しかし気品は——真の気品は——残念ながらありません」飲み物がやってきて、イゴールは杯を高くかざした。「気品に乾杯」と彼は言った。

「気品に」とマーゴットはつぶやいた。それから一口すすり、ほほえみかけて、直接手段に訴えることにした。「イゴール、質問したいことがあるの。気が狂った話みたいに聞こえるかもしれないし、わたしもそう思うんだけど、それでもあなたの答えが聞きたいのよ」

「それで？　どうぞかまいませんよ。わたくしは気が狂った質問が好きですから」

マーゴットは気付け薬にもう一口すすった。「こんなことって可能かしら」と彼女はゆっくり一語一語を区切りながら言った。「あなたのアナモルフィックを所有している誰かが——つまり、わざわざそれを設計してもらった人が——その——」彼女は言葉に詰まった。「その——実際にそこに入ってしまうなんて？」

イゴールはすっかり途方に暮れた表情を見せた。

「入ってしまう？」と彼は鸚鵡返しに言った。「何のことですかな。もちろん、比喩でおっしゃっているのでしょう」

「違うの。まったくの文字どおり。実際にそこに足を踏み入れることができるのかしら？　たとえば、あなたとわたしがこのレストランに足を踏み入れたみたいに」

イゴールは笑った。「いやあ、詩的なアイデアですなあ！　そうすると、公園の代わりにアナモルフィックを散歩することもできるわけだ！　すばらしい！」

「でも、可能じゃないと？」

「いや、まったく不可能ですよ。アナモルフィックは基本的に可変性の幻覚です——それ以上でも、それ以下でもありません」

「絶対にそうだと言えて、イゴール？　つまり、それが多少は、その、変更されるってことはないの？」

「マーゴットさま、わたくしが電子工学の天才であることは、自他共に認めるところです。いやそれ以上だと申し上げてもよろしいでしょう。芸術家とね。しかし残念ながら、魔術師ではないのです。あなたのごく簡単な質問に、いったいどういう含みがあるか、しばらくのあいだでもお考えになってください！　少なくとも、平行宇宙が存在し、既存の科学法則がすべて瞬時にして破棄され再構築されることになるのですぞ！　早い話が、物理学的に見て不可能なのです。ただしアイデアとしては——実に魅力的ですなあ！」

マーゴットは息を吐き出した。今まで息を止めていたとは、彼女自身も気づいていなかった。「それで、あなたが間違っているという、ほんの少しの可能性もないの？」

「ありませんな、奥様、それだけは自信を持って申し上げます。でもおたずねしたいのですが、そもそもなぜこんな質問を？」

マーゴットは笑った。「今日の午後ずっと思ってたのよ、邪魔な死体を始末する、実にみごとな方法を見つけたって」

シエストンのカプセル薬の助けを借りて、マーゴットは遅くまで寝ていた。イゴールとの密談から戻ってきたとき、彼女はすぐゼファーに連絡を取って朗報を伝えようかどうしようかと迷ったが、猫みたいなおとなしいところが多少ある性格のせいで、まあ翌朝にすればいいかと考えたのである。どだい、ヒューゴ卿のちょっとしたお楽しみを、どうして否定する必要があるだろうか？　彼こそ、それだけの権利があるのだから。

ようやくテレビ電話に向かい、シャーウッド家の番号を打ち込んだのは、もう正午近くだった。その番号は現在通話できませんという表示が画面に出た。一分間待って、もう一度やってみても同じことだった。コンチネンタル・クラブの番号を調べてみようとしたちょうどそのとき、部屋の入り口のブザーが鳴った。彼女は狭い玄関ホールを通り抜けて、覗き穴に目を押し当てた。「どなた？」

「警察です」外のレンズに、ウォーレン部長刑事と名前が入った身分証明が提示された。

不思議に思いながら、マーゴットは安全チェーンを引いてドアを開けた。

「ただの通りいっぺんの調査でして、ブライアリーさん」と刑事が言った。「お邪魔してよろしいですかな？」

「ええ、どうぞ」刑事が入ってきた後で、マーゴットはドアを閉め、本がずらりと並んだ小さな居間に案内した。

「今朝の新聞をごらんになったでしょう」

「いいえ」とマーゴットは言った。「何か載ってますの？」

「そうでしたか」と刑事が言った。「それだと、わたしは悪い知らせを運んできたことになりますな」

「悪い知らせって？」

「シャーウッド卿夫人が亡くなったんです」

マーゴットはぽかんと刑事を見つめた。

「あなたはご親友でしたよね、ブライアリーさん？」

マーゴットはうなずいた。「亡くなった」と彼女は抑揚のない声で繰り返した。「どうやって？」

「墜落ですよ。昨夜遅くに」

「墜落って？」

「アストラル・コートの屋根から」

「屋根からですって！　そんなところで、彼女はいったいぜんたい何をしてたっていうの？」

「実際には最上階からでして。窓から。どっちにしても、百メートル以上にはなりますか」

マーゴットは震えた。

刑事は手帳を見た。「ブライアリーさん、あなたは昨日シャーウッド卿夫人を訪問しましたね」

「ええ」とマーゴットは言った。「一緒にコーヒーを飲んだわ。朝に」

「そのとき、いつもと様子は変わりませんでしたか？」

「まあ、そうね」

「ちょっと躊躇されたように聞こえますが」

「実は、たしかに少し心配そうだったの――ヒューゴ卿のことで」

「ほう、それで？」

「べつになんでもなかったわ。変な妄想を抱いていただけで。まったくばかげた話」

「ブライアリーさん、それはどんな妄想なんです？」

「彼が持っているアナモルフィックのことで――それって、いわば幻覚を起こさせるスクリーンなの――映画みたいなものね。見たことない？」

「その残りなら見たと思いますよ」と刑事はそっけなく言った。「きっとあれのことですな」

「ヒューゴ卿の書斎で？」

刑事はうなずいた。

「どうして？　それに何が起こったの？」

「ブライアリーさん、シャーウッド卿夫人はそこを突き抜けて墜落したんです」

「突き抜けて！　でもそんなことって――」

「遠慮なく話してくださいよ」

「窓」とマーゴットはつぶやいた。「それはまんなかの窓の前にあったわ。でも、その窓はふさいであったはずなのに」

「いいえ」と刑事が言った。「内側が黒く塗ってあっただけです。ヒューゴ卿が説明してくれたところでは、窓をふさいで正面の外観の対称性を崩したくなかったんだそうで」

「事件当時に、ヒューゴ卿はそこにいたの？」

「いや、いませんでした。シャーウッド卿夫人は一人きりでした。ヒューゴ卿はシティでフリーメーソンの集会を執り行なっていたんです。実際のところ、事故が起こったときに、ちょうど集会で演説中だったとか」

マーゴットはまるで、氷のように冷たい蟻が身体じゅうを這いまわっているような気がした。「ということは、事故だったのね？」

「疑問の余地はありません。実を言うと、ここにおうかがいしたのは、ヒューゴ卿にも説明できない、妙なことが一点ありましてね、それが唯一の理由なんです」

「で、それは？」

「シャーウッド卿夫人は、ビキニしか身につけていなかったんですよ」

マーゴットは刑事を見つめた。「そうか」と彼女はゆっくり言った。「それで話の筋道が通るわ」

「どうもおっしゃることがよくわからないんですがね」

「おまけに、彼女は酔ってたんでしょう？」

「検死が終わるまでは、公式にはお答えできません。非公式でいいのなら、たしかに酔ってました」

「酔った勢いってやつよ、刑事さん」

刑事の目が妙に濁った。「つまりあなたは、シャーウッド卿夫人が自殺したとでもおっしゃるんですか、ブライアリーさん？」

「ゼフが！　自殺ですって？　そんなこと、冗談じゃないわ！　絶対にあるもんですか！」

「だとすれば、どうして――」

「刑事さんは、アナモルフィックを一度も見たことがないんじゃないの？　実際に作動中のを」

ウォーレン刑事は頭を横にふった。

「それなら、ぜひ見てちょうだい。そしたらきっとわかると思うわ。かなり酔っ払った人間なら、いま自分の見ているものがただの幻覚じゃなくて、現実そのものなんだと思い込む可能性があるってことを。もしそれだけの勇気があればという話だけど。かわいそうに、きっとゼフは蜃気楼の犠牲になったんだわ――あまりにも完璧すぎる幻覚と、それからコニャックの犠牲に」

刑事は口を一文字に結んでうなずいた。「わたしたちの推理もだいたいそんなところですな、ブライアリーさん」彼は手帳を閉じてポケットに入れた。「まったく、こんな悪い知らせをお伝えして申しわけありませんでした。ご協力に感謝しますよ。あなたが検死で証言に喚問されるとは思いませんが、なにしろわたしの権限外のことですから」

「わかってますよ、刑事さん。それはともかく、必要ならまたいつでも連絡してくださいね」

マーゴットは喚問されなかった。検死の結論は「事故死」で、検死官は通常の職務を逸脱して、遺族への弔意を述べた。葬儀は身内だけで執り行なわれた。ゼファーの遺体は火葬に付された。それがすんで、ヒューゴ卿は三カ月の休暇を取り、西インド諸島へ旅行に出かけた。

彼が帰国してから二週間たって、マーゴットはアストラル・コートで一緒に夕食をという招待状を受け取って驚いた。好奇心からすぐに承諾して、ペントハウスに着いてみると、出迎えたのは赤銅色に日焼けしたヒューゴ卿だった。彼にまず紹介されたのが、絢爛たる美人の、西インド諸島から連れてきた若い娘で、名前は「ブロッサム」というのだそうな。そして次に紹介されたのがイゴールだった。

やってきてマーゴットがすぐに気づいた違いは、中二階の壁の部分がまたふさがっていることだった。

「ケツコフの新作なの？」と彼女はたずねてみた。

「そうとも言えるし、そうでないとも言えるね」とヒューゴ卿は言った。

「見てもかまわない？」

「もちろん見せてあげるよ、マーゴット。それが今夜きみを呼んだ理由の一つだから。だが、まず食事にしよう。すてきなブロッサムが、わたしたちのためにグレナダの名物料理をご馳走しようと一日中はりきってくれたんだから。食通の味覚を刺激することにかけては、グレナダの人間にかなう者はいないな」そう言いながら、彼はそっけない笑みを浮かべて、みんなをテーブルへと案内した。

ブロッサムの料理の腕前は、ヒューゴ卿が絶賛するまさしくそのとおりだった。食事もうまいし、それにワインもまたうまい。みんながようやくテーブルから立ち上がったころには、各々が官能的満悦の金色のアウラに包まれているようだった。

ヒューゴ卿は、カーテンを下ろしたアナモルフィックの前にぐるりと置かれている、長いソファに案内し、それから自分もコントロールパネルのそばに着席した。

「さあそれでは、ブロッサムへのご褒美として、彼女をグレナダのふるさとへと誘うことにしよう」照明が薄暗くなり、カーテンが開かれた。「オレ！」とヒューゴ卿は叫び、場にふさわしい派手なしぐさで、スイッチを押した。

カリブ海の夜明けのように、アナモルフィックから光がどっとあふれだした。

イゴールがほどこしたはずの修理はどこだろうと、マーゴットはきょろきょろ見まわしてみたが、どこにもそのしるしは見あたらなかった。いくら頑張っても、起こったはずの出来事を思い浮かべることはできなかった。ゼファーのイメージをそっくりパノラマに押し込もうと何度こころみても、そのたびに、この信じられない眺望に挫折させられた。哀れなゼファーはみるみるうちに縮んで、ふっと宙に消えてしまうのだ。

以前と同じく、完璧そのものの幻覚に魅了されながらじっと眺めていると、マーゴットははるか彼方に新しい動きを見つけた。まばゆい光を手でさえぎりながら、湾曲する白い鎌のような浜辺に沿って、羽根のような頭を上下させる棕櫚の木の下を見つめていると、遠くからこちらの方へやってくる、馬に乗った二人の小さな人影が徐々に見えてきた。浜辺の曲線に沿って二人は駆け、近づいてくる。そしてとうとう、馬上の人物の姿をはっきりと見分けられるようになった。男は、色黒の肌をして、腰まで裸だ。そして女は、ほんの申しわけ程度のビキニを着け、風にたなびく長いブロンドの髪が乗馬のリズムに合わせて揺れている。

笑っている馬上の二人は実に幸せそうだ——陽光ときらめく空気のように、なんの束縛もない——音をたてる子馬の蹄——遠くの潮騒を背景にして、その音ははっきりと聞こえるようになった——その蹄が波打ち際で蹴り上げた飛沫が、虹色に輝く小さな噴水となって弧を描く。二人はアナモルフィックの端までやってきた。ゼファーとゴンザレス大尉だった。そして二人は姿を消し、幻の蹄の音が、マーゴットの頭のうしろのどこか、ステレオ音響の彼方へと遠ざかっていった。残ったのは砂浜の足跡だけで、その頭上では棕櫚の木がうなずきながら永遠に続く是認を与えていた。

二人を目撃したのは自分だけなのかと思って、マーゴットは横目でイゴールをちらりと見たが、彼もにやりと笑ってこちらを見た。「なかなかのシンクロでしょうが」

「あなたが仕組んだのね？」

「決まってるでしょう。わたしの最新作なんですから。ご感想はいかがですかな？」

「ほんとに、あたしも今すぐあそこで泳ぎたい！」とブロッサムが叫び、マーゴットのそばに坐っていた場所から跳び上がって、壁際まで走っていき、浜辺に手を伸ばした。そして、マーゴットもかつてそうしたように、手を引っ込め、顔をしかめて手をさすりながら、これってインチキじゃないのと文句を言った。

マーゴットは首筋のところまで電気が走ったような感じになった。彼女はイゴールに向き直った。「スイッチが入っていると、あれにさわれないんでしょ？」と彼女は小声で言った。「何かに防止されて」

「そのとおり」と彼が言った。「カッパ・フィールドですよ」

「ということは、スイッチは切ってあったはずよね、ゼフが……」

「もちろんですとも」

「だったら、何の理由もなくなるじゃないの、彼女が……」

イゴールは唇をマーゴットの耳元に近づけた。「へべれけに酔っ払ってたんですよ、奥様。ご存知なかったんですか？」

マーゴットはクッションにもたれこみ、まず〈パラダイス・ビーチ〉を、それからその前にシルエットとして立っているヒューゴ卿を見つめた。彼は片手をブロッサムのうるわしい腰にまわし、娘はパノラマで見憶えのある細部を自慢そうに指し示している。マーゴットはゼファーの姿を想像してみた。まさしくこの家で、ブランデーのグラスを立て続けにあおり、ようやく挑むようにして階段をのぼり回廊に沿って進んでいく姿を。書斎の鍵穴に震える手で鍵をさしこみ、アナモルフィックにスイッチを入れて、太陽の光にきらめいている浜辺沿いに眺めわたす。ふりむいて自分の寝室に入り、ビキニに着替えたのはそのときだったのだろうか？　それとももう着替えはすませていたのか？いや、まず最初にしたのは、これがまったくの妄想ではないと納得することだっただろう——おそらく、あの海藻をもう一度見て、やはりそうだと思ったのだろう。それでも決心がついて、また書斎に戻った。断固としてはいてもふたしかな足取りで、壁のところまで歩いていった。椅子を取り出して踏み台にし、少しよろけながら、身を乗り出して、あのびくともしない障壁に両方の手のひらをぴったり押しつけ、とうとう全体重を前方にかけた……。しかしそうだとしても、やはりゼファーはスイッチに手が届かなかったはずだ。スイッチを切ったのは、だれか他の人間に違いない。彼女と一緒に、実際に部屋の中にいただれかが。しかしだれもいなかった。検死でそれが証明されたのだ。まったくだれも。

「コーヒーはいかがでしょうか、奥様？　ブラックになさいますか、それともミルクをお入れしましょうか？」

相変わらず礼儀正しく、完璧にプログラムされた自動執事がすぐそばに立っていて、トレイを差し出していた。強くて、ほっそりした指先が、クリーマーの上で待機している。実に控え目。実に慎重。召使いの鑑だ。

「ブラックにして」とマーゴットは消え入りそうな声で言った。

異色作家短篇についての雑感

翻訳家
今本 渉

「異色作家短篇」といい、「奇妙な味」という。これらの用語を評するのに、このアンソロジーの編者である若島正氏は、先に出た第十八巻『狼の一族』のあとがきでこう述べておられる。

「奇妙な味」をどう考えるか、そして「異色作家短篇」とはどういうものか、という点がある。これについては、特に意識しないことにした。「奇妙な味」というおそらく実体のない概念について、厳密に定義しようとこころみることは不毛だと思うからである。（中略）「異色作家短篇」についても同様であり、わたしが考えるところではそれは「ヘンな作家」が書いた「ヘンな短篇」ということになるが、何がふつうであり何がヘンなのかは人によって異なるのは当然である。したがって、今回選んだ作家および作品は、あくまでも編者としての特権を与えられたわたしの目から見た、「異色作家短篇」であることをお断りしておく。

いくぶん伝法なことば遣いで、呼び名はどうでもよい、ただちに作品に就くべしと説くこの文章は、いかにも若島氏らしく明晰でわかりやすい。これ以上何もいうことはなさそうに思えるが、解説者としてここで早ばやと擱筆するわけにはいかないという台所事情は措くとして、こういうタイプの短篇とのつき合いがまだ浅い読者のために、いわば茫洋たる「短篇の海」に目印の澪《みお》つくしを打つくらいの気分で、蛇足は承知のうえで管見をちょっと述べたい。

このイギリス篇では「ヘンな短篇」の中でも怪奇幻想味の勝ったものが比較的多く採られている。話のいとぐちとして、まずこのジャンルを概観してみよう。周知のとおり、十八世紀の終わりごろから十九世紀前半にかけて、イギリスではゴシック・ノヴェルというものが流行した。一七六五年刊行のホレス・ウォルポール作『オトラントの城』をその嚆矢とする。ゴシック・ノヴェルの何たるかについては、本書の訳者のひとりでもある横山茂雄氏の労作『異形のテクスト』に詳しいので、興味のある方にはそちらを参照してもらいたいが、ひと口でいえば、「現実の生活と風俗を描く」ことを旨とした従来のノヴェルに、超自然的要素を加えることでその扱う領域を拡大しようと試みた作品群を指し、マシュー・グレゴリー・ルイスの『マンク』、メアリ・シェリーの『フランケンシュタイン』などが代表作に数えられる。怪奇幻想といえば「ゴシック」という形容詞でしばしば一括されるほどこの用語は人口に膾炙しているけれど、では、この『イギリス篇』に収録されたロバート・エイクマンやミュリエル・スパークの短篇はゴシック・ノヴェル直系の子孫といえるだろうか、ジョン・メトカーフやA・E・コッパードはどうか。これらの作家に多少なりとも親しんだ人ならきっと違和感を覚えるはずだ。では、この違和感の原因は何だろう。

ゴシック・ノヴェルは（それがノヴェルであるがゆえに）必然的にかなりの長さになる。二巻本、三巻本は当たり前で、当時としても誰もがおいそれと買えるものではなかった。そこで登場したのが「ブルーブック」と呼ばれる、既存のゴシック・ノヴェルをせいぜい百ページ未満に要約した小冊子で、価格は一冊六ペンスから一シリング、これが大衆に大いによろこばれたという。その価格をもじって「シリング・ショッカー」とも呼ばれたこれら「みじかいノヴェル」については、かのピーター・ヘイニングが編集した『シリング・ショッカーズ』*The Shilling Shockers:Stories from the Gothic Bluebooks* というアンソロジーの頁をぱらぱらとめくれば、それがどんなものか窺い知ることができる。個々の作品は稚拙かつ浅薄、けっして参考資料の域を出るものではない。だがここで見逃してはならないのは、作者や書肆を含めた本の作り手と消費者としての読者のありようである。需要があるから供給する、売れる（あるいは売れそうな）商品を作る。需給のあわいに文学論だの小説作法だのといった儲かりそうにない議論のつけ入る隙はどこにもない。ブルーブックはその先輩格ともいうべき十八世紀のチャップブック同様、その誕生時からすでに商品だったのである。ヘイニングの考察によれば、ブルーブックは一八二〇年頃には早くも廃れたが、月刊雑誌というものに形をかえて後世に生き残った由。話がここまで来ればもうおわかりだろう。例外はあるにしても、現代の短篇もたいてい初出は雑誌であり、その商品としての性格をいささかも失っていない。商売にかかわる以上かならず商売がたきが存在するわけで、競争はなかなかきびしい。読者の目も肥えて来る。発生当初は「みじかいノヴェル」に過ぎなかったものが、ウォルター・スコット、E・ブルワー＝リットン、ウィルキー・コリンズといった名人らの手で次第に洗練され、ついにはその性格においてまったく別物に変質したもの、これが現代の怪奇短篇といっていいだろう。

怪奇幻想についてはわかった、では他のジャンルはどうかという問いには、右にあげたヘイニングのアンソロジーに「五百年後の世界」（"Five Hundred Years Hence!" by 'D'）という一八一八年の作品が収録されているという事実をもって答えとしたい。これがSF短篇のはしりであるかどうか、そんなことはどうでもよい。要するに限られた頁数と読者の要請という枠内で、書き手の想像力、可能性の追求が、あるときは怪奇幻想的に、ある場合は空想科学的に発露しただけの話で、読者の好奇心をかきたてることができればその時点で作品は成功である。若島氏が「定義づけは不毛だ」とおっしゃるとき、わたしはこの辺りの消息を何となく思い浮かべてひとり頷いている。

ともあれ、本書に採られた短篇は、幽霊はもちろんタイムスリップ、ディストピア、不老長寿、呪術、復讐、妄想、妖獣、完全犯罪、ドッペルゲンガー等々、読者を驚かせる意匠に事欠かない。一発勝負の気合がこもったこれらの短篇を読むのはジャズの即興演奏に耳をゆだねるのに似ている。「ひとたび空中に放たれた音は、二度と捕まえることはできない」とは悲運の天才サックス奏者エリック・ドルフィーの言であるが、これと同じ心いきで怪力乱神を語ってはばからない異色作家短篇を、わたしは今日も渉猟するのである。

二〇〇七年二月

著者紹介

●ジョン・ウインダム（John Wyndham）

一九〇三年バーミンガム生まれ。三〇年代にはさまざまな筆名を使って、主にアメリカの出版界で大衆小説を書いた後、『トリフィドの日』（一九五一）で一躍有名になった。邦訳されている長篇としては、他に『さなぎ』（一九五五）、『呪われた村』（一九五七）などがある。一九六九年死去。「時間の縫い目」"Stitch in Time"《アーゴシー》誌一九六一年三月号／短篇集 *Consider Her Ways and Others*（一九六一）に収録。

●ジェラルド・カーシュ（Gerald Kersh）

一九一一年ロンドン生まれ。怪しげな連中がたむろするソーホーを舞台にした長篇 *Night and the City*（一九三八）が評判になり、映画化もされて人気作家となる。おびただしい数の短篇や長篇を書いたが、晩年には本国でもほとんど忘れられた作家になっていた。日本では独自に編まれた二冊の選集『壜の中の手記』と『廃墟の歌声』が好評を博して、にわかにカーシュ再評価の気運が高まっている。一九六八年死去。

「水よりも濃し」“Thicker than Water” 短篇集 *Guttersnipe*（一九五四）に収録。

●ジョン・メトカーフ（John Metcalfe）

一八八九一年ノーフォーク州生まれ。父親は少年向けの海洋小説作家だった。イギリスとアメリカを往復する生活を続け、その謎に満ちた生涯は、同じく謎に満ちた怪奇小説群と相まって、おおいに興味をそそられる。日本では「二人提督」、「死者の饗宴」など、まだわずかな数の短篇しか翻訳紹介が進んでいない。一九六五年死去。

「煙をあげる脚」“The Smoking Leg”《ロンドン・マーキュリー》誌一九二五年三月号／短篇集 *The Smoking Leg, and Other Stories*（一九二五）に収録。

●ジョン・キア・クロス（John Keir Cross）

一九一一年生まれ。最もよく知られた作品は、児童向けSFの『恐怖の惑星』（一九四五、文研出版からかつて邦訳が出ていた）だが、残酷小説集 *The Other Passenger* は、幻想小説愛好家にとってひそかなコレクターズ・アイテムとなっている。一九六七年死去。

「ペトロネラ・パン――幻想物語」“Petronella Pan: A Fantasy” 短篇集 *The Other Passenger*（一九四四）に収録。

●ヒュー・ウォルポール（Hugh Walpole）

一八八四年ニュージーランドのオークランド生まれ。英国で教育を受ける。歴史小説などさまざまなジャンルで活躍した人気作家だが、幻想小説の分野では、独特の心理的な恐怖小説を得意とした。我が国では、長篇『暗い広場の上で』や、オリジナル選集『銀の仮面』が出ている。一九四一年死去。

「白猫」"The White Cat" 短篇集 *Mr Huffam and Other Stories*（一九四八）に収録。

●L・P・ハートリー（L.P.Hartley）
一八九五年ケンブリッジ州生まれ。一九二〇年ごろから、いわゆるブルームズベリー・グループと接触を持つ。普通小説としては映画にもなった『恋』（一九五三）と、*Eustace and Hilda* 三部作（一九四四〜四七）が最も有名。そのかたわらで多くの怪奇短篇を書いた。一九七二年死去。

「顔」"The Face" 短篇集 *Two for the River*（一九六一）に収録。

●ロバート・エイクマン（Robert Aickman）
一九一四年ロンドン生まれ。怪奇小説家リチャード・マーシュの孫にあたる。幽霊小説の名手として知られるが、エイクマン自身は自分の作品を綺談（strange stories）と称していた。日本ではオリジナルに編んだ選集『奥の部屋』がある。一九八一年死去。

「何と冷たい小さな君の手よ」"Your Tiny Hand Is Frozen"《タトラー》誌一九五三年一二月号／短篇集 *Powers of Darkness*（一九六六）に収録。

●A・E・コッパード（A.E.Coppard）

一八七八年ケント州生まれ。一九二〇年ごろから、主に田舎を舞台にした民話色の濃い物語を書きはじめた。アーカム・ハウスから出ている傑作集 *Fearful Pleasures*（一九四六）は、幻想小説愛好家の本棚には不可欠な一冊である。日本ではオリジナルに編んだ選集『郵便局と蛇』がある。一九五七年死去。

「虎」“The Tiger” 短篇集 *The Black Dog and Other Stories*（一九二三）に収録。

●ウィリアム・サンソム（William Sansom）

一九一二年ロンドン生まれ。第二次大戦中に消防士として勤めた体験をもとに、短篇集 *Fireman Flower* でデビュー。作風はしばしばカフカ的と評されることもあり、その傾向が濃く出た代表例としては、旧版異色作家短篇集の第十八巻に収められていた短篇「めったにいない女」が挙げられる。一九七六年死去。

「壁」“The Wall” 短篇集 *Fireman Flower and Other Stories*（一九四四）に収録。

●ミュリエル・スパーク（Muriel Spark）

一九一八年スコットランドのエジンバラ生まれ。代表作『ミス・ブロウディの青春』（一九六一）で国際的な評価を獲得した。他にも『死を忘れるな』（一九五九）、『運転席』（一九七〇）、『シンポジウム』（一九九〇）など、簡潔な文章の中に毒を含んだスパークの作品群は不思議な光芒を放っている。

二〇〇六年死去。

「棄ててきた女」"The Girl I Left Behind Me"《エラリー・クイーンズ・ミステリ・マガジン》誌一九五七年四月号／短篇集 *All the Stories of Muriel Spark*（二〇〇一）に収録。

●ウィリアム・トレヴァー（William Trevor）
一九二八年アイルランドのコーク生まれ。現在で五十年ほどになる執筆活動において、高い水準の作品をコンスタントに発表しつづけ、とりわけ短篇小説では当代随一としばしば謳われる。日本ではようやくオリジナルな選集『聖母の贈り物』が編まれたばかり。

「テーブル」"The Table"　短篇集 *The Day We Got Drunk on Cake, and Other Stories*（一九六七）に収録。

●アントニイ・バージェス（Anthony Burgess）
一九一七年マンチェスター生まれ。代表作『時計じかけのオレンジ』（一九六二）をはじめとして大量の作品を書くかたわらで、作曲活動もするなど、逸話には事欠かない世紀の傑物。日本では〈アントニイ・バージェス選集〉が早川書房から出たが、翻訳紹介すべき作品はまだまだある。一九九三年死去。

「詩神」"The Muse"《ハドソン・レヴュー》誌一九六八年春号

●リチャード・カウパー（Richard Cowper）
一九二六年ドーセット州生まれ。父親は文壇の大物批評家だったジョン・ミドルトン・マリー。一九六〇年代の中頃からＳＦを書きはじめた。端正な文章にはいかにも正統的な英国小説の味わいがある。邦訳されている長篇としては『クローン』（一九七二）、『大洪水伝説』（一九七八）がある。二〇〇二年死去。

「パラダイス・ビーチ」"Paradise Beach"《ファンタジー・アンド・サイエンス・フィクション》誌一九七六年五月号／短篇集 *Out There Where the Big Ships Go*（一九八〇）に収録。

（若島　正）

棄《す》ててきた女《おんな》　アンソロジー／イギリス篇《へん》
異色作家短篇集19

2007年3月20日　初版印刷
2007年3月31日　初版発行

編　者　若《わか》島《しま》　正《ただし》
発行者　早　川　浩

発行所　株式会社　早川書房
東京都千代田区神田多町2-2
電話　03-3252-3111（大代表）
振替　00160-3-47799
http://www.hayakawa-online.co.jp

印刷所　三松堂印刷株式会社
製本所　大口製本印刷株式会社

定価はカバーに表示してあります
ISBN 978-4-15-208801-7 C0097
Printed and bound in Japan